클래식과 인문단상

1

일러두기

1. 곡/오페라명은 〈 〉, 명화명은 『 』, 책/시/영화명은 「 」로 표기했다.
2. 인명 등의 원어 병기는 처음 나올 때 1회를 원칙으로 하고 필요 시 반복 표기했다.
3. 외래어 표기는 국립국어원 외래어표기법을 따르되, 일반적으로 통용되는 경우일때는 그에 따르기도 했다.
4. 일부 저작권자가 불분명한 도판이나 연락을 취했으나 답변이 없는 경우, 저작권자가 확인되나 답변이 오는 대로 절차에 따라 계약을 맺고 그에 따른 저작권료를 지불할 예정이다. 본 출판사는 저작권자를 추적하고 사용 허가를 받기 위해 모든 노력을 기울였으나 혹시 오류나 누락이 발견되면 재쇄 시 수정도록 하겠다.

클래식과 인문단상 1

고지수 지음

휴앤스토리

시작하며

이 책을 쓰게 된 동기부터 이야기하고자 한다. 우리는 면면히 내려온 체면 문화와 압축 성장의 산업화 과정에서 나타난 보여주기식 문화가 혼합되며 삶의 질에 대한 판단의 기준이 자신의 주관적인 판단보다는 타인의 평가에 달려 있곤 하다. 우리나라 사람 대부분은 어느 곳에 살며, 무슨 차를 타며, 자녀가 어느 학교에 입학하였느냐 하는 눈에 보이는 객관적 기준이 삶의 질과 행복도를 판단하는 기준처럼 인식하고, 그 눈높이에 맞추기 위하여 질풍노도처럼 앞만 보고 달려왔다.

물론 가난과 궁핍에 시달리던 시기에 자신만의 행복이니 만족이니 하며 마냥 세월 좋은 베짱이처럼 살 수는 없었다. 자고 나면 쑥쑥 올라가는 아파트, 최신식 TV와 냉장고, 번쩍이는 자가용을 보면 눈이 휘둥그레지는 환경 속에서 마냥 나만 눈감고 있을 수는 없는 노릇이었다. 언젠가는 저런 호사를 누려보아야겠다는 꿈, 또는 가족에게 안락한 생활을 누리게 해주어야겠다는 가장의 희망은 인지상정이었으리라. 그러다 보니 그 길로 가는 가능한 한 가장 빠른 길을 찾게 되었고, 좁은 땅에 인구는 많으니 그 방법은 한정되어 좋은 학교에 입학하여 이름 있는 대기업에 취업하는 방법이 조금이나마 가능성이 있는 기회였다. 당연히 진학은 불꽃 튀는 경쟁이었고, 가장들은 죽어라 일하며 자녀의 학비를 마련하여야 했다.

반면에 대학들은 오직 성적으로 줄을 세워 합격 여부를 판단하였으니, 교육 또한 점수에만 매달리는 암기 위주의 교육이 될 수밖에 없었다. 그리고 치열한 입시와 취업에 성공한 사람들은 자녀에게 똑같은 방법을 대물림하고 있는 것이 현재 우리나라의 자화상이다.

입시지옥과 취업전쟁을 통과하여도 끝은 아니고 사회에 진출하면 피 튀기는 경쟁이 되풀이된다. 죽기 아니면 살기 식으로 경쟁에 내몰린 자신을 돌보고 주위를 돌아볼 여유가 없다. 그렇게 세계적인 부국에 올라섰으나 그에 맞추어 대한민국 국민의 행복지수도 개선되었는가? 이제는 한 번쯤 돌아볼 일이다. 돈과 건강만이 삶의 질을 개선하고 행복도를 높여주지는 않을 것이다. 만일 그렇다면 열심히 일해서 저축하고 매일 운동해서 건강을 유지하면 될 것이기 때문이다.

그러나 삶의 행복은 그렇게 육체·경제적 만족만으로 해결되지 않는다. 선진국의 자살률이 높고, 우리나라 또한 자살률이 높아지고 있는 것도 이러한 방증일 것이다. 인간의 행복은 육체적 건강과 정신적 만족이 균형을 이루어야 한다.

결국 사람의 행복이란 사람의 삶 가운데에서 나오는데, 사람의 삶은 무엇인가? 하고 질문을 던지는 것이 인문학이다. 그럼 인문학에는 어떤 것이 있는가? 쉽게 생각하면 인문대학에서 가르치는 것이 인문학이다. 옛 선인들은 좀 고상하게 '문사철시서화文史哲詩書畵'라 했다. 그런데 우리에게 문사철시서화는 암기의 대상일 뿐이었다. 소설가의 이름과 제목, 줄거리를 외우고, 연대기적 역사를 외우고, 철학자와 그의 사상을 나타내는 단어나 문장을 외우고, 시인과 시의 주제를 외우고, 글씨체와 창안자를 외우고, 화가와 그의 대표작을 외웠다. 스스로 느끼고 즐기며 그 가운데 기쁨을 누리는 것이 아니라 모조리 외워야 할 대상이었다. 그렇지 않으면 정답을 맞힐 수가 없으니 어쩔 수 없는 노릇이었다.

헤밍웨이는 「누구를 위하여 종을 울리나」를 썼고, 한니발은 로마를 침공하여 '칸나이 전투'에서 승리하였고, 소크라테스는 '산파술'을 설파하였으며, 바흐는 음악의 아버지이며 헨델은 음악의 어머니이고, 서체에는 왕희지체, 조맹부체, 추사체 등이 있고, 노르웨이의 뭉크는 『절규』를 그렸는데 그것을 그리는 데 사용한 색은 어떠하다느니 오로지 외우고 또 외웠다. 모두 똑같은 생각과 해석만 강요받는다. 인간 개개인은 모두 다르게 생각하고 다른 삶을 영위할진대, 어떻게 인문학을 접하고 같은 생각만 할 수 있다는 말인가. 그나마 그것마저도 시험장을 나서며 모두 그곳에 남겨두고 나온다.

상황이 그러하니 놀 줄도 모른다. 명절에 고생하며 고향을 방문하여 가족과 함께할 때에도 각자 휴대폰만 보다가 돌아오고, 친구와 만나서도 아무 생각 없이 청소년은 게임방에 가고, 어른은 삼겹살에 소주를 마시며 부동산이나 주식 얘기, 나라 걱정만 하다가 취해서 돌아온다. 무엇이 문제인가? 인문학은 외우기만 하는 학문이 아니다. 우리의 삶과 생각 자체이다. 인류의 감정과 생각, 사상이 농축된 삶과 지혜의 보고이다. 우리는 그 안에 스며 있는 감정과 사상을 각자의 방식으로 느끼고 즐겨야 한다. 이제 우리 삶에서 중요한 요소들의 순서가 바뀌어야 한다. 건강, 돈, 놀기에서 그 반대로.

우리의 선조들은 시를 외우지 않았다. 그저 운율에 맞추어 읊었다. 내용과 멜로디가 어우러져 하나의 그림이 되고 상대방과 공명하며 주고받았다. 그림으로는 편지를 썼다. 자신의 마음을 담은 그림을 그려 생각을 전하였다. 인문학은 그런 것이다. 절기를 헤아리고 날씨를 얘기하며 농사를 걱정했고, 농한기에는 정자에 앉아 성현의 사상을 논했으며 때때로 먹을 갈며 삶을 즐겼다.

그러나 우리는 아직도 삶의 경쟁에서 벗어났다고 할 수 없다. 새벽별 보며 일터로 향하고 매일 몇 시간을 도로에 뿌리며 저녁에는 파김치가 되어 귀가한다. 대리 되어 결혼하고 과장 되어 아이 낳고 차장, 부장 되어 아이들 학교 보내고, 은퇴하여 자녀 결혼시키고 나면 남은 건 낡은 몸과 빈손, 그리고 주체할 수 없는 시간뿐이다. 놀 줄을 모른다. 이제부터라도 자신을 위하여 놀아봐야 한다.

그런데 노는 재주도 하늘에서 뚝 떨어지는 것이 아니라 연습이 필요하다. 언젠가 언론에서 읽었던 기사가 내게는 충격이었다. 정확히 기억나지는 않지만 요약하면 이렇다. 북유럽에 근무하는 공관원(상사원)이었던 분이었다. 언론에 투고할 때는 이미 은퇴하신 후였다. 그가 북유럽에 근무할 때 이웃으로부터 저녁식사 초대를 받았다. 식사시간에 맞추어 가보니 다른 이웃들도 와 있었다. 저녁 메뉴는 더하고 뺄 것도 없이 그 집에서 평소에 먹는 소박한 음식이었다. 충격은 그다음이었다. 식사가 끝나고 집주인이 조그만 그림을 한 점 들고 나왔다. 잘은 모르지만 평범한 그림처럼 보였다. 그 그림을 세워놓고 식사에 참석한 사람들이 모두 자기 나름대로 그림에 대한 소감을 이야기하였다. 한동안 서로 생각을 나누고 평하는 가운데 밤이 깊어져 헤어졌다. 그 날의 저녁 메뉴는 구입한 그림에 관해 감상을 나누는 것이었다. 그날의 충격으로 그분은 귀국 후 어린이를 위한 그림책을 써서 전국 초등학교에 무료로 배포하였다고 한다. 이 기사 자체가 한 폭의 그림이었다.

우리도 지금부터라도 노는 연습을 해보자. 자신이 관심 있는 분야로 시작해야 꾸준히 할 수 있다. 일반적으로 클래식에 관한 책을 읽다 보면 작곡자의 생애와 연대기, 그리고 음악사나 음악학적 설명 같은 객관적 지식이 주를 이룬다. 음악은 암기가 아니다. 음악을 듣는다는 것은 곡 자체의 리듬과 선율의 아름다움을 느끼고 또 곡에 내재해 있는 삶의 희로애락과 철학적 깊이를 생각하며 공감하고 즐기는 것이다.

물론 감상은 작곡자의 생각을 떠나 감상자에 따라 천차만별이다. 심지어 어떤 감상자는 기쁘게 느끼는 것을 다른 감상자는 슬프게 느끼기도 한다. 또한 감상할 때의 감정 상태, 날씨, 시간, 주변 환경에 따라 완전히 다른 음악으로 들리기도 한다. 이럴진대 이 책에 나 자신의 감상을, 그것도 음악을 듣는 순간의 느낌을 쓴다는 것은 어불성설일 것이다. 이 책에 소개된 음악은 대개 작곡가들의 대표곡 중에서 선정하였다. 초보자가 클래식을 처음 접할 때 멜로디와 선율에만 의지해 끝까지 듣기는 쉽지 않다. 긴 음악을 눈 깜빡할 사이에 다 들으려면 몰입해야 하며 그러기 위해서는 감상자 나름의 아름다운 서사나 그림이 그려져야 한다. 그래서 나 자신이 음악을 들을 때 떠올리는 그림이나 서사를 묘사해본 것이다.

이 책에서는 되도록 나와 같은 비전공자를 위해 음악 기호, 작품번호 등 전문가 영역의 내용은 배제하고 일반적으로 통용되는 내용을 서술하였으며, 작곡가에 대한 내용도 재미있는 에피소드 위주로 담았다. 또한 음악을 들으며 연상되는 내용, 작곡자, 그림, 역사, 신화, 철학, 문학, 종교 등 인문학적 단상들도 함께 기술하였다. 독자가 음악은 물론 여타의 인문학에도 관심을 갖고 각자 삶의 즐거움으로 나아가는 조그만 창을 내주기 위해서이다.

시작할 때는 쉽지 않을 수 있다. 뭐든지 쌓여야 분출할 수 있다. 처음에는 클래식에 입문하기가 다소 어려울 수 있으나 이 책을 참고하다 보면 어떤 깨달음의 순간, 즉 돈오頓悟의 기쁨을 만끽할 수도 있을 것이다. 우리는 보통 운칠기삼運七機三을 말한다. 그렇다고 감나무 아래 입만 벌리고 있어서는 안 된다. 최소한 삿갓이라도 준비한 사람에게 운도 따르는 법이다. 백문百聞이 불여일견不如一見이고 백견百見이 불여일습不如一習이다. 일단 시작해보자. 이제 대화의 주제를 오로지 게임이나 부동산, 주식으로만 삼을 게 아니라 클래식이나 인문학도 섞어보면 좋겠다. 직접 아이들 손잡고 음악당, 미술관도 방문해보면 어떨까? 세상은 온통 놀이터이니까. 너와 나, 어른과 아이가 행복한 세상을 위해 즐겨보자.

어려운 가운데도 이 책의 출간을 도와주신 출판사 대표님께 감사드리며, 항상 걱정과 응원을 함께 보내주신 형님, 아빠가 얘기하면 재미있다며 다른 사람들과 나누어 보면 더없이 좋겠다고 용기를 준 아들과 딸, 끝까지 정성을 다해 원고 정리를 도와준 아내에게 고마운 마음을 전한다.

2022년 만추에 정발산 자락에서

고지수

CONTENTS

PART 2 서부 유럽

프랑스 · 스페인 · 이탈리아 · 그리스

PART 1

중부 유럽

독일·오스트리아

요한 제바스티안 바흐

요한 제바스티안 바흐

베토벤은 바흐를 그의 이름처럼 시내Bach가 아니라 바다Meer라고 칭송하였다. 전통적 음악의 완성자이자 새로운 음악의 개척자, 화성의 원조. 그를 수식하는 말은 헤아릴 수 없이 많다. 바다처럼 너무 넓고 깊어 몇 마디 말로 다 할 수 없으리라. 신을 향해서는 늘 고개를 숙이며 겸손함을 유지하였고 오로지 진실한 삶만을 추구했던 바흐. 그는 1685년 독일 튀링겐의 작은 도시 아이제나흐에서 태어났다. 그의 가문은 200여 년에 걸쳐 50여 명의 음악가를 배출한 유럽 최대의 음악가 가문으로 그의 아버지 요한 암브로시우스 바흐도 궁정 악사 겸 시청 소속 악사였다. 아홉 살에 어머니를 잃고 다음 해에는 아버지를 여의는 어려움으로 인해 오르간 연주자였던 큰형 요한 크리스토프 바흐의 집에 머물렀다.

크리스토프는 당시 유명한 오르가니스트이자 작곡가였던 파헬벨(캐논의 작곡자)의 제자였다. 바흐는 큰형에게서 음악교육을 받기 시작하였고, 악보를 필사하고 대작곡가들의 기법을 공부하며 자양분을 흡수해갔다. 그는 당시 최고의 오르가니스트였던 북스테후데의 연주를 듣기 위해 420㎞를 걸어 뤼베크에 다녀올 정도로 음악에 대한 열정이 대단하였으며, 귀임이 늦어져 봉직하던 아른슈타트에서 해고되기도 하였다. 바흐가 당대 최고의 오르가니스트로서 명성을 얻을 수 있었던 것도 이러한 그의 열정 덕분이었다. 바흐를 이해하기 위해서는 그가 활동했던 지역을 중심으로 구분해보는 것이 의미가 있다.

1703~1708: 아른슈타트, 뮐하우젠 시대

1708~1717: 바이마르 시대

궁정의 오르가니스트로서 직업 연주자의 길을 시작함. 전주곡, 푸가, 토카타, 코랄 등 중요한 오르간 작품을 많이 작곡한 시기. 바이마르 공과의 불화로 쾨텐으로 옮겨감.

1717~1723: 쾨텐 시대

교회 소속이 아니어서 종교 음악이 아닌 세속 음악을 많이 작곡. 특히 기악곡들을 많이 작곡하였으며 현재 각광받고 있는 〈평균율 1권〉, 〈브란덴부르크 합주곡〉, 〈무반주 첼로 모음곡〉, 〈무반주 바이올린 소나타〉와 〈파르티타〉, 〈영국 모음곡〉, 〈프랑스 모음곡〉 등 대다수 기악작품이 작곡된 시기. 자녀의 교육을 위해 라이프치히로 이사.

1723~1750: 라이프치히 시대

라이프치히 성 토마스 교회의 음악학교와 칸토르(합창장)를 겸하며 학교 교육과 교회 음악을 책임지고 운영. 칸타타 대부분이 이 시기에 작곡되었으며 또한 〈골드베르크 변주곡〉, 〈평균율 2권〉, 〈이탈리아 협주곡〉, 〈음악의 헌정〉 등을 작곡하였으며 〈마태 수난곡〉과 〈미사 b단조〉도 이 시기의 작품임.

음악사에 있어서 가장 첫머리에 자리하며 거성으로 추앙받고 있는 바흐는 이후의 거의 모든 음악가에게 영향을 미치고 있다. 심지어 비틀스마저도 자신들의 음악 바탕은 바흐라고 하였다. 거의 모든 작곡가가 바흐의 음악을 연구하고 창작의 원천으로 삼으며, 또한 연주자들도 바흐의 곡을 연주하는 것을 마지막 이정표로 삼을 정도이다. 그는 신을 향해 늘 고개를 숙이고 겸손하였으며, 삶에서는 휴식이 없이 성실하였다. 그의 이러한 진실되고 충실한 삶이 그의 음악에 흐르고 있다.

그는 1707년에 결혼한 아내 마리아 바르바라와의 사이에 7명의 자녀를, 그녀와 사별한 후 1721년 재혼한 아내 안나 막달레나 빌켄과의 사이에서는 13명의 자녀를 얻었으나 살아남은 아이는 열 명에 불과했다. 그의 자녀 중 사내아이 가운데 2~3명을 제외하고는 모두 음악가였으며, 칼 필립 엠마누엘 바흐와 막내인 요한 크리스티안 바흐는 우리에게도 익숙한 이름이다. 크리스티안 바흐는 '런던의 바흐'라고 알려질 정도로 유명한 음악가였으며, 모차르트와도 깊은 우정을 나누었다.

바흐의 작품 〈샤콘느〉는 첫 아내와 사별 후 그녀를 위해 작곡한 곡으로도 알려져 있다. 이렇게 아내와 자녀와의 빈번한 사별은 그의 성품과 음악에 영향을 끼쳤을 것이다. 바흐는 형식에만 치중하여 음악성과는 거리가 있었던 이전의 종교음악을 음악의 본질적 요소에 충실하면서 단순한 진리와 아름다움을 표현하는 예술로 승화시켰다. 그는 이탈리아에서 유행한 오페라풍의 온갖 기교를 살린 화려하고 약동하는 선율과 리듬에 독일의 구조적 완결성과 명료함을 종합하여 당시와는 다른 새로운 음악을 창조하였다. 바흐의 음악은 부자연스러운 연결이나 비약은 보이지 않는다. 이탈리아의 기교적이고 화려한 음악을 독일적 기풍에 완전히 통일시켜 정갈하고 담백하지만 풍부한 화성을 바탕으로 무궁무진하게 다양한 표현을 실현하였다. 바흐의 음악은 호들갑스럽지 않고 차분하고 질서정연하여 정신을 정화시켜주고, 작품 속에 축적된 다양한 악상의 풍부함으로 상상의 세계를 확장시켜주며, 다음 기회를 위해 항상 새로운 것에 대한 여지를 남겨둔다.

그러나 당시에는 그의 음악은 환영받지 못했다. 다른 음악가가 과거의 방식으로 비슷비슷하게 양산해낸 음악에 익숙한 청중은 바흐의 이러한 새로운 음악을 받아들이지 않았고 그의 음악은 사후에 빠르게 잊혀 갔다. 확인된 작품만 CD 170여 장에 이를 정도의 방대한 양의 작품은 사후에 이리저리 흩어지거나, 가족들이 생계를 위해 헐값에 팔아넘겼으며, 베토벤 같은 일부 음악가에게는 칭송을 받았으나 대중에게는 그의 존재 자체도 세상에서 잊혀져 갔다.

완전히 묻힐 뻔했던 바흐의 음악이 다시 조명을 받게 된 것은 그의 사후 80년이 지난 후였다. 멘델스존이 1829년 푸줏간에서 발견한 악보 〈마태 수난곡〉으로 베를린에서 연주회를 개최하자, 참석한 귀족과 지식인들이 열광적인 찬사를 보냈기 때문이다. 그 연주회의 열렬한 호응에 힘입어 같은 달 3월 21일 바흐의 생일에 앙코르 공연이 열렸으며, 입소문을 타고 수많은 청중이 몰려들어 대성공을 거둠으로써 먼지 속에 묻혀 있던 바흐의 음악이 부활의 신호탄을 쏘아 올렸다.

앞 시대와 당대의 음악을 종합하고 통일하여 격조 높고 세밀하며 우주같이 무한한 음악을 창조한 바흐. 영혼의 언어로 노래하는 듯한 숭고한 음악을 창조한 "음악의 시작이며 끝"인 요한 제바스티안 바흐. 그는 말년에 시력이 약해져 두 번의 수술을 받았으나 오히려 병세가 악화되어 시력을 완전히 잃고 합병증마저 발병하여 1750년에 세상을 떠났다. 그의 유해는 성 토마스 교회에 안장되어 있으며, 교회 입구에는 바흐의 동상이 자리하고 있다.

교회 입구 동상

평균율 클라비어 곡집

피아노곡의 구약성서로 불리는 바흐의 피아노곡 〈평균율〉은 1권과 2권으로 구성되어 있다. 각 권은 24곡으로 구성되어 있으며, 48곡 각 곡은 전주곡과 푸가가 한 세트를 이루고 있다. 두 권의 48곡 전체 연주 시간은 무려 4시간 정도이니 그야말로 대곡이다. 1권은 쾨텐에서 음악감독으로 봉직하던 시절인 1722년에 완성하였으며, 2권은 그의 인생 후반인 1742년에 완성하였다. 19세기 명지휘자 한스 폰 뷜로는 베토벤의 32개 피아노 소나타가 건반악기의 신약성서라면 바흐의 평균율 클라비어 곡집은 건반악기의 구약성서라고 평하였으며, 19세기 독일 낭만파 음악의 거장인 로베르트 슈만은 후배 피아니스트들에게 "대가의 푸가를 매일 연습하라, 바흐의 〈평균율〉은 피아니스트가 일용할 양식이다."라고 충고하였으며, 바흐 자신은 "평균율 클라비어 곡집의 전주곡과 푸가는 젊은 음악학도들에게 도움을 주기 위해, 어느 정도 피아노를 익힌 자들에게는 여가의 즐거움을 주기 위해 만든 것이다"라고 언급하였다.

건반악기 음악사에서 거대한 봉우리로 우뚝 솟은 평균율은 이후 작곡가와 연주자들에게 지대한 영향을 미치고 있으며 현재 진행형이기도 하다. 또한 피아노 음악을 자주 듣는 감상자들도 평균율의 파장의 영향권에 있다고 할 수 있다. 그러나 매우 긴 곡이기 때문에 전체를 듣기는 매우 어려우며 듣고자 할 때에 특히 기억에 남는 부분이나 아니면 임의로 몇 곡을 듣는 것도 좋은 방법이다.

바흐의 음악을 들을 때마다 느껴지는 감정은 성스럽고 경건하며 위로받는 느낌이다. 누가 그랬던가. 모차르트가 천사의 음악이고, 베토벤이 지상의 승리의 음악이라면 바흐는 천상의 음악이라고! 그리고 들을 때마다 다른 감정과 느낌으로 다가온다. 아마 바흐의 음악은 질서정연하고 정제되어 있는 가운데 작품 속에 내재한 풍부한 악상이 들을 때마다 새로운 맛을 느끼게 하기 때문일 것이다. 때로는 즐겁게, 때로는 힘차게, 때로는 경건하고 신비하게, 때로는 다정하게. 기분의 상태에 따라 그 상황에 맞는 음악을 들려주며 나를 천상으로 인도한다. 때로는 전혀 상상하지도 못한 분위기를 만들어 갑작스러운 즐거움을 선물하기도 한다.

얼마 전 뭔가 울적하고 날씨마저 우중충하여 마음이 축 처지며 가라앉기에 별생각 없이 바흐의 평균율 음반을 꺼내어 들었다. 갑자기 스피커를 통해 흐르는 음악이 내 눈앞에 어른거렸다. 잠자리 날개를 단 수호천사가 내 눈앞에서 날갯짓을 하며 발레리나처럼 무릎을 구부렸다 폈다 하며 귀엽고 사랑스럽게 춤을 춘다. “무슨 고민 있어? 걱정 마. 내가 위로해줄게” 하며 천사의 목소리로 속삭인다. 나를 위해 쉬지 않고 춤을 추며 위로하는 수호천사에게 눈웃음으로 인사하고 미소로 고마운 마음을 전한다.

그러나 내 마음은 여전히 흐린 구름처럼 다시 시무룩해지며 얼굴 역시 어두움이 서렸다. 그러자 수호천사는 내 얼굴에 웃음이 퍼질 때까지 더욱 귀엽고 사랑스러운 춤을 추며 토닥인다. "괜찮아. 크게 웃어봐. 내가 너의 수호천사야. 나는 무엇이든 할 수 있어. 너의 슬픔과 걱정을 날려버리고 오직 즐겁고 기쁨만이 함께하게 해줄게." 나는 너무나 다정하고 헌신적인 수호천사에 감동하고 마음이 밝아지며 다시 미소가 떠올랐다. 그러자 수호천사는 "거 봐, 나는 너의 수호천사야. 언제나 네 곁에서 너를 지켜줄게" 하며 날개를 퍼득이며 하늘로 날아올랐다. "잊지 마. 내가 항상 네 곁에서 너를 지켜보고 있어"라고 손나팔을 만들어 전하는 소리가 메아리처럼 들려온다.

글렌 굴드, 1968,
스비아토슬라프 리히테르, 1970 타티아나 니콜라예바, 1971

골드베르크 변주곡

이 곡은 바흐가 그의 제자 골드베르크의 요청으로 작곡하였다. 당시 드레스덴 궁정에 러시아 대사로 주재하고 있던 카이제를링크 백작Count Keyserlingk은 심한 불면증에 시달리고 있었다. 백작은 음악을 들으면 잠이 들 수 있을까 싶어 자신의 집에서 봉직하던 바흐의 제자 골드베르크에게 잠들 수 있는 음악을 작곡하라고 지시했다. 골드베르크는 스승인 바흐에게 부탁을 하였고, 바흐는 평소 자신에게 호의적이었던 백작과 제자를 위하여 작곡하였다. 주선율은 아리아라는 이름으로 〈안나 막달레나를 위한 클라비어 소곡집〉의 사라반드에서 차용하였으며, 30곡으로 변주하여 작곡하였다. 시작과 끝에 주선율인 아리아를 배치하여 수미쌍관형을 이루고 있다Aria-30 Variations-Aria da capo. 연주 시간도 연주자에 따라 40분에서 90분까지 천차만별이며, 표현 또한 미묘하고 다채로우며, 거의 모든 피아니스트가 평생의 과업으로 삼는 작품 중 하나이다.

바흐의 골드베르크 변주곡을 들어야겠다고 생각한다. 그러나 바로 오디오에 음반을 걸고 들을 수는 없다. 마음을 씻어내는 절차가 필요하다. 실제 감상하기 며칠 전부터 마음의 준비를 한다. 마음을 깨끗이 하고 음식도 과식하지 않고, 음주도 절제한다. 나쁜 생각을 몰아내고 선한 생각으로 가득 채우며, 마음도 음악이 삼투압처럼 스며들 수 있도록 여백을 남겨둔다. 물론 100% 실천하지는 못하지만. 미리 귀를 예열하기 위해 소품 몇 곡을 들은 후, 골드베르크 변주곡 음반을 오디오에 걸고, 자리에 앉아 긴 호흡을 한 뒤 조심스럽게 리모컨을 누른다.

약간은 어색한 것 같은 아리아aria 멜로디가 살포시 가슴을 노크한다. 예수가 제자들의 방문을 두드리는 소리처럼 내 영혼을 노크한다. 순간 가슴은 부풀어 오르며 천상으로 날아오른다. 그리고 변주에 따라 수정 위로 흐르는 시냇물, 멀리 언덕 위의 꽃밭, 천사의 날갯짓, 삼미신의 춤사위, 소꿉놀이하는 어린아이들, 어머니가 부르는 소리, 오랜만에 우연히 만난 친구, 아름다운 정원과 새소리, 새근새근 잠자는 아이들, 한참 동안 맑고 순수하고 아름다운 세상이 펼쳐진다. 삶에 지쳐 축 늘어진 마음에 한 줄기 빛과 생수가 되어 가슴을 촉촉하게 적시고 정화시켜주며, 항상 마음 깊은 곳에 체증처럼 똬리를 틀고 있는 초월 세계에 대한 동경이 이루어지는 기분이다. 여행을 마치고 〈아리아 다 카포*Aria da capo*〉의 선율을 타고 지상으로 내려온다. 귓가에 맴도는 아리아의 여운이 눈꺼풀에 자리하고 있다.

글렌 굴드, 1955, 1982
피에르 앙타이, 1993 *안드라스 시프, 2003*

이데아

바흐의 평균율과 골드베르크 변주곡을 들을 때마다 티 없이 깨끗하고 순수한 음악이 천상에서 들려오는 것 같다. 그리고 그리스 철학자 플라톤이 떠오른다. 아마 그의 철학이 우리가 현재 살고 있는 현상의 세계를 초월하여 비물질적이고 완전하며 영원불변한 참의 세계, 즉 이데아Idea의 세계를 제시했기 때문일 것이다. 내 몸은 여기에 발 담그고 있으나 바흐의 음악이 바로 그 천상의 참세계로 인도하기 때문이리라. 플라톤은 현실에서 발 딛고 생활하는 인간은 모사품일 뿐이며, 영롱하고 깨끗하며 제약이 없는 완전한 세상의 참된 나를 상기하게 해주었다.

플라톤의 저술인 「파이돈」과 「향연」에서도 이러한 순수한 영혼을 느낄 수가 있다. 플라톤은 「파이돈」에서 죽음을 앞둔 소크라테스와 친구 사이의 감옥에서의 대화 형식을 빌려 소크라테스 철학의 진수를 보여준다. 소크라테스는 죽음의 선함, 영혼의 윤회와 지식의 상기 그리고 영혼의 순수함과 불멸 등에 대해 논리를 설파하며 친구들을 감동시키고 동의를 얻어낸다. 「향연」에서도 소크라테스와 친구들은 아가톤의 집에서 에

플라톤

로스(사랑)에 대해 대화한다. 그 대화에서 소크라테스는 파르나소스의 여제사장 디오티마의 말을 전하는 형식을 빌려 사랑에 대해 설파한다. 사랑은 영혼의 아름다움을 추구하고 최종적으로는 아름다움 그 자체, 즉 이데아를 알게 됨으로써 참된 덕을 실천하는 것이라고. 플라톤은 그의 저술에서 일관되게 영혼의 순수함과 아름다움 즉 참 세계, 이데아를 주장한다. 바흐의 작품들은 음악의 이데아이며 우리를 그곳으로 인도하는 것 같다.

플라톤 저·강윤철 역
「소크라테스의 변명·
파이돈·크리톤·향연」
(©스타북스)

바흐를 들을 때, 플라톤에 이어 떠오르는 음악이 있다. 16세기 로마에서 태어난 그레고리오 알레그리의 〈미제레레〉이다. 바흐처럼 내 영혼을 정화시켜 참세상으로 인도하는 것 같은 느낌이 드는 음악이다. 이 곡에 대해서는 다음에 살펴보고자 한다.

무반주 첼로 모음곡

여행할 때마다 가급적이면 일부러 시간을 내어 오래된 음반 가게나 헌책방에 들르곤 한다. 먼지 쌓인 서가나 음반이 꽂혀 있는 선반을 뒤적이다 보면 흐릿하게 보물이 눈에 들어오는 경우가 있다. 인터넷에서는 거의 모든 사이트 구석구석을 뒤져도 찾을 수 없던 명반이나 고서적 또는 그림을 찾으면 여행 중 불친절이나 맛없는 음식의 짜증은 한순간에 사라져 버리고, 짜릿한 쾌감이 발끝에서부터 온몸으로 퍼지는 즐거움이 느껴진다. 그 순간의 기쁨이란 나 같은 범인에게는 콜럼버스가 긴 항해 끝에 신대륙을 발견한 것 같은 기쁨에 못지않다.

스페인 카탈루냐의 소도시 벤드렐 출신의 첼로 거장 파블로 카잘스(1876~1973)가 1889년 그러한 순간을 맞이했다. 바르셀로나 음악학교에 재학 중이던 열세 살의 카잘스는 독주 연주용 악보를 찾기 위하여 여기저기 뒤지고 다니던 중, 바르셀로나의 한 악기점에서 구석에 처박혀 있던 바흐의 〈무반주 첼로 모음곡〉 악보를 보았다. 거의 200년 가까이 빛을 보지 못하고 먼지를 뒤집어쓰고 잠자던 악보였다. 카잘스는 12년의 연구와 연습 끝에 대중 앞에 이 곡을 선보였다. 그는 당시의 일을 이렇게 회상하였다. "그것은 내 생애의 한 시기를 이룩하는 사건이었다… 그때까지 이 곡에 대해 누구에게도 들어본 적이 없었으며… 말할 수 없는 신비함이 깃들어 있어… 돌아오는 길에 건드려 보고 살며시 쓰다듬어 보고… 당시 음악가들은 이런 종류의 곡은 차갑고 학구적이라고… 그러나 오히려 찬연한 시정이 넘치도록 흐르고 있었다." 그 후에도 카잘스는 평생에 걸쳐 하루도 빠뜨리지 않고 매일같이 〈무반주 첼로 모음곡〉을 연습하였다.

그토록 애정을 가지고 거듭거듭 연구하고 연습한 결과물이 1936~

1939년에 녹음한 음반이다. 이 곡을 처음 들었을 때는 그냥 무미건조하고 별 감흥이 없었다. 그런데 왜 수많은 사람이 이 곡에 열광할까 하는 생각으로 듣기를 반복할수록, 그 진한 참맛이 전해오며 중독성 있게 빠져들었다. 진한 양념보다 심심한 육수의 평양냉면처럼. 역시 "첼로의 성서"로 대접받는 이유가 느껴졌다.

6곡으로 구성된 〈무반주 첼로 모음곡〉은 곡마다 여섯 개의 악장 〈프렐류드/알망드/쿠랑트/사라반드/미뉴에트(또는 부레/가보트)/지그〉로 구성되어 있다. 음식이나 옷이나 무엇이든 잘하는 곳은 떠들썩하게 선전하지 않는다. 일부러 내보이지도 않고 무심한 듯하지만 손님은 감동한다. 나에게 〈무반주 첼로 모음곡〉은 그런 곡이다. 그러나 반드시 다시 찾게 되는. 묵직하고 부드러운 선율이 바람에 날리는 비단 치마같이 서서히 마음을 물들여 온다. 말도 눈빛조차도 필요하지 않다. 그냥 조용히 앉아 파란 하늘만 바라보고 있어도 서로의 마음이 전해진다. 부드러운 첼로의 저음이 귀를 간지럽히고 마음은 한없이 깨끗해지며 맑아진다. 세상의 모든 소음으로부터 벗어나 오롯이 나만의 편안한 위로의 시간이다. 호숫가에 앉아 유유히 떠다니는 백조나 천천히 흐르는 흰구름을 보고 있는 것 같은 평화가 깃든다. 나지막이 나 스스로에게 속삭이는 밀어 같기도 하다. '그래 지금은 오롯이 너만을 위한 시간이야. 그 안으로 발을 내딛고 부드럽고 아름다운 선율에 몸을 맡겨. 그러기만 하면 돼. 엄마가 불러주는 자장가가 들려올 거야.'

파블로 카잘스, 1936~1939

피에르 푸르니에, 1960 *안너 빌스마, 유튜브*

무반주 바이올린 소나타와 파르티타

피아니스트와 첼리스트에게 있어 〈평균율 클라비어 곡집〉과 〈무반주 첼로 모음곡〉이 성서이듯이 이 곡 또한 바이올리니스트에게 있어 바이블이다. 단지 기교만이 아니라 정신적인 깊이가 체화되어야만 제대로 연주에 도전하는 곡이다. 음악은 단순한 소리통의 울림이 아니다. 삶이 응고되어 내면의 깊은 성찰과 연륜이 묻어 나올 때 제대로 된 연주가 가능하기 때문이다. 장사익이 〈국밥집에서〉나 〈하늘 가는 길〉을 불러야 제맛이듯이. 이 곡도 〈무반주 첼로 모음곡〉처럼 6곡으로 구성되어 있으며, 홀수 번호는 소나타, 짝수 번호는 파르티타이다. 소나타는 전통적인 교향곡 형식의 네 악장으로 구성되어 있으며, 파르티타는 〈알망드/쿠랑트/사라반드/미뉴에트/부레/지그〉 등의 무곡을 묶은 모음곡 형식이다.

모든 것을 초월한 바람 같은 자유로움에서 노래하는 듯하다. 때로는 쓴맛 나는 시절을 회상하기도 하고, 때로는 감미로웠던 때를 떠올리기도 한다. 삶 전체를 뒤돌아보면 씁쓸한 시절이 많았으리라. 그러나 순간순간의 짧은 기쁨이 모든 어려움을 이겨내는 힘이었다. 인생의 언덕에 앉아 뒤돌아보면 모두가 부질없는 것을 왜 그리 움켜쥐고 전전긍긍했던가? 고려말 공민왕의 스승 나옹선사의 게송처럼 물같이 바람같이 살다가면 될 것을, 머리도 눈썹도 눈처럼 희어지고 나서야 인생의 부질없음이 보인다. 마음도 요동치지 않고 무심의 경지에 들어서니, 내면에 평화가 큰 바위처럼 가부좌하고 조용히 자리한다. 바흐의 〈바이올린 소나타와 파르티타〉가 공空의 세계에서 들려오는 바람 소리처럼 스스로 무심하게 흘러가는 듯하다. 역시 인생은 예행연습이 없나 보다.

나단 밀슈타인, 1973 *오스카 슘스키, 1978*

자세히 오래 보아야 예쁘다

광화문 교보생명 건물에 계절마다 걸리는 글판 내용 중 시민들의 가슴을 울린 첫 번째 글이 2012년 봄에 게재된 나태주 시인의 「풀꽃」에 나오는 "자세히 보아야 예쁘다 / 오래 보아야 사랑스럽다 / 너도 그렇다"라는 시 구절이었다고 한다. 물론 처음 보거나 들을 때부터 예쁘고 사랑스럽다면 더할 나위가 없겠지만, 대개 첫눈에 반하는 경우는 끝까지 그 아름다움을 유지하기가 어렵다.

꽃도 화려하여 첫눈에 반하는 꽃은 질 때 추한 경우가 많다. 그러나 드러내지 않고 가까이 자주 볼수록 매력이 있는 꽃, 매화 같은 꽃은 꽃잎이 바람에 날리며 진다. 하물며 눈에 잘 띄지도 않는 풀꽃이야. 장미와 풀꽃을 사진으로 찍어 같이 봤더니 풀꽃에 훨씬 더 마음이 간다. 풀꽃은 눈만이 아니라 마음마저 가져간다.

우리에게 명화라고 일컬어지는 르네상스의 그림들도 마찬가지다. 그 당시에는 캔버스라는 개념이 미약하였을 뿐만 아니라 화가들이 대부분 궁정이나 교회에 소속되어 있어서, 장식용으로 궁전 또는 교회의 벽이나 천장에 그린 프레스코화나 템페라화가 유행하였다.

물감도 제대로 발달하지 못한 시기에 벽이나 천장에 그림을 그리기가 만만치 않은 작업이었을 것이다. 그래서 모네 같은 인상파나 현대의 그림에 익숙한 우리에게 조토나 마사초 같은 르네상스 초기 시대

마사초, 『낙원추방』 프레스코화

로히르 반 데르 웨이덴, 『젊은여인의 초상화』, 패널에 유채

멜로초 다 포를리, 『비올라를 연주하는 천사』, 프레스코화

의 그림은 뭔가 어색하고 부자연스럽다. 그러나 자세히 자주 보라. 그들이 그린 그림의 표현은 감동적이다. 얼굴 표정, 몸짓, 손발의 형태와 그 모양이 뜻하는 의미, 빛과 자연의 묘사 등은 감탄을 자아내며 소름 돋게 한다.

시대를 달리하면서도 우리에게 울림을 주는 바흐의 무반주 첼로 모음곡이나 바이올린 음악도 그렇다. 처음 들을 때는 약간 귀에 어색하거나 낯설어 접근이 쉽지 않지만, 들으면 들을수록 울림이 깊어진다. 잘근잘근 씹을수록 그 맛깔스러움이 찰져진다.

브란덴부르크 협주곡 5번

브란덴부르크 협주곡은 바흐의 〈바이올린 소나타와 파르티타〉와 〈무반주 첼로 모음곡〉처럼 6곡으로 구성되어 있다. 이 곡은 바흐가 쾨텐 궁정 시기에 작곡한 협주곡 중에서 우수한 6곡만을 선별하여 묶은 것으로, 베를린의 브란덴부르크 공 크리스티안 루트비히에게 헌정하였다. 그런 연유로 〈브란덴부르크 협주곡〉이란 이름이 붙여졌다.

크리스티안 루트비히

당시에 존재하던 거의 모든 악기를 편성하여 가능한 다양한 악상을 발휘한 곡인 만큼, 독주 악기군과 합주 악기군 간의 유기적인 구성, 또 독주 악기 내에서의 독주와 합주의 다채롭고 화려한 전개는 감상자에게 큰 즐거움을 선사한다. 이 6곡의 〈브란덴부르크 협주곡〉은 모든 곡이 각각 악기 편성도 다르고 악상이 다양하며 모두 기교적이고 화려함이 어우러져 우아함과 황홀함을 느낄 수 있게 한다.

〈제5번〉은 유일하게 쳄발로가 등장하는 곡으로 쳄발로가 푸가와 장식부를 독주하며 우아하게 전개해 나갈 때에는 구름 위를 걷는 듯하다. 이 〈5번〉 협주곡은 독주부를 바이올린, 플루트, 쳄발로가 맡고 있으며 1악장 전반부는 독주 그룹과 합주 그룹이 서로 대비를 이루며 합주 협주곡 같은 느낌을 준다. 전원에 파릇파릇 새싹이 돋아나는 듯한 싱그러움이 묻어나는 전반부의 합주에 이어, 후반부의 다른 독주 악기들을 압도하는 쳄발로의 카덴차는 밤하늘에 황금빛으로 화려하게 쏟아지는 별빛과 같은 느낌으로 쳄발로 협주곡 같은 인상을 준다.

2악장은 중세 궁정의 아름다운 춤곡을 연상시키며 독주부 악기의 삼중주가 사랑스럽고 다정하게 서로를 감싸주며 연주된다. 스케르초풍으로 시작하는 전합주의 3악장은 고풍스러운 궁정에서 들려오는 아름답고 경쾌한 음악 소리처럼 마음을 가볍고 시원하게 해준다.

칼 리히터, 뮌헨 바흐 오케스트라, 1967

네빌 마리너, 아카데미 오브 세인트 마틴 인 더 필즈, 1980

전원의 합주

조르조네, 『전원의 합주』

르네상스 시기 이탈리아 베네치아를 대표하는 화가 조르조네(1473?~1510)가 그리기 시작하여 티치아노(1488?~1576)가 완성하였다고 알려진 『전원의 합주』.

바흐의 〈브란덴부르크 협주곡〉을 듣고 있노라면 중세의 궁정에서 흘러나왔을 법한 음악을 평화로운 전원에서 듣고 있는 기분이 느껴진다. 『전원의 합주』에서 풀 위에 앉은 세 명의 남녀는 음악을 연주하고 다른 여인은 우물에서 물을 긷고 있다. 여인들은 모두 옷을 벗고 있으나 남자들은 당시의 복장을 갖추고 있다. 여인들은 옷을 걸치지 않은 것으로 보아 여신들일 것이다. 완전한 신은 옷을 입을 필요가 없으니까. 피리를 부는 여인은 제우스와 기억의 여신인 므네모시네 사이에 태어난 아홉 무사이(뮤즈) 여신 중 플루트와 리라를 상징하는 에우테르페일 것이다.

무사이가 샘에서 물을 긷는 것은 자신들이 사는 파르나소스산의 샘물을 마신 자는 그녀들의 재능을 물려받을 수 있다는 신화의 알레고리가 아닐까? 배경에는 양치는 목동과 목가적인 풍경이 그려져 있다. 아마 베르길리우스가 노래한 축복과 풍요로움이 가득한 이상향 아르카디아일 것이다. 이 이상적인 낙원에서는 신과 인간, 판과 사티로스가 공존하고, 누구나 이상적인 삶을 영위하며, 슬픔과 죽음마저도 위로받을 수 있을 것 같다. 목동들은 양 떼를 몰며 소박한 삶에 만족하고 유유자적한다. 무사이들과 음유시인이 들려주는 서정적인 노래가 아름다운 아르카디아의 자연을 예찬하고, 삶의 아름다움을 노래한다.

이 작품의 최초 소장자는 르네상스 초기 최대의 미술품 수집가이자 예술의 후원자인 이탈리아의 이사벨라 데스테(1474~1539)였다. 이후 영국의 찰스 1세, 루이 14세를 거쳐 현재는 루브르 미술관에 소장되어 있다. 이사벨라 데스테는 정치적 음모와 전쟁이 소용돌이치는 중세 말, 르네상스 태동기의 남성 중심 세계에서 강인한 정신력으로 격동기를 살아낸 여인이다. 그녀가 운영하는 살롱은 당대의 수많은 문학가 및 예술가들의 교유 장소였으며, 여러 시인들이 그녀의 미덕, 용기, 학식, 미적 취향을 찬양하였다. 한편 그녀는 자신의 살롱을 당대의 예술가인 만테냐, 페루지노, 티치아노, 라파엘로 등의 그림으로 채웠으며 한때는 레오나르도 다빈치를 고용하기도 했었다. 이때 조르조네의 『전원의 합주』도 그녀의 소장품이 되었을 것이다.

레오나르도 다빈치,
『이사벨라 데스테의 초상』

사실 살롱의 기원은 기원전 5세기 그리스로 거슬러 올라간다. 그 당시

재색을 겸비한 헤타이라(고급 매춘부를 일컫던 말) 아스파시아는 춤과 음악 등 다양한 예술적 소양을 갖추고 남성들과 자유로이 교제하였다. 소크라테스나 알키비아데스도 그녀의 집에 왕래하였으며, 아리스토텔레스는 헤타이라였던 필리스의 집에 드나들면서도 조금도 부끄러워하지 않았다. 이러한 문화가 르네상스 시대에 들어서면서 살롱의 기원이 되었다.

중세의 종교 중심에서 인간에게로 관심이 옮겨온 르네상스 시대에는 당연히 인문학이 활발히 번성하였으며, 문학 작품을 읽고 음악을 즐기며 학문을 토론할 수 있는 장소가 필요했고, 살롱이 그 역할을 대신했다. 그 중심에는 만토바 궁정의 이사벨라 데스테가 있으며, 이탈리아 메디치 가문에서 태어나 프랑스 왕 앙리 2세의 왕비가 되어 종교전쟁(위그노 전쟁)의 소용돌이를 가로지른 카테리나 데 메디치(1519~1589)가 살롱 문화를 프랑스로 가져가면서 살롱의 전통은 프랑스로 옮겨갔다. 당시 프랑스에 형성되기 시작한 인문주의적 분위기의 바람을 타고 랑부예 후작 부인(1588~1665)이 살롱을 개장하였다. 17세기의 살롱은 문학의 교류와 사교의 장소로서의 기능이 주를 이루었으나, 18세기가 되면서 살롱은 사교의 장소이기도 하지만, 판금된 작가를 보호하며 그들의 작품과 대중을 연결해주는 가교 역할뿐만 아니라, 계몽사상의 전파지로서 역할을 충실히 수행하였다.

그 당시에 살롱에 출입하려면 자기소개서와 몇몇 사교계 유명 인사의 추천서가 있어야만 했으며, 최종적으로는 살롱 여주인의 낙점이 필요했다. 이를 두고 루소는 "파리에서는 여성 없이는 아무것도 이룰 수 없다"고 말하기도 하였다. 18세기 파리의 살롱을 이끈 대표적 여성으로는 루이 15세의 정부로서 "왕관 없는 여왕"이라고 불린 퐁파두르 부인(1721~1764), 나폴레옹의 동생이 사랑한 레카미에 부인(1777~1849) 등이 있다. 살롱Salon은 이탈리아어 살라Sala에 해당하며 프랑스어로 거실을 뜻하는데, 보통은 예술 애호가들이 모여 작품을 감상하거나 토론하며 대화를 나누는 응접실 같은 장소를 말한다. 이러한 살롱 문화가 문학과 예술의 발전과 보급, 계몽주의의 발전과 혁명에 기여하였음이 새삼스럽다.

자크 루이 다비드, 『레카미에 부인의 초상』

조르조네의 『전원의 합주』는 350여 년이 지나 인상파 화가의 대가 에두아르 마네로 이어진다. 마네는 루브르 미술관에서 조르조네의 그림을 보고 영감을 받았다고 알려져 있다. 1509년의 『전원의 합주』는 그리스 예술의 부활을 모토로 한 고전적이고 신화적인 이미지를 느끼게 하는 반면, 르네상스와 계몽의 시대를 지나서 새롭게 탄생한 인상주의 작품인 마네의 『풀밭 위의 점심 식사』는 신사와 여인의 누드라는

클로드 모네, 『풀밭 위의 점심 식사』

에두아르 마네, 『풀밭 위의 점심 식사』

조합은 비슷하나 표현 방식이나 색채의 질감, 강한 명암 등 완전히 변화하였다. 벌거벗은 여인 빅토르 뫼랑의 창백한 피부와 처진 뱃살, 정면으로 응시하는 눈길은 당황스럽기까지 하다. 이 작품은 처음 전시되었을 때 외설적이라며 엄청난 비난을 받았으나 현재는 인상주의 시대를 개화한 작품으로 인정받고 있다. 만일 200여 년이 지난 현재에 그림을 그린다면 어떤 모습으로 그려질까?

게오르크 프리드리히 헨델

게오르크 프리드리히 헨델

헨델은 1685년 할레에서 독일 작센 궁정 외과 의사의 아들로 태어났다. 아들을 법관으로 키우고자 했던 아버지는 음악을 배우고 싶어 하는 아들에게 "음악이란 굶어 죽기 십상"이라며 반대하였다. 그러나 한밤중에 다락에 올라가 달빛을 불빛 삼아 악보를 읽고 연주법을 공부한 헨델의 열정과 재능이 주위 사람들의 눈에 띄어, 아홉 살 때부터 작곡법과 오르간 연주법을 배웠다.

헨델은 이탈리아, 프랑스, 영국 등지를 여행하며 세상의 변화를 확인하고 당시까지의 음악인 종교음악에서 벗어나 이탈리아에서 유행하는 오페라에 관심을 갖게 되었다. 당시 이탈리아는 오페라가 유행하고 있었으며 몬테베르디(1567~1643)의 〈오르페오〉가 대표적인 곡이다. 〈오르페오〉의 성공은 1637년 베네치아에 오페라 극장의 개설을 이끌었으며, 이전까지 왕궁이나 귀족들만이 즐기던 음악을 일반 대중들도 즐길 수 있게 하였다.

1706년에 이탈리아로 건너가 오페라를 배운 헨델은 잠시 고국 독일로 귀국하지만, 1710년 자유로운 영국에 반하여 그곳에 눌러앉았으며 나중에는 영국인으로 귀화하기까지 했다. 당시 영국은 산업혁명이 일어나고 자본주의가 싹트고 있어 부와 명예를 거머쥘 수 있는 기회의 땅이었다. 이탈리아에서 배운 감각으로 무장한 헨델은 가극장까지 운영하며 신흥 중산층의 요구에 부응하여 단시간에 부와 명예를 거머쥐었다. 그러나 영국의 정치 문제와 달라진 관객의 취향으로 파산하여 뇌일혈로 쓰러지기도 하였다.

이후 불사조처럼 건강을 회복한 헨델은 영국 관객이 장황한 이탈리아어 줄거리와 깊이 없는 기교에 의존하는 오페라에 염증을 느끼는 것을 간파하고, 누구나 알고 있는 성서의 내용을 바탕으로, 무대나 의상비를 줄일 수 있는 오라토리오에서 가능성을 발견하고 다시 대성공을 거두었다. 그는 〈메시아〉로 완전히 재기하여 편안한 노후를 보냈으며, 32회에 이르는 〈메시아〉 공연을 직접 지휘하였고 그 수익금을 모두 자선단체에 기부하기도 하였다.

평생을 독신으로 살았던 헨델은 말년에 시력이 약해졌는데, 바흐를 치료했던 돌팔이 의사에게 치료를 받으면서 완전히 실명하기도 하였으나 〈리날도〉와 〈세르세〉 등의 40편이 넘는 오페라와 〈할렐루야*Hallelujah*〉의 합창으로 유명한 〈메시아〉, 권력을 향한 욕망과 질투심 그리고 나약함 같은 인간의 고뇌를 다각도에서 표현한 〈사울〉, 〈시바 여왕의 도착〉, 음악이 인상적인 〈솔로몬〉 등 20곡이 넘는 오라토리오 등 불멸의 작품들을 남기고 1759년에 눈을 감았으며, 그의 소원대로 웨스트민스터 대성당에 영국인 조지 프리데릭 한델의 이름으로 묻혔다.

수상음악

헨델은 독일 하노버 왕조 게오르크 1세 선제후의 악장으로 봉직 시에 영국을 방문하였다가 눌러앉는 바람에 선제후의 노여움을 샀다. 그런데 후손이 없던 영국의 앤 여왕이 죽자 독일의 선제후가 조지 1세로 영국의 왕위를 계승하였다. 난처해진 헨델은 조지 1세의 템스강 물놀이 행사 날에 맞추어 〈수상음악〉을 작곡, 연주하여 조지 1세의 환심을 사고 신임을 얻었다. 독일에 거주했던 조지 1세는 영어를 알아듣지 못했는데, 하노버 대신 영국에 머무는 동안에는 정사 대신 여흥으로 시간을 보냈다고 전해지고 있다. 조지 1세는 말이 통하고 흥겨운 음악까지 준비한 헨델이 얼마나 반가웠을까?

언젠가 한강에서 유람선을 탔던 기억이 난다. 밤배에는 휘황한 조명이 켜지고, 강의 양쪽으로는 서울의 야경이 아름답게 빛나고 있었다. 배의 앞쪽 무대에서는 동남아에서 온 가수들이 노래를 불렀고 강바람은 살랑거리며 얼굴을 스쳤다. 승선한 손님들은 준비된 음식에 와인을 곁들이며 얘기를 나누기도 하고, 노래를 듣기도 하고, 야경을 구경하며 한껏 한강의 밤 풍경을 만끽하였다. 물론 가수들이 부르는 팝 음악도 아름답고 서정적이었지만, 만일 헨델이 조지 1세의 배 주위를 돌며 악사들과 연주했던 수상음악을 들었다면 어땠을까? 아마 한강의 밤바람만큼이나 감미로웠을 것이다. 20여 곡의 수상음악 중 유명한 〈혼파이프*Alla Hornpipe*〉 딱 한 곡만이라도.

존 엘리엇 가디너, 잉글리시 바로크 솔로이스트, 1983, 1991

조르디 사발, 르 콩세르 데 나시옹, 2008

리날도

르네상스 시대 이탈리아의 대시인 토르콰토 타소는 1574년 제1차 십자군 전쟁을 바탕으로 「해방된 예루살렘」이라는 대서사시를 썼다. 이 시는 십자군의 영웅 리날도와 약혼녀 알미레나, 이슬람의 마녀 아르미다와 이슬람 왕 아르간테 사이의 얽히고설킨 사랑 이야기이다. 아르미다는 전쟁에서 승리하기 위해 알미레나를 납치하지만 정작 당당한 리날도에게 반하고, 아르간테는 알미레나의 미모에 정신을 빼앗긴다. 알미레나를 구하기 위해 아르미다의 마법 저택에 온 리날도를 알미레나로 둔갑해 유혹하는 아르미다. 그러나 리날도는 알미레나를 구출하고 예루살렘에 입성한다. 영화 「파리넬리」에 나오는 아리아 〈울게 하소서*Lascia ch'io pianga*〉는 알미레나가 성에 갇혀 자유를 염원하며 부르는 노래이다.

울게 하소서 / 비참한 운명이여 / 한탄하네 / 잃어버린 자유를.
슬픔아 부수어라 / 내 고통의 / 이 속박을 / 오직 비탄으로.

크리스토퍼 호그우드, 아카데미 오브 에인션트 뮤직, 1999

세르세

세르세는 크세르크세스의 이탈리아식 이름으로, 성경에 나오는 아하수에로 왕이다. 그는 다르다넬스 해협을 건너 스파르타 정예군과 전투를 벌였으며 이 전쟁을 묘사한 것이 영화 「300」의 테르모필레 전투이다. 그러나 아테네 장군 테미스토클레스에게 살라미스 해전에서 패하며 아버지 다리우스로부터 시작된 페르시아 전쟁은 막을 내린다. 오페라 〈세르세〉는 전쟁 이야기가 아니고 얽히고설킨 사랑에 관한 내용이다. 세르세와 약혼녀인 이웃 나라 공주 아마스트레, 동생 아르사메네와 그의 연인인 제사장의 딸 로밀다와 그녀의 동생 아탈란타 간에 벌어지는 애정 행각이지만 해피 엔딩으로 막을 내리는 오페라이다. 오페라의 시작 부분에서 나오는 헨델의 〈라르고〉로 알려진 아리아 〈사랑스러운 나무 그늘이여〉는 서정적이고 아름다운 선율로 많은 음악 팬의 사랑을 받고 있는 노래이다.

크리스토프 루세, 드레스덴 젬퍼 오페라 실황 녹음, DVD, 2000

벙어리 영국 왕

1. 마그나카르타

1215년 존 왕의 실정에 귀족들이 반기를 들고 왕을 협박하여 얻어낸 성직자와 귀족의 특권을 인정한 마그나카르타(대헌장)로부터 싹튼 왕권 견제. 그러나 백년전쟁과 장미전쟁을 거치며 제후와 귀족이 몰락하고 다시 왕권은 강화되었다.

2. 백년전쟁과 장미전쟁

백년전쟁(1339~1453)은 예전부터 프랑스의 모직물 산지인 플랑드르와 보르도 와인의 산지 기옌 지방을 탐하던 영국의 에드워드 3세가, 어머니가 프랑스 카페 왕조 출신임을 내세워 자신에게 프랑스 왕위계승권이 있음을 주장하며 프랑스를 침공하면서 발발하였다. 그러나 오를레앙의 소녀 잔 다르크(1431년 영국군에게 잡혀 '마녀'로 몰려 처형당하였으나 1455년 이단의 오명을 벗고, 1920년 교황에 의해 성인으로 추대됨)의 등장으로 패

알버트 린치, 『잔 다르크』

전하며 프랑스 서부 땅마저 잃고 섬나라로 전락하는 계기가 되었다. 백년전쟁 패전 후 어수선한 영국 내에서는 흰 장미와 붉은 장미를 문장으로 사용한 요크 가문과 랭커스터 가문이 왕권 다툼을 벌인 장미전쟁(1455~1485)이 일어났고, 치열한 내전 과정에서 많은 귀족들이 몰락하며 왕권이 강화되었다.

3. 청교도 혁명

이후 콜럼버스의 신대륙 발견으로 시작된 대항해시대로 접어들면서, 영국은 스페인의 대함대를 격파하고 대양을 제패하였으며, 인도에 동인도 회사를 설립하여 아시아 무역에도 진출하는 등 번영을 구가하게 되며 젠트리 계급(지주와 상인)이 급성장하였다. 그러나 스코틀랜드에서 온 제임스 1세와 그의 아들 찰스 1세 왕이 왕권신수설을 주장하며 젠트리 계급을 탄압하자 왕과 의회가 충돌하게 되었다. 크롬웰을 중심으로 한 청교도들로 편성된 '철기군'이 저항하며 혁명(1642~1649)을 일으켜 승리하고, 왕은 처형되고 왕정은 공화정으로 바뀌었다.

4. 왕정복고와 명예혁명

크롬웰의 강압 통치에 반발한 온건파가 프랑스에 망명해 있던 왕족을 불러들임으로써 왕정복고가 이루어졌다. 그러나 왕위에 오른 제임스 2세가 의회에 협조하지 않고 가톨릭의 부활을 꾀하자 의회는 다시 왕을 폐위하고 왕의 딸 메리와 그의 남편인 네덜란드 총독 윌리엄을 새로운 공동 왕으로 정하였다. 새로운 왕 부부가 영국에 도착하자 제임스 2세는 저항하지 않고 국외로 망명함으로써 피를 흘리지 않고 왕권을 교체하게 되어 이를 '명예혁명(1688)'이라 부른다. 이후 새로운 왕은 의회의 우위를 인정하는 '권리장전(1689)'을 제정하여 의회를 중심으로

하는 입헌군주제의 초석을 확립하였다.

5. 조지 1세와 의원내각제의 확립

금실 좋은 윌리엄과 메리 왕 부부에 뒤이어 왕위에 오른 메리의 여동생 앤 여왕은 여러 차례의 임신에도 불구하고 겨우 다섯 아이만이 살아서 태어났으나 모두 사망하는 불행을 당한다. 앤 여왕은 잉글랜드와 스코틀랜드의 통합을 추진하여 1707년 그레이트 브리튼 왕국을 완성한 여왕이기도 하다. 앤 여왕은 자신의 임종이 다가오자 '권리장전'과 '왕위계승법'에 따라 왕위계승이 이루어지길 바라며 눈을 감았고, 독일 하노버 왕가의 선제후 게오르크 1세가 1714년 영국의 왕으로 추대되어 그레이트 브리튼 왕국의 조지 1세 왕으로 등극하였다. 그러나 조지 1세는 영어를 알아듣지 못해 정사에 참석하지 못하였을 뿐만이 아니라, 하노버 왕가에만 관심이 많을 뿐 영국을 통치하는 데에는 별 관심이 없어 의회의 총리가 왕의 집무를 대행하였다. "왕은 군림하나 통치하지 않는다(1721)"는 원칙이 이때 정립되어 의원내각제가 확립되는 계기가 되었다. '말보다 음악'이 좋아.

조지 1세

요제프 하이든

요제프 하이든

파파 하이든. 우울하고 축 처지는 날에는 하이든을 듣는다. 그의 음악을 들을 준비를 할 때는 다른 작곡가의 음악처럼 비장하거나 마음의 준비 없이, 그냥 명랑한 기분으로 시작할 수 있다. 그러면 기분이 전환되며 밝아지고 즐거워진다. 하이든은 오스트리아의 로라우에서 대장간집 장남으로 태어났다. 그는 상냥하고 친절하며 유머까지 갖추었다. 초상화를 보면 따뜻하고 온화한 아버지 같고, 음악을 들으면 밝고 경쾌함 속에 위트와 미소를 느낄 수 있다. 심지어 웅장하고 비장한 음악마저도 그 안에 따뜻함을 내포하고 있다.

하이든과 그의 동생 미하일 하이든은 모두 음악에 재능이 있었으나 음악과는 무관한 집안이어서 하마터면 그들의 재능은 모두 묻힐 뻔하였다. 동생 미하엘 하이든도 형 요제프 하이든이 "종교음악은 나보다 동생이 뛰어나다"고 말할 정도였으며, 그의 〈교향곡 25번〉은 한때 모차르트의 〈교향곡 37번〉으로 잘못 알려지기까지 했다. 따라서 지금 모차르트의 〈교향곡 37번〉은 빈칸이다.

하이든에게 묻힐 뻔한 자신의 음악적 재능을 발휘할 우연한 기회가 찾아왔다. 학교 선생님이던 친척이 그를 알아보고 하인부르크의 자기 집으로 데려와서 노래와 악기 연주를 가르쳤던 것이다. 그곳에서 오르간 연주자를 만나 성당 보이 소프라노가 되었고, 변성기가 왔을 때는 귀족의 자녀를 가르치는 노래 선생님의 반주자로서 귀족들을 만나면서 젊은 음악가로 인정받았다. 1761년에는 아이젠슈타트에 있는 유럽에서 최대 영지를 소유한 에스테르하지 후작의 부악장으로 들어가 30여 년 동안 봉직하였다.

1790년 에스테르하지 후작이 세상을 떠나고, 당시 산업혁명과 시민계급의 성장의 거센 흐름 앞에서 후작 가문도 자유로울 수 없었다. 결국 후작의 아들 안톤 파울은 아내가 음악을 싫어한다는 이유를 대며 악단을 해체하였고, 하이든도 자유를 얻어 빈으로 돌아왔다. 이때부터가 그에게는 제2의 음악 창작 시기라고 할 수 있다. 그 당시 하이든은 자신도 알지 못하는 사이에 이미 유럽 최고의 명성을 얻고 있었다. 이후 그는 독일인으로 영국에서 활동하는 바이올리니스트이자 공연기획자인 페터 잘로몬의 초청으로 두 차례에 걸쳐 런던을 방문하였으며, 그 기간에 그의 최고의 교향곡으로 평가받는 〈런던 교향곡('잘로몬 교향곡'이라고도 불림)〉 12곡(93번~104번)을 작곡하였다.

궁정에 봉직할 당시에는 후작을 위한 곡을 작곡해야 했으니 아무래도 창작의 자유가 제한되었을 것이며, 그 기간에 작곡된 곡으로는 〈첼로 협주곡〉과 교향곡 45번 〈고별〉 정도가 있다. 그러나 1790년경부터 활동이 자유로워지면서 자신의 순수한 창작 열의를 작품에 구현해내기 시작하였다. 교향곡 〈놀람〉, 〈시계〉, 〈큰북 연타〉, 현악 사중주 〈종달새〉, 〈황제〉, 오라토리오 〈천지창조〉, 〈사계〉와 장학퀴즈의 시그널 음악이었던 〈트럼펫 협주곡〉 등 수많은 걸작이 이 시기에 창작되었다. 하이든은 정식 음악교육을 받지 않고 독학으로 공부하여 100곡이 넘는 교향곡, 70여 곡의 현악 사중주, 30여 곡의 오페라와 4곡의 오라토리오 등 방대한 분량의 음악을 작곡하였다.

사실 당시의 음악은 이탈리아가 주름잡고 있었으며, 유행과 교양의 모범은 파리, 최신의 조류와 공연문화는 산업이 앞서가는 런던이었으며, 독일은 다른 나라에 비해 모든 면에서 더뎠다. 그러나 하이든은 18세기 초중반 독일 만하임에서 시작된 관현악을 형식과 내용, 조화와 통일을 추구하는 고전주의라는 네 악장 구성의 교향곡 형식으로 완성하였다. 또한, 빈 고전주의 3인방(하이든, 모차르트, 베토벤)의 맏형격으로 모차르트와 베토벤의 존경을 받았으며, 그들의 음악에 풍부한 자양분을 제공하였을 뿐 아니라 베토벤은 그에게서 음악을 배우기도 하였다. 이러한 그의 선구자적 노력이 빈을 18세기 후반부터 음악의 중심지로 우뚝 서게 하였다.

그의 말년은 유럽이 나폴레옹의 전쟁에 휘말려 혼란스러운 시기였다. 1809년 쇠약해진 하이든의 곁에 시종이 전쟁의 두려움에 벌벌 떨고 서 있었다. 하이든은 "괜찮아, 하이든이 있는 곳은 위험하지 않아"라는 말을 남기고 세상을 떠났다. 1800년 12월 24일 나폴레옹도 하이든의 오라토리오 〈천지창조〉 파리 초연을 관람했었다.

교향곡 101번(시계)

하이든의 교향곡 101번 〈시계*The Clock*〉는 2악장의 피치카토 음형이 시계의 초침이 똑딱거리는 소리 같다고 하여 붙여진 부제이다. 이 곡은 하이든이 말년에 두 번째 영국 방문 기간에 완성한 교향곡으로, 그의 음악의 특징인 밝고 경쾌함이 묻어나며 활기차고 박력이 넘친다. 첫 악장은 신비롭고 엄숙하게 문을 열어젖힌다. 막이 열리자 화려하고 경쾌한 리듬이 얼굴에 부딪히며 기분을 상쾌하게 해준다. 다채로운 리듬과 꾀꼬리 소리 같은 플루트의 선율이, 마치 솔향기가 코를 자극하고 큰 나무들 사이사이로 푸른 하늘이 언뜻언뜻 보이는 숲속에 들어선 것처럼 상큼한 느낌을 준다. 자유분방한 선율이 자유를 만끽하게 하는 첫 악장이다.

2악장은 부드러운 들판에 흐르는 바람 같은 우아한 선율 위로 새와 곤충들, 이름 없는 풀들이 시계 리듬에 맞추어 함께 인사하는 모습처럼 아름답고 사랑스럽다. 어찌 이리 사랑스러울까? 나도 모르게 리듬에 맞추어 고개를 끄덕이며 새와 곤충, 풀잎들과 눈웃음으로 인사하게 된다.

3, 4악장은 당당하고 호쾌한 리듬이 어깨를 활짝 펴게 한다. 활기차고 대범하게 나아가 삶의 주인공이 되라고 자신감을 북돋워 주는 듯하다. 빠르고 박력이 넘치는 선율과 리듬으로 자신감을 충만하게 해주는 피날레로 끝을 맺는다.

프란츠 브뤼헨 하이든 모음곡집, 18세기 오케스트라
안탈 도라티 하이든 모음곡집, 필하모니아 훙가리카

칸트와 달리의 시계

임마누엘 칸트

'시계' 하면 독일의 철학자 임마누엘 칸트(1724~1804)와 스페인의 초현실주의 화가 살바도르 달리(1904~1989)가 떠오른다. 하이든의 아름다운 교향곡 〈시계〉의 느낌을 떠나서 딱딱한 철학과 특이한 그림이 떠오르는 것은, 그들의 철학과 그림이 너무나 유명해서일 것이다.

"모든 철학은 칸트에게로 흘러들고, 칸트에게서 흘러나온다"는 18세기 대철학자 칸트. 그의 산책은 놀라울 정도로 규칙적이었다. 매일 똑같은 시간에 정해진 곳을 걸었기 때문에 마을 사람들이 그의 산책 모습을 보고 시간을 맞추었다고 전해진다. 칸트가 곧 시계였다. 딱 한 번 고장 난 적이 있었으니, 그것은 칸트가 루소의 「에밀」을 읽으며 그 내용 중에 나타난 자율정신에 감동했을 때라고 한다. 아마 그날은 온 마을의 질서가 엉망이 되었을 것이다.

당시 유럽 대륙은 데카르트에서 시작된 이성 만능주의의 합리론이, 영국은 합리론의 이성을 의심하고 지각이야말로 인식의 기원이라고 주장한 로크로부터 시작한 경험론이 우세하며 대립 중이었다. 칸트는 합리론과 경험론의 대립으로 진퇴양난에 빠진 서양철학에 해결사로 등장한 대철학자이다. 그의 철학은 시계처럼 정교하다. 그는 합리론과 경험론을 비판하고 새로운 철학을 개척한다. 즉 대상의 인식이 순수 이성에 의해 인식된다는 합리론과 경험에 의해 인식된다는 경험론의 한계를 극복하고, 인간의 인식은 경험과 선험적 판단에 의해 부여된 대상을 오성悟性이 정리한 후, 이성이 잘 아우름으로써 인식하게 된다며 "인식은 대상에 따르는 것이 아니라, 대상이 인식에 따르는 것이다"라고 주장하였다.

생각할수록 오묘한 주장이다. 이러한 주장은 기존의 이론을 완전히 뒤집는 인식론의 혁명적 변화였다. 이것은 지동설만큼이나 혁명적이어서 "코페르니쿠스적 전회"라고 부른다. 또한 칸트는 그의 「실천이성비판」에서 인간의 도덕 법칙도 확립하였다. 인간은 합리적 인과율(가언명령)을 넘어서 마음의 소리, 즉 자율정신에 따라 자신의 위험을 무시하고 상대방을 구하는 것 같은 정언명령(무조건적 명령)에 따른다는 것이 칸트가 정립한 도덕률이다.

살바도르 달리는 생각만으로도 재미가 있다. 그는 콧수염이 특이해서 편지에 그의 콧수염만 그려 넣어도 우편물이 달리에게 무사히 배달되었다고 한다. 한편 달리와 그의 아내 갈라의 관계를 생각하면 오스트리아의 소설가 레오폴트 폰 자허마조흐의 「모피를 입은 비너스」의 주인공 제베린과 반다가 연상된다. 달리의 작품 대다수가 그렇지만 『기억의 영속』을 보면 흐물거리는 시계가 그려져 있다. 도대체 이상해 보이기만 하지만 그래도 재미가 있다. 시계는 고목에, 말라버린 태아에, 탁자 위에 흘러내리듯이 걸쳐져 있다. 탁자 위에 있는 회중시계에는 개미가 득실거린다. 시계가 제대로 작동할 리 만무하다. 단지 개념 속의 시계일 뿐이다. 생명이 탄생하는 순간에도, 멀리 보이는 해안가의 태초의 암석에도, 오래된 고목에도 시간은 존재했었다. 오래된 생명체는 개미에 의해 부패되고 사라진다. 과거는 사라졌지만 우리의 기억에 존재한다. 기억 속의 시간이 우리를 지배하고, 나와는 무관하게 세상은 무심하게 흘러가며, 개개인의 주관대로 흘러가기도 한다. 기쁨은 빠르고 슬픔은 오래 남는 것처럼.

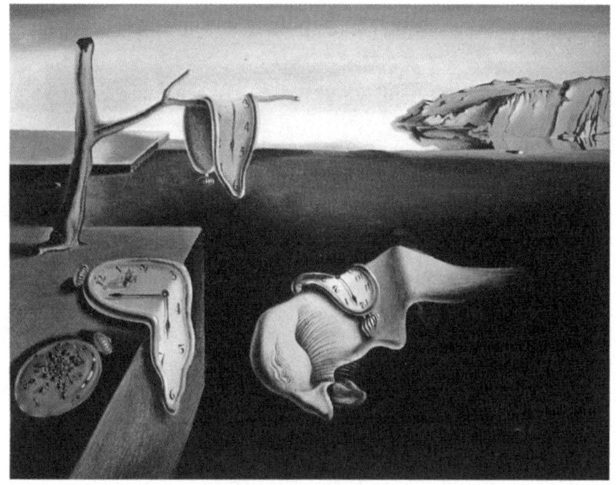

살바도르 달리, 『시간의 지속』

현악 사중주(종달새·황제)

하이든은 70여 곡이 넘는 많은 현악 사중주곡을 작곡하였다. 뿐만 아니라 그는 바로크 시대부터 내려오던 모음곡이나 디베르티멘토를 계승 발전시켜, 두 대의 바이올린과 비올라, 첼로라는 현악기 앙상블과 네 개의 악장으로 구성된 현악 사중주라는 장르를 확립하였다. 그의 많은 현악 사중주곡 중에서 자주 연주되는 곡으로는 우리에게 익숙한 〈세레나데〉를 비롯하여, 〈종달새〉, 〈황제〉가 있다.

종달새*The Lark*

시작부터 이렇게 상큼할 수가 없다. 정말이지 사중주단의 스타카토가 봄이 왔음을 알리는 것 같다. 하늘은 맑고 높으며, 땅에는 파릇파릇 새싹이 돋고, 농부는 기지개를 켜고 농기구를 챙기며 신께 감사 찬송을 하는 듯한 따사로운 봄날 같다. 아스라이 사라져가던 종달새가 다시 다가오며 마음껏 비행 솜씨를 뽐낸다. 내 마음에도 새싹이 돋아나고, 뭔지 모를 설렘에 두근거린다. 이어 사랑이 가슴에 살포시 내려앉는다. 칸타빌레의 선율에 눈을 감으니 아름다운 사랑이 아지랑이같이 가물거리며 미소 짓게 한다. 화창한 이른 봄의 수채화 같은 정경이다. 신의 축복이 충만한 봄날이다.

알반베르크 현악 사중주단, 1994
아마데우스 현악 사중주단, 1963

황제*Emperor*

하이든은 1797년 에르되디Erdody 백작을 위해 6곡의 현악 사중주를 작곡하였다. 그중 세 번째 곡이 〈황제〉인데, 2악장은 가곡 〈신이여, 황제를 지켜주소서〉의 선율을 주제로 하고 있으며 현재 독일 국가로 사용되고 있다. 하이든은 영국을 방문하였을 때 영국 국가의 선율을 듣고 돌아와, 가곡 〈신이여, 황제를 지켜주소서(황제찬가)〉를 작곡하여 합스부르크 왕가의 황제 프란츠 2세에게 바쳤다. 합스부르크 왕가가 사라진 이후에는 독일 국가로 사용되고 있으며, 개신교에서는 〈시온성 같은 교회〉라는 제목의 찬송가로 사용되고 있다. 현재 하이든의 조국 오스트리아의 국가는 모차르트의 칸타타 〈프리메이슨 칸타타〉 선율을 차용하여 편곡한 곡이 사용되고 있다.

샘물이 솟아나는 듯한 청량한 선율이 신선하다. 파파 하이든적인 선율이다. 경쾌하고 싱싱한 선율이 마음을 밝고 가볍게 한다. 선율에 맞추어 고개를 끄덕이며 함께 걷고 싶다. 발걸음도 가볍게. 갑자기 경쾌한 선율이 익숙한 모범생 같은 선율로 바뀌는 듯싶더니 악기들이 변주해 가며 요모조모로 재미를 더한다. 기품이 느껴지는 선율이다. 애국가가 울리는 하기식 시간인가? 가던 길을 멈추고 국기에 대한 경례라도 해야 할 것 같다. 하기식이 끝나고 왕궁의 큰 홀에는 불이 켜진다. 입구의 거울 앞에서 매무새 바로잡고 왕의 품격을 갖추고 우아한 미뉴에트 리듬에 몸을 맡기어 본다.

알반베르크 현악 사중주단, 1994
아마데우스 현악 사중주단, 1963

봄의 소리

봄이 오는 소리를 말하니 그런 소리가 어디에 있느냐고 반문한다. "왜, 안 들려?" 하면서 세상이 온통 봄이 오는 소리라고 주장한다. 요한 슈트라우스 2세의 '봄의 소리 왈츠'도 있잖은가. 그것에 대해서는 의문을 제기하지 않는다. 우리는 이상하리만치 우리나라 사람이 하는 얘기는 반신반의하는 문화가 있다. 그리고 외국인을 들먹거리며 인용하면 수긍하는 경우가 많다. 왜 그러지? 모르겠다. 우리도 스스로 자존감을 높여야 할 것 같다. 국토 면적 제외하고는 경제나 인구, 국방 등 세계 최고 수준 아닌가. 우리 국민의 뛰어남은 더욱더. 해방 후 이렇게 짧은 기간에 문맹이 없고 나라가 발전하고, 선진국 대열에 오른 국가가 있는가? 있으면 알려 달라.

봄은 소리와 함께 온다. 겨우내 얼었던 땅이 물기를 머금고 헐거워진 틈새로 새싹이 오르는 소리가 들린다. 바람꽃, 복수초福壽草, 깽깽이풀, 처녀치마, 노루귀, 봄까치꽃, 은방울꽃 등 새싹 오르는 소리. 영춘화, 보춘화, 매화, 산수유, 라일락, 목련, 복숭아꽃, 살구꽃 등 꽃봉오리 터지는 소리. 수양버들과 생울타리의 물오르는 소리. 하늘에는 종달새 비상하는 소리. 꾀꼬리가 짝을 부르는 소리. 꽃을 옮겨 다니는 꿀벌 소리. 심지어 봄비 내리는 소리까지 온 세상이 소리의 아우성이다. 봄의 소리는 왈츠보다도 더 아우성인 것 같다.
들려오는 봄의 소리에 엉덩이가 들썩여져, 한국의 섬티아고라 불리는 신안의 12사도 순

낙서재 (©한국관광공사김지호)

례길과 보길도 등 남도를 걸은 적이 있다. 12사도 순례길의 들길에는 토끼풀, 괭이밥, 쇠별꽃, 광대나물, 황새냉이, 봄까치꽃, 개나리, 진달래 등의 봄꽃이 산과 들을 색칠하고, 둑방길에서는 갯내음이 비릿하고, 황금 봄별은 바닷물 위에 반짝인다. 보길도의 세연정에 들러 낙서재로 향하는 시골길은 발걸음이 마음만큼이나 느려졌다. 멀리 아지랑이가 가물거리고, 곡수당과 낙서재 입구 개천 둑에는 마음 급한 수레국화, 달개비 등의 봄꽃이 지천이다.

김홍도, 『마상청앵도』

다리 건너 수양버들에서는 새소리가 들려왔다. 고개를 들어 바라보니 노오란 꾀꼬리가 짝을 부르고 있다. 길을 멈추고 고개를 돌려 꾀꼬리를 보았을 고산 윤선도와 단원 김홍도의 『마상청앵도』가 겹쳐진다. 땅에서는 새싹이 돋아나고, 시내는 겨우내 얼었던 얼음이

녹아 시원하게 흐르고, 수양버들에서는 연초록 새싹이 봄물처럼 뚝뚝 떨어지고, 꾀꼬리는 봄의 소리를 노래하고 있다. 고산이 봄의 아우성에 넋을 놓고 바라보고 있다. 봄은 소리의 계절이다. 계곡의 물소리와 솔바람 소리를 벗 삼아 오솔길을 따라 동천석실에 올라 고산이 되어 본다. 봄이 수채화처럼 펼쳐진다.

보소! / 자네도 들었는가? / 기어이 아랫말 매화년이 / 바람이 났다네 / 고추당초 보다 / 매운 겨우살이를 / 잘 견딘다 싶더만 / 남녘에서 온 / 수상한 바람넘이 / 귓가에 속삭댕께 / … 중략 … / 아이고~ 말도 마소! / 어디 매화년 뿐이것소 / 봄에 피는 꽃년들은 / 모조리 궁딩이를 / 들썩 대는디 / … 중략 … / 진달래년 주딩이 좀 보소? / 뻘겋게 루즈까정 칠했네 / 워째야 쓰까이~ / 참말로/수상한 시절이여 / 여그 저그 온 천지가 / 난리도 아니구만 / … 중략 … / 시방 이라고 / 있을 때가 아니랑께 / 바람난 꽃년들 / 뺀질뺀질한 / 낯짝이라도 / 귀경할라믄 / 우리도 싸게 / 나가 보드라고

_권나현, 「봄 바람난 년들」 중에서

트럼펫 협주곡

'어? 장학퀴즈 시간이네'

차인태 아저씨 목소리가 들려오고 까까머리에 검정 교복의 훅까지 채운 형아들 네 명이 나란히 앉아 있다. 모두 긴장한 표정들이다. 나는 느긋하게 앉아 있는데 조금 미안한 생각이 든다. 오늘은 무슨 문제가 나올까? 나는 반은 드러누운 자세로 텔레비전을 보고 있다. 볶은 콩이라도 있으면 금상첨화다. 첫 번째 문제가 나오고 왼쪽 형아의 버저가 울린다. 긴장된 순간. "정답입니다." 와! 만세. 나도 덩달아 좋다. 팡파르의 1악장에 이어 장학퀴즈가 진행되는 동안 눈꺼풀이 내려오고 부드럽고 호소하는 듯한 트럼펫의 선율 속으로 빠져든다. 선잠 속에 아름다운 선율이 멀리 산 너머에서 실바람에 실려 오는 듯하다. 산 너머 남촌에는 누가 살길래 이처럼 아름다운 노래를 부를까? 사춘기 소년의 감성을 자극한다. 갑자기 힘찬 축하 음악의 텔레비전 소리에 눈을 번쩍 뜨니 장학퀴즈가 끝나고 우승자를 위한 축하 세레머니가 진행되고 있다. 오늘 우승자는 여드름투성이의 형아다. '축하해 형아. 나도 커서 형처럼 되고 싶어.'

알모리스 앙드레, 트럼펫, 리카르도 무티, 필하모니아 관현악단, 1985
르게이 나카리아코프, 트럼펫, 로페스 코보스, 로잔 실내 관현악단, 1993
크리스토퍼 호그우드, 아카데미 오브 에인션트 뮤직, 프리드만 임머, 트럼펫, 1987

첼로 협주곡 1번

첼로의 부드러운 선율이 속살을 간지럽히는 듯하다. 유려한 오케스트라의 흐르는 선율 위를 첼로가 잔물결 치며 대화한다. 먼바다를 향하는 강물이 길고 긴 여정을 서로 배려하고 위로하며 나아간다. 뒷물결은 앞물결을 밀고, 앞물결은 뒷물결을 끌며 서로 앞서거니 뒤서거니 하며. 급물살에서는 손을 내밀어 잡아주고, 얕은 가장자리에서는 서로 밀어주며. 가족이 손잡고 이 세상을 헤쳐 가듯이. 이제 어려운 고비를 넘어 물결이 잠잠해지자 서로의 어려웠던 시기를 회상하고 위로하며 사랑스러운 눈의 대화를 나눈다. 어려웠던 폭포, 뒤집힐 것 같았던 급물살을 지나올 때를 얘기하며. 이제는 곧 도착할 넓고 넓은 바다를 생각하니 벅차오르기도 하고 한편으로는 걱정도 함께한다. 그러나 사랑으로 모든 어려움을 헤쳐 가리라. 어떠한 폭풍이나 파도도 함께라면 거칠 것이 없다. 걱정도 근심도 모두 날려버리고 힘차게 나아가자. 우리의 발걸음은 가볍고 마음에는 자신감이 넘친다. 가자, 사랑의 힘으로.

므스티슬라프 로스트로포비치, 첼로/지휘, 아카데미 오브 세인트 마틴 인 더 필즈, 1965

장한나, 첼로, 주세페 시노폴리, 드레스덴 슈타츠카펠레, 1998

지상에서 영원으로

바로크 시대나 하이든의 트럼펫 음악을 들을 때면 항상 영화 「지상에서 영원으로*From Earth to Eternity*(1953)」가 떠오른다. 제2차 세계대전 당시 미국의 루스벨트 대통령이 역사상 가장 치욕적인 날이라 칭하며 일본과의 전쟁을 선포하게 했던, 일본의 진주만 폭격을 다룬 영화. 몽고메리 클리프트(프루윗 역)가 전우(?) 프랭크 시나트라(안젤로 역)를 위한 진혼곡으로 부는 Taps 연주가 가슴을 파고들었던 기억이 지금도 생생하다. 이때 프루윗이 불었던 진혼곡 멜로디가 군대 시절에 들었던 〈취침나팔Bugle Call-Taps〉이다.

사실 이 곡은 「지상에서 영원으로」의 사연 못지않게 가슴 아픈 사연을 지니고 있다. 1862년은 미국 남북전쟁이 한창이던 시기. 전쟁터에 밤이 내리고 북군의 중대장 엘리콤 대위는 바로 옆 숲속에서 들려오는 사람의 신음 소리를 들었다. 그는 어두워서 적군인지 아군인지 모르는 상황에서도 위생병을 불러 부상병에게 다가가 치료해 주었다. 그러나 그 남군의 부상병은 사망하였다. 나중에야 엘리콤 대위가 손에 든 랜턴으로 본 얼굴은 음악을 전공하던 그의 대학생 아들이었다. 그는 아버지의 허락도 없이 남군에 자원 입대하였던 것이다.
엘리콤 대위는 아들의 시신을 수습하고 장례를 치르기 위해 상부에

군악대의 지원을 요청하였으나 적군이라는 이유로 거절당하였다. 이때 군악대의 나팔수만이 자원하였고, 엘리콤 대위는 아들 주머니에서 발견한 구겨진 악보를 나팔수에게 건네주고 연주를 부탁하였다. 숙연한 장례를 치른 후, 이 악보는 미국 전역으로 퍼져나갔고, 남북군 모든 진영에서 진혼곡으로서만이 아니라 취침나팔로도 매일 밤 연주되었다.

영화 「지상에서 영원으로」 포스터

이후 이 멜로디가 전 세계에 다시 울려 퍼진 것은 이탈리아의 트럼펫 연주자인 니니 로소Nini Rosso(1926~1994)가 1965년에 발표한 〈일 실렌지오*Il silenzio*〉에 의해서이다. 우리에게는 〈밤하늘의 트럼펫〉으로 알려져 있는 곡으로 적막이나 침묵을 뜻하는 트럼펫 음악이다. 니니 로소는 밸브가 없는 나팔로 부는 Taps(진혼나팔, 취침나팔)의 멜로디를 채용하여 밸브를 사용하는 트럼펫에 맞도록 〈밤하늘의 트럼펫〉을 작곡하였다. 이 곡이 실린 음반은 영화 「지상에서 영원으로」의 추억을 소환하며 500만 장 이상이 팔렸고, 니니 로소의 대표곡이 되었다.

니니 로소, Il Silenzio(밤하늘의 트럼펫), 1965

천지창조

천지창조 하면 제일 먼저 떠오르는 것이 성경이다. 구약성경 창세기 1장 1절 "태초에 하나님이 천지를 창조하시니라". 이 구절은 기독교인이나, 불교인이나, 원불교인이나, 천주교인이나 어느 종교인이든 종교인이 아니든 거의 모든 사람이 외우지는 못한다 할지라도 최소한 들어 봤거나 어슴푸레 알고 있다.

기독교 전체 사상의 시작인 그 어마어마한 세상의 창조에 대한 이야기이다. 그렇다고 비기독교인이라고 거부감을 가질 필요는 없다고 생각한다. 요즈음은 교단 차원에서도 '부처님 오신 날'이나 '예수님 탄신일'에 서로 축하하고 기뻐해 주고 있지 않은가. 그리고 모든 문학이 주제가 있고 살을 붙인 것처럼 성경도 처음부터 끝까지 '사랑'을 주제로 한 거대한 문학 작품이라고 생각할 수 있을 것이다. 사랑을 이보다 더 잘 표현한 문학 작품이 있을까? 이렇게 수천 년에 걸쳐 면면히 이어져 내려오고 또 많은 사람에게 읽히는 문학 작품이 있을까? 이런 문학 작품에 대한 찬사의 음악이 작곡되고 연주되는 것은 당연지사일 것이다. 이것이 하이든이 최고의 문학 작품에 부친 〈천지창조〉이다.

하이든의 〈천지창조〉가 창작된 배경은 이렇다. 1732년 오스트리아 로라우에서 태어난 하이든은 1761년 헝가리 귀족 에스테르하지 후작 가문의 궁정악단 부악장으로 임명되면서 오랜 기간 봉직하였으나 그를 총애하던 니콜라우스 에스테르하지 후작이 세상을 떠난 1790년에 자유의 몸이 되었다. 그 후 그는 바이올리니스트이자 공연기획자이며, 하이든의 열렬한 찬미자로서 그의 작품을 영국에 적극적으로 소개한 잘로몬의 영국 공연 초청을 받게 되었다. 그 당시 영국은 걸출한 작곡가를 배출하지 못하고 음악에 목말라하던 시기였기에 1791년과 1793년 두 번에 걸친 하이든의 영국 방문은 큰 성공을 거두게 되었다. 또한 이 방문에서 모두 12곡의 〈런던 교향곡〉을 작곡하게 되는데, 1차 방문에서 6곡(교향곡 번호 93~98)과 2차 방문에서 6곡(교향곡 번호 99~104)을 작곡하였다. 런던 교향곡은 음악사에서 교향곡 장르의 완성이자 고전주의의 결정체이며, 오늘날 하이든의 교향곡 중에서 가장 자주 연주되고 있다.

두 번째 방문에서 하이든은 헨델이 작곡을 염두에 두었던 오라토리오 〈천지창조〉 영어 대본을 토마스 린리에게서 받았다. 이 대본은 구약성서의 창세기와 시편 그리고 밀턴의 「실낙원」의 1권에서 4권을 바탕으로 만들어진 것이었다.

밀턴은 혼란의 청교도 혁명 시기를 살아온 영국 작가로, 말년에 눈이 먼 상태에서 그의 딸에게 받아 적도록 하며 「실낙원(1667)」을 저술하였다. 전체 12권으로 구성된 「실낙원」은 많은 부분이 천사장 미카엘과 라파엘이 아담과 하와에게 들려주는 형태로 구성되어 있으며, 신에 반역한 타락 천사가 지옥으로 떨어지고, 아담과 하와를 유혹하여 복수를 시도하며, 유혹에 빠진 아담과 하와는 낙원에서 추방된다. 천사장 미카엘이 그들을 낙원에서 추방하면서 인간 세상의 불행을 파노라마처럼 보여준다. 그리고 언젠가 그리스도가 강림하시어 십자가에 매달리어 인간의 죄에 대해 속죄하고 구원할

미하일 문카시, 『딸들에게 '실낙원'을 구술하고 있는 눈먼 밀턴』

것이라고 전해준다. 두 사람은 하나님의 사랑에 감사하며 낙원에서 쫓겨나오고, 두 눈에는 눈물이 주르륵 흘렀지만 얼른 훔치고 고독한 발걸음을 옮긴다.

1795년 〈천지창조〉 대본을 들고 독일로 돌아온 하이든은 고트프리트 판 슈비텐 남작에게 의뢰해 독일어로 번역하였으며, 2년 가까운 헌신으로 1798년 작품을 완성하고 독일어와 영어로 동시에 출간하였다. 초연은 1798년 4월 29일 빈의 요제프 폰 슈바르첸베르크 공의 궁전에서 열렸다. 귀족과 고위 관리, 저명한 작곡가, 외교 사절들이 관객이었으며, 혼란을 방지하기 위해 경찰이 동원되기도 하였다. 이 연주회는 유럽을 흥분시켰으며 5월 7일과 10일 두 차례의 공연이 추가로 개최되기도 하였다. 이 공연에서는 살리에리가 포르테피아노 반주를 맡았으며 120명의 연주자와 80명의 합창단이 함께한, 당시의 공연으로서는 거대한 연주회였다. 이어 1800년 12월 24일 크리스마스이브에 개최된 파리 공연에는 나폴레옹도 참석하였으며, 1808년 하이든의 일흔여섯 번째 생일 축하공연이 빈대학 대강당에서 열리기도 하였다. 이 공연은 살리에리가 지휘하였으며, 베토벤을 비롯한 빈의 음악계 거장들이 모두 참석하였고, 이미 명성이 최고조인 베토벤이 휴식 시간에 일어나 하이든의 손에 키스하며 만

발타자르 비간트,
『1808년 하이든 76번째 생일 기념 '천지창조' 연주회를 마친 후의 모습』

수무강을 기원하자 청중들은 열광적으로 환호했다고 전해지고 있다.

이후에도 〈천지창조〉는 빈은 물론 유럽 대륙의 많은 나라와 러시아 등지에서도 공연되는 등 대단한 센세이션을 불러일으켰다. 하이든은 지금까지도 감동과 환희가 절절히 흘러넘치는 기념비적인 오라토리오 〈천지창조〉를 남기고 1809년 5월 31일 하나님의 부름을 받았다.

작품은 3부로 구성되어 있으며 우리엘, 라파엘, 가브리엘, 아담과 이브 역의 다섯 가수가 배역을 맡아 노래하는 형식이다. 1부는 첫째 날에서 넷째 날까지, 2부는 다섯째 날과 여섯째 날, 3부는 아담과 하와의 낙원에서의 생활과 하나님을 찬양하고 감사하는 찬송이 울려 퍼지며 막을 내린다. 단테의 연인 베아트리체가 원동천의 아담과 하와 그리고 빛의 근원이신 지고천의 하나님에게 찬송을 올려 드리는 것 같다.

1부: 첫째 날에서 넷째 날

창세기 1장 1절부터 19절까지의 말씀으로 이루어진 부분으로

블레이크, 『천지창조』

하나님은 땅이 혼돈하고 공허하며 흑암이 깊은 카오스 상태의 수면 위를 운행하시며 '빛이 있으라' 하시어 빛을 낮이라 어둠을 밤이라 부르시고, 궁창을 있게 하여 물을 위와 아래로 나누시고 궁창을 하늘이라 부르시고, 물을 한곳으로 모이게 하시니 드러난 곳이 뭍이고 모인 물을 바다라 부르시고, 땅

에 풀과 씨 맺는 채소와 나무를 내시고, 하늘 궁창에 광명체가 있어 낮과 밤으로 나뉘게 하고, 그것들로 계절과 날과 해를 이루게 하고, 해와 달을 만드사 해는 낮을 달은 밤을 주관하게 하시고 또 별을 만들어 땅을 비추게 하시니라.

눈을 감고 들으면 어두컴컴하고 혼돈의 카오스에 밝은 빛이 나타나고, 뭍과 바다가 드러난다. 물이 물러나며 널따란 평지와 완만한 구릉, 꼬리에 꼬리를 물고 이어지는 산맥들과 불쑥 솟아오른 봉우리들, 히말라야의 설산, 북구의 자작나무 숲, 하얀 사구의 모래사막과 오아시스가 나타나고, 긴 강줄기는 석양을 받으며 노을빛으로 흘러가고, 계곡의 맑은 물은 졸졸졸 흐르더니 이내 넓고 낙차 큰 폭포를 지나 큰 바다로 향한다. 출렁이는 바다와 보석같이 반짝이는 잔물결, 멀리 큰 옥빛 바다는 출렁이고, 큰 바다 너머 수평선이 아득하다. 버섯 같은 섬들은 바다 위에 둥둥 떠 있고, 바닷가 백사장은 금빛을 발산하고 있다. 땅 위에는 헐거워진 땅을 뚫고 새싹이 고개를 내밀고, 넓은 초원에는 화청지의 양귀비꽃, 산에는 인디언의 샤스타데이지, 소백산에 철쭉, 바람의 언덕의 배추밭, 여기저기 들꽃이 만발하고, 집집마다 목련이 꽃잎을 터뜨리고, 강변의 버드나무는 초록을 가득 머금고, 나무 가지가지마다 싹이 움트며, 바람결에 스러지고 일어나며 초목이 노래한다.

낮에는 은가락지를 두른 해가 눈부시게 빛나고, 밤에는 손에 닿을 듯한 탐스러운 밝은 달이 은은하게 비춘다. 밤하늘에는 견우직녀의 은하수가 흐르는 강너머에 아리아드네의 왕관이 빛나고, 여름밤 평상에 누워 바라보던 큰곰이 어슬렁거리고, 88개의 별자리와 뱃사람을 안내하던 북극성이 황금빛을 발하고 있다. 세상이 보기에 아름답다.

미켈란젤로, 『천지창조』

2부: 다섯째, 여섯째 날

창세기 1장 20절부터 31절까지의 말씀으로

하나님은 물에서 움직이는 모든 생물을 그 종류대로, 하늘의 궁창에는 날개 있는 모든 새를 창조하시고 복을 주시며 생육하고 번성하라 하시고, 땅의 생물, 즉 가축과 기는 것과 땅의 짐승을 만드시고, 하나님이 자기 형상대로 남자와 여자를 창조하시고 복을 주시며 생육하고 번성하여 땅에 충만하라 하시고, 지면의 모든 씨 맺는 채소와 열매를 먹거리로 주시고, 땅을 정복하고 바다의 물고기와 하늘의 새와 땅에 움직이는 모든 생물을 다스리라 하시니라.

바다에는 돌고래가 다이빙 장난을 치고 멀리 범고래는 불쑥 분수를 내뿜는다. 작은 고기는 무리 지어 바닷속을 유영하고 큰 고기는 무리를 가로지르며 흩뜨린다. 초원의 영양은 날듯이 껑충껑충 뛰어 달아나고 풀숲에는 사자가 몸을 숨기고 있다. 낙타는 목을 세워 나뭇잎을 먹고 아기 코끼리는 뒤뚱뒤뚱 엄마 뒤를 따른다. 얼룩말은 사방을 감시하며 풀을 뜯고, 누 떼는 물을 찾아 강으로 뛰어든다. 순록은 눈 위를 달리고, 눈 덮인 자작나무 숲에서는 여우가 어슬렁거린다. 온 세상이 보기에 심히 아름답다.

3부: 낙원에서의 아담과 이브

우리엘의 레치타티보로 등장하는 아담과 이브의 에덴에서의 기쁨과 하나님에 대한 찬양으로 이루어져 있다.

우리엘이 노래한다. 부드러운 소리에 깨어 붉은 구름 사이로 맑고 아름다운 아침이 밝아 오고, 하늘 궁륭에서는 부드럽고 아름다운 노랫소리가 들려오네. 손을 맞잡고 걷고 있는 행복한 한 쌍을 보아라. 그들의 감사의 마음이 빛나고, 그들은 감사의 찬양을 주께 드리네. 우리 모두 그들과 함께 주를 찬양하세.

아담과 이브의 노래가 들려온다.

오! 주여, 하늘과 땅에 선함이 넘쳐납니다. 세상은 광활하고, 경이롭고, 아름다운 예술품입니다. 태양은 세상의 영혼과 눈이 되어 주고, 밝은 별들은 보석처럼 빛나고, 밤은 편안한 휴식을 줍니다. 오! 주여, 오! 위대한 창조주여, 나의 동반자이시고, 항상 함께하시며, 내 마음의 기쁨이시고, 어느 곳에서나 경이를 보이시는 이여. 나의 안식처이신 주를 따르리니, 이것이 기쁨이요 행운이요 영예임을 알기임이다. 아침이슬 같으시고, 저녁 산들바람이시며, 풍성한 과일즙 같고 꽃향기 같으신 이여, 주를 찬양합니다.

주여 영광 받으소서 아멘.

감동의 찬양이 내 마음과 온 세상에 물결치며 넘쳐흐른다.

헤르베르트 폰 카라얀, 베를린 필하모닉 오케스트라, 1969

크리스토퍼 호그우드, 아카데미 오브 에인션트 뮤직, DVD, 1990

볼프강 아마데우스 모차르트

볼프강 아마데우스 모차르트

잘츠부르크 대주교의 궁정 음악가인 요한 게오르크 레오폴트 모차르트의 막내(모두 일곱 형제가 있었으나 불행하게도 다섯은 어려서 죽고 모차르트와 누나 나네를만 살아 남았다)로 태어난 볼프강 아마데우스 모차르트의 이름 앞에는 항상 '천재'라는 수식어가 따라다닌다. 이를 뒷받침하는 후대의 평가를 보면, "죽음이란 모차르트를 못 듣게 되는 것이다(알베르트 아인슈타인)", "그는 가장 위대한 신에 버금가는 천재다(바그너)", "천재란 필연적으로 … 천재는 자신을 탕진해 버리며, 자신을 아끼지 않는다(니체 「우상의 황혼」에서)", "모든 야망은 모차르트 앞에서 절망이 된다(샤를 구노)", "모차르트의 음악은 천사들이 지상으로 내려오도록 유혹한다(클루게)" 등이 있다.

그가 천재임을 증명하는 에피소드 중 다른 한 예는, 1784년에 있었던 일이다. 빈을 방문한 이탈리아 만토바 출신의 여성 바이올리니스트 레지나 스트리나자키와 함께 연주하기 위하여 〈바이올린을 위한 소나타(K454)〉 작곡을 시작하였으나 시간이 너무 촉박해 미처 오선지에 다 옮겨 적을 수가 없었다. 모차르트는 그녀를 위한 악보 부분만 얼른 적어서 건네주고 자신은 악보도 없이 머릿속에 있는 대로 연주한 후에 주위에 "머릿속에 다 있다"고 하여 동료들을 좌절에 빠지게 했다.

모차르트는 누이 나네를과 함께 어려서부터 음악에 재능을 나타냈으며, 아이들의 음악적 재능을 알아본 아버지는 아이들을 엄격하게 교육하였다. 레오폴트는 1755년 「바이올린 연주법」이라는 교본을 출판한 당대 유명 음악 교육자였다. 한편 아이들의 재능을 키우고 또한 알리고자 어린 남매를 데리고 연주 여행을 다니기도 하였다. 이렇게 아버지의 엄격한 음악교육 환경에서 자란 신동 모차르트는 네 살 때 피아노를 연주하고, 다섯 살에 〈소곡〉을 작곡하였으며, 여섯 살에는 〈소나타〉를 쓰고 이듬해에는 〈교향곡〉을 작곡하였다.

모차르트의 음악적 삶은 빈으로 옮겨간 1781년을 기준으로 전반기 25년과 후반기 10년으로 구분하여 볼 수 있다. 전반기는 주로 연주 여행과 잘츠부르크에서 활동하던 시기이다. 여섯 살인 1762년에는 아버지의 손에 이끌려 뮌헨의 바이에른 선제후 궁정과 오스트리아의 여제女帝 마리아 테레지아 앞에서 연주하였다. 이때 모차르트가 실수로 넘어지는 것을 보고 여제의 딸이었던 마리 앙투아네트가 다가와 일으켜주자, "고마워요, 내가 크면 당신과 결혼하겠어요"라고 말하기도 하였다. 이후 모차르트는 수많은 여행길에 올랐다. 1763년 누이 나네를과 함께 시작된 여행은 3년 동안 계속되었으며, 뮌헨, 만하임, 브뤼셀, 베르사유, 런던 등 혹한에도 멈추지 않고 서유럽의 주요 도시를 모두 방문하였다. 1769년부터 1773년의 세 번에 걸친 이탈리아 여행에서는 오페라를 보고 배우는 동시에 작곡을 하였으며, 의뢰받은 오페라를 상연하기도 하였다. 그 이후에는 주로 잘츠부르크에 머물며 미사곡 같은 교회 음악과 세레나데 같은 사교 음악을 많이 작곡하였으나, 점점 대주교 궁정 음악가로서의 직무에 불만을 품기 시작했고 "나는 음식 앞에서 서열이 끝이다", "주교는 하인들을 갈취한다"면서 자신의 신세를 한탄하기도 하였다.

1777년에는 다른 궁정에 자리를 알아보기 위하여 어머니와 함께 만하임과 파리를 여행하였으나 이 여행은 모차르트에게 크나큰 시련을 주었다. 이 여행 중에 베버(〈마탄의 사수〉 작곡가)의 조카 알로이지아를 만나 사랑에 빠졌으나 실연하는 아픔을 겪었다. 파리에 도착하였으나 그곳도 더 이상 신동 모차르트를 환영하던 예전의 파리가 아니었으며, 무엇보다도 가장 든든한 버팀목이었던 어머니마저 잃는 슬픔을 겪게 되었다. 여행에서 돌아온 후, 궁정 음악가로 명맥을 이어가던 모차르트는 빈으로 옮겨 가기로 결심하고 1781년 이사를 단행함으로써 허허벌판에 나선 프리랜서로의 인생 후반기가 시작되었다.

빈으로 이사 후 알로이지아의 동생인 착하고 사랑스러운 콘스탄체와의 결혼의 단꿈도 잠시, 전반기의 연주 여행과 궁정 음악가 시절과 다름이 없는 경제적 어려움이 계속되었다. 그는 가족의 생계를 위하여 쉼 없이 일해야만 했다. 아침 6시에 일어나 세 시간 동안 곡을 쓰고, 오후 1시까지 레슨을 하고, 가끔 연주회나 친구들과 당구를 치는 경우가 아니면 매일 저녁 9시까지 작곡에 매달려야 했다. 심지어 그

모차르트의 두 아들
프란츠(좌측)와 카를(우측) 모습

요제프 랑게,
『콘스탄체 모차르트』

는 한 달에 스무 번씩 연주회를 열면서 쉴 틈 없는 나날을 보내야 했다. 그는 "사람들이 내가 곡을 쉽게 쓴다고 생각하지만, 그것은 잘못된 생각"이라며 고통을 호소하기까지 하였다. 한두 곡이면 모를까 쉼 없이 생산해 내야 하는 창작의 고통은 그의 영혼을 갉아먹었을 것이다. 그에게 유일한 피난처는 당구였으며 어려움 속에서도 숱하게 돈을 잃으며 끊지 못했던 이유는 그것이 잠시나마 현실에서 벗어나도록 휴식을 주었기 때문이었을 것이다.

빈 시절 프리랜서로서 쉴 틈도 없이 살인적인 나날을 보냈으나, 생활이 나아지기는커녕 오히려 어려워지기만 하고 빚은 늘어나 오직 돈을 벌기 위하여 작곡에 매진해야만 했다. 역설적이게도 빈 시절은 경제적 상황과는 반대로 그의 작품세계는 무르익었으며, 그의 수많은 작품 가운데 걸작들이 이 시기에 쏟아져 나왔다. 역시 걸작은 인간의 영혼과 피를 양식으로 하여 탄생되는 모양이다. 모차르트는 40곡의 교향곡, 27곡의 피아노 협주곡, 18곡의 피아노 소나타, 5곡의 바이올린 협주곡, 31곡의 바이올린 소나타, 22곡의 오페라, 제자 쥐스마이어가 완성한 걸작 레퀴엠 등 모두 600여 곡이 넘는, 인류 문화사에 영롱하게 빛나는 유산을 남겼으며, 유년기부터 계속되어 온 극심한 과로가 원인(?)이 되어 1791년 서른다섯 살의 젊은 나이에 세상을 떠났다. 그의 시신은 아마포에 쌓인 채 다른 여러 구의 시신과 함께 공동묘지의 한 무덤에 묻혔으나 지금은 확인할 길이 없으며 묘비만 덩그러니 남아있다.

교향곡 41번(주피터)

모차르트의 교향곡은 작품번호가 총 41번까지이나, 실제로는 40곡이다. 기존의 〈37번 교향곡〉은 모차르트가 1783년 린츠에 머물며 툰 백작의 요청으로 3일 만에 작곡한 〈36번 교향곡〉과 요제프 하이든의 동생 미하엘 하이든의 작품에 느린 도입부만 추가한 곡을 함께 공연하면서, 미하엘 하이든의 곡이 그의 작품으로 잘못 알려졌기 때문이다. 모차르트 교향곡의 최대 걸작으로 평가받는 후기 3대 교향곡 〈교향곡(39번, 40번, 41번)〉은 1788년 6월과 8월 사이 단 8주 만에 완성되었다. 연구에 따르면 당시 모차르트는 필리프 오토가 새로 문을 연 카지노를 위해 이 곡들을 작곡했다고 한다. 즉 손님을 유치하기 위하여 개업식에 유명 연예인을 초청한 것과 같다. 그러나 이 공연이 열렸는지는 확실치 않으며 설사 열렸다 하더라도 카지노 호객을 위한 곡으로 어울렸을지는 상상해 볼 뿐이다. 특히 41번 교향곡의 〈주피터*Jupiter*〉는 하이든을 영국에 두 차례에 걸쳐 초청하여 12곡의 런던 교향곡을 작곡하게 한 공연기획자 페터 잘로몬이 1819년 스코틀랜드 에든버러 뮤직 페스티벌의 프로그램에서 사용함으로써 굳어진 이름이다.

신학자 칼 바르트는 "천사들이 신을 찬미할 때는 바흐의 음악을 연주할지 어떨지 알 수 없지만, 그들끼리 있을 때는 모차르트의 음악을 연주할 것이고 신도 즐겁게 들을 것이다"라고 말했다. 모차르트의 〈교향곡 41번〉은 신의 하루 일과를 보는 듯하다. 힘차고 박력 있는 음악이 신의 등장을 알리고 세상이 열리며 꽃길을 따라 신이 위풍당당한 걸음으로 등장한다. 미카엘, 가브리엘 등 천사들이 따르고, 신은 세상 곳곳의 아름다움과 인간들의 삶을 확인한다. 발걸음을 재촉하며 혹시 그냥 지나친 것은 없는지 주의하며 구석구석을 돌아본다. 신이 바람을 일으키며 지나는 곳마다 초목과 꽃들이 더욱 환해지며, 뛰노는 동물들의 털에 윤기가 흐르고, 사람들의 얼굴에는 감사의 표정이 가득하다.

눈을 들어 먼 곳을 응시하고 발걸음을 재촉한다. 해가 산 넘어 서쪽으로 기울 무렵이 되어 하루의 일과를 마치고 만족스러운 표정으로 보좌로 향한다. 보좌에 앉아 사방을 둘러보며 아름다운 세상에 만족한 미소를 지으며 평온한 휴식에 든다. 세상에서 불어오는 부드러운 미풍, 코끝을 간지럽히는 바람에 실려 온 향기, 사람들의 소곤거리는 소리에 평화로움을 느끼며 꿈속으로 미끄러져 들어간다. 꿈결에 세상의 소리가 들려온다. 하루 일을 마친 선남선녀가 솔솔 부는 솔바람과 빛나는 별빛 속에서 아름다운 무도회를 열고 품위 있고 우아하게 미뉴에트를 춘다. 춤추는 모습이 언뜻언뜻 별빛에 반사된다. 자신이 창조하고 가꾼 아름다운 세상이 마음에 흡족하다. 점차 분위기는 무르익어 가고 화려하고 경쾌한 리듬으로 변하여 열기를 높여가며 고조된다. 이윽고 신을 찬미하는 웅장한 푸가가 절정에 달하며 천상의 보좌에 울려 퍼진다.

브루노 발터, 컬럼비아 심포니 오케스트라, 1960
칼 뵘, 빈 필하모닉 오케스트라, 1976

장난감 교향곡

이 곡은 모차르트의 아버지 레오폴트 모차르트가 쓴 7곡의 여흥용 작품을 요제프 하이든이 편곡한 곡이다. 하이든의 동생 미하일 하이든이 빌려 갔던 악보를 형이 보고서 3곡을 추려서 조옮김 하여 실내악으로 편곡하였기 때문에 하이든의 곡으로 잘못 알려져 있었던 것이 최근에야 레오폴트 모차르트 곡으로 밝혀졌다.

'어이쿠, 아이를 발등에 올리고 손을 잡고 춤이라도 추어 볼까나? 하나, 둘, 하나, 둘, 발을 옮기고 몸도 흔들며.' 아이의 까르르 웃음소리가 너무 사랑스럽고 예쁘다. 우리 숙녀 아가씨의 천진난만한 깔깔거림에 장난감 통이 들썩이더니 장난감들이 틈 사이로 고개를 내밀고 화음을 넣는다. 뻐꾸기, 나이팅게일, 메추라기가 예쁜 소리로 노래하고, 나팔, 북, 딸랑이가 분위기를 돋운다. 이제 멋진 미뉴에트도 추어 볼까? 우아하게 먼저 왼손은 등으로, 오른손은 앞으로 허리 굽혀 인사부터. 이제 한 손은 어깨에, 다른 손은 맞잡고. 멋져요, 우리 숙녀 아가씨. 어느새 숙녀와 아빠는 백설공주의 숲에서 새들의 지저귐 속으로 빠져든다. 우리 숙녀 아가씨의 멋진 춤솜씨를 보아요. 새들과 일곱 난쟁이가 깜짝 놀라고 함께 즐거운 춤 속으로 미끄러져 들어온다. 우리 아가 언제 이렇게 컸지? 아빠랑 춤을 다 추고. 춤을 마치고 번쩍 들어 볼에 뽀뽀하고 가슴에 안고 포옥 포옹한다.

노먼 록웰, 『장난, 상점 주인과 소녀』

헤르베르트 폰 카라얀, 빈 필하모닉 오케스트라, 1957

찬연한 불꽃

이아페토스의 아들 프로메테우스는 흙을 이겨 거기에 생명을 불어넣어 신과 닮은 인간을 창조하였다. 그리고 주피터(그리스식 표기 제우스, 로마식 표기 유피테르의 영어식 표기) 몰래 아테나의 도움을 얻어 아폴론의 태양마차에서 불을 훔쳐 속이 빈 회양목 줄기에 숨겨 인간에게 선물하였다. 인간의 옆에서 불이 타오르는 것을 보던 주피터의 분노는 극에 달했고, 프로메테우스와 인간을 벌하기로 결심하였다. 주피터는 대장장이의 신이며 아프로디테의 남편인 헤파이스토스에게 명하여 쇠사슬과 눈부시게 아름다운 여인을 만들도록 주문하였다.
주피터는 쇠사슬로 프로메테우스를 포박해서 노아의 방주가 도착한 코카서스 산에 묶어두고 독수리가 간을 파먹게 하였다. 간은 매일 밤 재생되었기 때문에 이 형벌은 계속될 것 같았다. 그러나 헤라클레스가 독수리를 죽이고 쇠사슬을 풀어 인류의 은인인 프로메테우스를 구해주었다. 이 형벌은 주피터가 저승에서 간을 뜯기는 티티오스, 영원히 눈앞의 물을 마시지 못하고 갈증에 허덕이는 탄탈로스, 굴러 내리는 바위를 끝없이 정상으로 밀어 올리는 시시포스, 빙글빙글 도는 불타는 수레바퀴에 묶인 익시온, 밑 빠진 독에 쉼 없이 물을 나르는 다나오스의 딸들, 자신은 물론 딸들까지 파먹는 벌을 받은 에리시크톤에게 내린 형벌과는 성격이 다르다. 그들은 자신의 욕망과 색욕에 대한 죗값이었으나 프로메테우스의 죄목은 인류에게 불을 전해준 이타심이었다.

한편 주피터는 인간에게도 형벌을 내렸으니 헤파이스토스가 만든 여인 판도라에게 아테나 여신이 지은 광택 나는 옷을 입히고 허리띠와 면사포 및 화관으로 꾸며, 헤파이스토스가 제작한 금관을 씌우고, 아폴론의 음악적 재능을 부여하고, 아프로디테의 본능인 교태와 욕정을 불어넣고, 헤르메스의 거짓과 염치없는 마음을 가득 채워서 프로메테우스의 동생 에피메테우스에게 보낸다.
주피터의 음흉한 간계를 눈치챈 프로메테우스는 에피메테우스에게 주피터의 선물을 거절하라고 신신당부하나, 이미 상상할 수조차 없는 아름다운 여인 판도라에게 마음을 빼앗긴 에피메테우스의 귀에는 형의 충고가 들어올 리 만무하였다. 판도라의 남편이 된 에피메테우스에게는 인간에게 해로운 갖가지 재앙을 가두어 둔 상자가 하나 있었다. 행여 아내가 상자를 열어볼까 염려한 에피메테우스가 주의를 주었음에도 불구하고 호기심을 참지 못한 판도라가 상자를 여는 순간 인간을 괴롭히는 온갖 불행과 재앙이 쏟아져 나왔다. 놀란 판도라가 황급히 상자를 닫았으나 이미 엎질러진 물, 질병과 재앙은 인류에

오딜롱 르동, 『판도라』

게 퍼져나갔고 오직 희망만이 상자 안에 남아 인간이 비참한 현실 속에서도 용기를 잃지 않고 삶을 지탱해 나가게 하고 있다.

프랑수아 부셰, 『유피테르와 칼리스토』

이처럼 주피터는 인간들에게 재앙을 내리기 위하여 사악한 여자를 만들었으며, 이로 인하여 남자는 평생을 뼈 빠지게 일해야 하는 형벌뿐만이 아니라, 만일 남자가 게으르거나 가난하면 여자가 떠나 버리는 고통까지 감수하게 하였다. 그리고 만일 여자로 인한 근심을 피해서 결혼하지 않으면 비참한 노후를 맞게 하였다.

그리스 신화는 주피터의 바람기와 헤라의 복수로 점철되어 있다. 당당한 주피터가 떠오르지 않고 희대의 바람둥이 카사노바가 떠오른다. 죗값을 받아야 한다면 주피터 자신이다. 그는 인간에게는 허락되지 않은 파락호의 화신이다. 아프로디테만큼이나 아름다운 조강지처 헤라를 속이며 틈만 나면 변신(오비디우스, 「변신 이야기」)하고 인간세계에 내려와 바람을 피웠다. 황소로 변하여 에우로페(아들 미노스)를, 백조로 변하여 레다(딸 헬레네(쌍둥이 동생), 딸 클리타임네스트라(쌍둥이 언니))를, 황금비로 변하여 다나에(아들 페르세우스)를, 검은 구름으로 변하여 이오(아들 에파포스)를, 남장하고서 세멜레(아들 디오니소스)를, 주인으로 변하여 칼리스토(아들 아르카스)를, 남편으로 변하여 알크메네(아들 헤라클레스)를, 사티로스로 변하여 안티오페(아들 암피온, 아들 제토스)를 범하였으며 상대인 인간 여인들은 처절하게 헤라의 복수의 희생물이 되었다.

인간을 창조하고 인간에게 불을 전해줌으로써 인류문명이 계속될 수 있도록 자신을 희생하고 정작 자신은 주피터의 분노로 영원한 형벌을 받은 프로메테우스. 〈교향곡 41번〉을 들을 때마다 날라리 주피터보다 프로메테우스와 모차르트가 고통을 견디어 가며 인류에게 남긴 위대한 업적이 겹쳐진다.

티치아노 베첼리오, 『에우로페의 납치』

35년의 짧은 생애 동안 연주 여행과 생계를 위해 쉼 없이 창작해야 하는 지난한 고통 속에서도 지극히 아름다운 작품으로 인류 문화에서 불꽃처럼 빛을 발하는 모차르트. 교향곡의 제목이 왜 〈주피터〉일까? 이렇게 번개와 천둥, 벼락으로 잔인하게 심판하고 무도함으로 연약한 인간을 짓밟는 신의 이름을 더없이 아름다운 모차르트의 교향곡에 붙여도 되는 것인가? 단지 신 중의 신이라는 이유 하나로? 생각할 때마다 뭔가 석연치 않고 꺼림칙함이 맴돈다. '주피터'가 아니라 '프로메테우스'라고 하면 어떨까 하는 생각이 교차한다.

피아노 협주곡 27번

모차르트는 모두 27곡의 피아노 협주곡을 작곡하였다. 그중 영화음악으로도 사용되어 친숙한 〈20번〉과 〈21번〉은 1785년에 작곡되었으며, 그의 생애 마지막 해인 1791년 죽음을 목전에 두고 작곡한 협주곡이 〈27번〉이다. 이 곡은 모차르트가 작곡을 마치고 2개월이 지나 이그나츠 얀의 집에서 열린 음악회에서 그의 생애 마지막 봄, 자신의 마지막 협연으로 초연된 곡이다. 영롱함과 다정함 그리고 차분함이 가미된 이토록 천의무봉한 곡이라니. 진정 모차르트가 최후를 예감하고 만든 곡일까? 수수하고 담담하며 무수한 감정과 생각의 편린들이 스치며 영적 숭고함이 느껴지는 곡이다.

모차르트의 화려함과 밝고 명랑함은 어디로 사라졌을까? 사람이 잠드는 것은 몰라도 죽어가는 것은 안다는 속담처럼 모차르트도 그에게 죽음의 사자가 다가오고 있음을 알아챈 것일까? 그러나 가슴 저리는 체념보다는 맑고 투명한 관조가 느껴진다. 다정하게 죽음의 사자와 악수라도 할 기세다. 이제는 지독한 가난과 삶의 고난은 모두 부질없으며 자신과는 무관해 보인다. 그냥 무심의 경지에서 피아노 건반을 두드리는 것 같다. 마치 이별 선물을 남기듯이. 건반 하나에 추억 하나, 또박또박 가슴에 새기듯이 정성을 다한다. 얼굴에는 미소와 고통의 흔적들이 그려진다. 적막감 속에서 한 음 한 음에 감사의 마음을 싣는다. 나의 가슴이 저며온다. 하늘에서 무지개 사다리가 내려오고 모차르트는 가볍고 경쾌한 리듬에 맞추어 피에로처럼 즐겁게 스텝을 밟고 손을 들어 인사하며 멀어진다. 그가 두드린 건반 소리만이 귓가에 여운으로 남는다.

마리아 조앙 피레스, 피아노, 아르민 조르단, 로잔 체임버 오케스트라, 1978

빌헬름 박하우스, 피아노, 칼 뵘, 빈 필하모닉 오케스트라, 1967

바이올린 협주곡 5번

모차르트는 잘츠부르크 시절에 〈잘츠부르크 협주곡〉이라 불리는 5곡의 바이올린 협주곡을 작곡하였다. 이 모든 협주곡이 열아홉 살 소년의 작품이라고는 도저히 믿기 어려운 걸작들이다. 모차르트는 이 곡들을 1773년에서 1775년 사이에 작곡하였으며 그 이후로는 이 장르의 작품을 쓰지 않았다. 아마 당시 관계가 좋지 않았던 대주교가 항상 아버지 레오폴트를 부악장으로 일하게 하고 이탈리아에서 데려온 바이올리니스트를 악장으로 임명하였으며, 또한 당시 대주교에게 아첨을 일삼는 이탈리아인 악장 안토니오 브루네티가 자신의 곡을 연주하는 것이 못마땅했는지도 모른다. 〈바이올린 협주곡 5번〉은 〈잘츠부르크 협주곡〉이라 불리는 5곡 가운데 마지막 곡으로 다섯 협주곡 중 가장 완성도가 높은 걸작으로 평가받는다. 미뉴에트풍의 감미로운 곡조로 시작하는 3악장은 당시 인기가 있었던 터키행진곡 리듬이 사용되어 "터키풍 협주곡"이라는 별칭을 가지고 있다. (바이올린 협주곡 3번은 마지막 악장 두 번째 춤곡이 슈트라스부르크풍의 멜로디를 사용하여 〈슈트라스부르크 협주곡〉으로 불린다.)

순수하고 천진함 속에서 묻어나는 해맑음과 가슴 뭉클한 사랑의 변주라고나 할까? 명랑함 가운데 슬픔이 배어 있고 눈물을 기쁨으로 위장하는 느낌의 곡으로 다가온다. 신나고 명랑하게 뛰놀지만, 마냥 즐겁지만은 않다. 가슴 속에는 알 수 없는 빈 공간이 자리하여 허전함으로 가득하다. 유려하고 쾌활하게 흐르는 선율 속에는 습기가 가득 배어 있다. 마음속의 간절한 기도가 밝은 선율 아래로 숨어 흐르는 것 같다. 너무 아름다운 선율이 오히려 더욱 기도의 간절함을 더한다.

두 번째 악장에 들어서니 그 기도가 사랑을 갈구하는 호소였음을 말해준다. 그렇다고 남녀의 사랑은 아니다. 사랑하는 가족, 특히 엄마에 대한 사랑이 느껴진다. 그 아름답고 깊은 사랑을 알아채지 못하고 겉돌기만 하던 자신에 대한 자책과 감사가 진하게 묻어난다. 눈에 눈물이 고이고 마음으로 엄마에게 용서를 빌며 들릴락 말락 중얼거리며 자신의 잘못을 고백한다. 엄마의 사랑이 꿈결처럼 다정다감하게 나를 어루만지며 쓰다듬는다. 소년 모차르트의 고달픔을 엄마가 사랑스러운 눈으로 바라보며 부드러운 손길로 토닥인다. 한없는 엄마의 사랑이 가슴 깊이 새겨지고 눈가가 촉촉해진다. 슬픔 머금은 밝은 얼굴을 하고 엄마와 너울너울 춤을 추어 본다. 점점 행복의 리듬이 고조되어 가고 맞잡은 손끝으로 사랑이 오간다. 사랑 가득한 얼굴을 마주하며 정중하고 단정한 인사로 마무리한다. 한 줄기 바람이 눈물을 씻어준다.

헨릭 셰링, 바이올린, 알렉산더 깁슨, 뉴 필하모니아 오케스트라, 1966

아르튀르 그뤼미오, 바이올린, 콜린 데이비스, 런던 심포니 오케스트라, 1961

안과 밖

인상파 화가의 그림을 보면 연이어 떠오르는 화가의 이름과 장소들이 있다. 마네, 세잔, 모네, 르누아르, 고흐, 고갱, 로트레크, 모딜리아니, 샤반, 바지유, 쇠라 등 수많은 이름이 떠오르고 쉬잔 발라동과 위트릴로도 생각난다. 또 몽마르트르에 위치한 가난뱅이 예술가들의 둥지 세탁선과 비롱관, 빨간 풍차 '물랭루주'와 그곳의 무희 먹보 라 굴뤼와 뼈 없는 발랑탱, 카바레 '검은 고양이'와 '디방 자포네', 카페 '누벨 아테네' 등도 떠오른다. 19세기 중반경 몽마르트르는 값싼 집세와 예술가들을 죽음으로 몰고 간 마약 같은 녹색의 싸구려 독주 압생트 냄새가 진동하는 예술가들의 집합소로, 인상주의 그림과 음악을 꽃 피웠던 곳이다. 그러나 그렇게 드러난 화려함 뒤에는 수많은 애환이 담겨 있다.

예술가들은 모두 창작의 고통뿐만이 아니라 가난에 찌들어 있었는데, 이는 예술가들만이 아니라 그곳에 생활 기반을 둔 누구나 마찬가지였다. 습하고 좁은 다락방에서 생활하고, 가난으로 허기진 배를 압생트 한 잔으로 달래며, 화가들은 한 폭의 그림이라도 더 팔기 위해 필사의 노력을 하였으며, 음악가들은 악보를 팔거나 악단에 참여하기 위해 갖은 노력을 다하였다. 그 결과가 현재 우리가 즐기는 인상주의 그림이며 〈짐노페디〉나 〈그노시엔느〉 같은 음악이다.
예술가들 이외에도 화가들의 모델, 서커스 단원, 발레리나들 역시 하루하루 고단한 삶을 이어갔다. 드가는 그러한 무대 뒤의 삶에 따뜻한 시선을 보냈다. 그는 르누아르나 로트레크, 샤반의 모델로 활동하던 쉬잔 발라동의 능력을 알아보고 격려하며 그녀의 그림을 구입했고, 또 살롱전에 출품을 주선하여 수집가들이 드가의 작품으로 알고 높은 가격에 구입하도록 유도하기도 하였다. 당시 모델은 화가와 관계를 맺는 것이 일반적이었으나, 드가는 쉬잔의 육체에 관심이 없었으며 모델로 삼지도 않았고 오로지 스승과 제자로 멋진 관계를 이루었다. 쉬잔은 드가를 만남으로써 서커스단의 소녀와 화가의 모델을 벗어나 당당히 화가로서 등장하였으며, 훗날 드가를 만난 날을 "내가 날개를 달던 날"이라고 회고하였다.

에드가 드가, 『목욕하는 여인』

드가는 화려함 속에 감추어져 고된 삶을 살아가는 사람들을 놓치지 않았다. 그는 은막 뒤에서 고달픈 삶을 끌고가는 앳된 발레리나를 세심하게 관찰하고 그렸다. 붓질 하나하나에 드가의 따뜻한 마음이 전해온다. 하루의 공연을 끝내고 돌아와 차가운 물에 지친 몸을 씻는 발레리나, 쓰러져 버릴 듯한 피곤함을 쫓아내며 연습하는 발레리나. 아무도 없는 차가운 방에는 쓸쓸함이 배어 있고, 연습장에는 고된 삶이 녹아 있다. 그렇다고 그녀들의 삶이 나아질 기미도 보이지 않는다. 그저 주린 배를 튀튀로 조이고 토슈즈로 발목을 묶고 무대 위에 올라 백조가 죽음을 앞

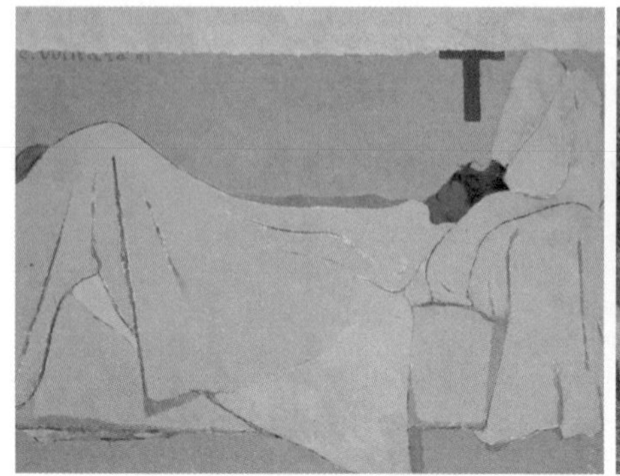

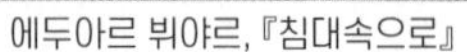
에두아르 뷔야르, 『침대속으로』

앙리 드 툴루즈 로트렉, 『화장』

두고 마지막 노래를 부르듯이 눈물을 기쁨으로 승화한 화사하고 아름다운 발레를 선보인다. 모차르트에게 한 번만이라도 그의 음악처럼 한 폭의 그림 같은 편안함을 선물하고 싶다.

루트비히 판 베토벤

루트비히 판 베토벤

음악의 성인, 악성樂聖 루트비히 판 베토벤. 음악에 대한 끝없는 열정을 불태워 아름답고 숭고함으로 승화시키고, 육체의 고난과 경제적 어려움을 극복해내며, 어떠한 고난도 마음속의 정열과 의지를 꺾을 수 없음을 보여주어 인류에게 황홀하고도 경이로운 유산을 남긴 루트비히 판 베토벤. 로맹 롤랑은 "만약 하느님이 인류에게 범한 죄가 있다면 그것은 베토벤에게서 귀를 빼앗아 간 것이다. 베토벤의 일생은 태풍이 휘몰아치는 하루와도 같았다."라고 말하였다.

베토벤은 1770년 독일의 서부 도시 본의 음악가 집안에서 태어났다. 할아버지는 쾰른 선제후의 국정악단 감독을 역임하였으며, 아버지 요한 역시 궁정악단의 테너 가수였다. 할아버지가 세상을 떠나면서 기울기 시작하던 집안 형편은 아버지의 음주벽으로 더욱 어려워졌다. 모차르트와 마찬가지로 베토벤의 음악적 재능을 알아본 것도 아버지 요한이었다. 아버지는 겨우 네 살의 아들에게 음악을 가르치기 시작하였고, 심지어는 방에 가두고 하루 종일 피아노 연습을 시키기도 하였다. 베토벤이 이 시기를 잘 견뎌낸 것은 그의 음악에 대한 열정과 어머니의 사랑이었다. 베토벤이 여섯 살이 되자 아버지는 아들을 "제2의 모차르트"라고 선전하며 연주 여행을 다녔으나, 이미 신동 모차르트를 경험한 청중들을 사로잡지 못하자, 아버지의 음주벽은 더욱 심해져 열한 살에는 학교마저 그만두어야 했다.

불우한 어린 시절을 보내던 베토벤을 알아본 것은 궁정의 오르간 연주자 크리스티안 네페Christian Neefe였다. 네페에게서 음악을 배우던 베토벤은 그의 궁정 예배당 보조연주자가 되었고, 2년 후에는 정식 연주자가 되었다. 5년 후인 1787년 봄, 베토벤은 모차르트를 만나 보기를 원하는 네페의 권유와, 선제후의 후원으로 빈으로 향하였으며 모차르트를 찾아가 만났다. 이 자리에서 베토벤은 모차르트가 제시하는 주제에 따라 환상적인 즉흥 연주를 선보였다. 모차르트는 감동하여 옆방에 있던 친구에게 달려가 "이보게, 이 소년을 잘 보아두게. 머지않아 세상을 놀라게 할 테니까"라고 말하였다.

그러나 어머니의 병환 소식을 들은 베토벤은 고향으로 돌아왔으며, 어머니가 세상을 떠나자 가장이 되어 아버지와 동생들을 돌봐야 했다. 그는 다행히 연주를 잘하는 피아니스트로 명성을 날리며 귀족 가문에 출입할 수 있게 되었다. 그곳에서 많은 예술가와 지식인들을 만나면서 유럽에 불고 있는 프랑스혁명과 계몽사상을 접하며 인간의 존엄과 자유에 대해 눈을 뜨게 되었고, 동시에 그의 음악의 자양분을 흠뻑 섭취하였다.

1792년 후원자인 페르디난트 발트슈타인 백작은 스물두 살이던 베토벤에게 빈으로 갈 것을 권유하고, 하이든에게서 공부할 수 있도록 주선하여 주었다. 빈에 도착한 베토벤은 즉흥연주와 화려한 기교를 지닌 뛰어난 피아니스트로 유명해졌고, 경제적으로 독립적인 생활도 가능해졌다. 당시 빈에서 이름을 날리던 피아니스트 슈타이벨트와의 피아노 배틀은 베토벤의 피아노 실력을 가늠할 수 있게 해준다. 슈타이벨트가 베토벤이 연주하던 주제를 더 화려하게 연주하자, 베토벤이 슈타이벨트의 악보를 보면대에 거꾸로 놓고 더 화려하게 연주를 마쳤을 때 슈타이벨트는 보이지 않았다. 베토벤은 경이적인 피아노 연주가였으며, 체르니와 리스트가 그의 연주 기술을 이어받아 계승하였고 지금까지도 피아노 연주의 규범을 이루고 있다. 하이든에게 배우던 베토벤의 음악에 대한 열정은 식을 줄 모르고 불타올라 슈테판 성당의 오르간 연주자 알브레히츠베르거와 황제 직속의 음악 감독 살리에리를 찾아가 배우기도 하였다.

베토벤은 1795년 처음으로 공개연주회를 개최하여 자신의 〈피아노 협주곡 2번〉과 모차르트의 피아노 협주곡을 연주했으며, 〈피아노 삼중주 1번〉을 출판하였다. 이것은 음악사에 크나큰 이정표를 세웠다. 이전의 음악가는 왕이나 귀족에게 고용되어 그들이 주문하는 음악을 만들고 연주하며 소득을 올렸으나, 이때부터는 음악가 스스로가 원하는 음악을 만들어 연주하거나, 악보를 출판, 판매하여 소득을 올림으로써 경제적 자립을 추구할 수 있는 분기점이 되었다. 이러한 음악가의 경제적 자립은 당시의 사회혁명 및 계몽사상과 어우러지며 고전음악에서 낭만음악으로의 발전의 원동력이 되었으며, 음악가의 지위를 상승시키는 계기가 되었다. 한번은 베토벤이 귀족의 집에서 연주하는 동안 청중이 음식을 먹고 술을 마시며 음악에 귀를 기울이지 않자 "음악을 모독하지 마시오."라고 외친 후 자리를 박차고 나오기도 하였으며, 어느 귀족 집에서는 연주를 강요당하자 거부하고 돌아와 "백작님, 백작이라는 지위는 우연히 물려받은 것이지만 저는 저 자신의 노력으로 현재의 자리에 이르렀습니다. 백작은 앞으로도 수없이 나오겠지만, 베토벤은 단 한 명뿐입니다."라는 편지를 보내기도 하였다.

한편 베토벤은 20대 후반부터 소리를 듣지 못하는 증세가 시작되더니 1802년에는 거의 들을 수 없는 상태가 되면서 말할 수 없는 실의에 빠져 자살을 결심하기도 하였으나, 불굴의 의지로 이를 극복하고 말년까지 불후의 명작들을 세상에 쏟아냈다. 그는 서양음악사가 고전음악에서 낭만음악으로 흐르도록 문을 열었으며, 종속적 음악가에서 독립적 음악가로의 전환점을 마련하였고, 음악가로서 치명적인 신체적 어려움을 극복하고 인간 승리의 음악을 이루었다. 그의 음악은 〈교향곡 9곡〉, 〈피아노 협주곡 5곡〉, 〈바이올린 협주곡〉, 〈피아노 소나타 32곡〉, 〈바이올린 소나타 10곡〉, 〈첼로 소나타 5곡〉, 〈피아노 삼중주 7곡〉, 〈현악 사중주 16곡〉, 〈변주곡〉, 〈미사곡〉, 〈오페라〉, 〈가곡〉 등 모든 장르에서 찬란하게 우뚝 솟아올라 있으며, 후세 음악가들의 모범이 되었을 뿐만 아니라, 인류의 위대한 문화유산의 금자탑으로 빛나고 있다.

평생을 자신을 억압하던 운명에 맞서 싸워 승리하였으나, 안토니 브렌타노, 테레제와 요제피네 자매, 줄리에타 귀차르디와 같은 불멸의 연인의 사랑을 얻는 데는 실패했던 베토벤은 1827년 3월 쉰일곱 살을 일기로 세상을 하직하였다. 당시 베토벤의 운구차는 체르니와 슈베르트가 횃불을 들고 뒤따랐으며, 2만 명이 넘는 빈 시민들이 장례행렬을 이루며 그의 가는 길을 애도하였다.

베토벤 음악의 흐름은 일반적으로 크게 전기, 중기, 후기의 세 시기로 구분된다. 전기와 중기는 베토벤이 귀가 거의 들리지 않아서 자살을 결심하며 쓴「하일리겐슈타트의 유서(1802)」를 기준으로 구분할 수 있으며, 중기와 후기는 귀가 완전히 들리지 않은 1815년을 기준으로 구분할 수 있다. 물론 이 기준을 절대적으로 적용하기에는 무리가 따른다. 전기(1792~1802)는 주로 하이든이나 모차르트 등 선배 음악가의 영향을 받은 시기로 "모방의 시기"라 불린다. 이때의 주요 작품으로는 피아노 소나타 8번 〈비창*Pathetique*〉, 바이올린 소나타 5번 〈봄*Spring*〉, 9번 〈크로이처*Kreutzer*〉, 〈현악 사중주 6곡〉이 있다.

중기(1802~1815)는 베토벤 자신의 음악 세계가 펼쳐지는 시기, 자신의 사상과 감정을 능동적으로 표현한다는 의미에서 "외향의 시기"라 불리며, 가장 왕성하게 많은 곡을 작곡한 전성기이다. 중기의 음악은 인간의 고뇌와 열정 그리고 승리 등이 느껴지며, 삶의 충만함이 표현된다. 교향곡 3번 〈영웅〉을 시작으로 교향곡 5번 〈운명*Destiny*〉, 6번 〈전원

프란츠 슈퇴버,『베토벤 장례식』

Pastorale〉, 피아노 협주곡 5번 〈황제*Emperor*〉, 〈바이올린 협주곡〉, 피아노 소나타 14번 〈월광*Moonlight*〉, 15번 〈전원*Pastorale*〉, 17번 〈템페스트*Tempest*〉, 21번 〈발트슈타인*Waldstein*〉, 23번 〈열정*Appassionata*〉, 첼로 소나타 〈3번〉, 피아노 삼중주 〈대공*Archduke*〉, 〈라주모브스키〉 등 〈현악 사중주 5곡〉이 이 시기에 작곡되었다.

후기(1815~1827)는 자유로움과 평화로움이 내면화되고, 자신에 대한 성찰을 기조로 하는 표현이 주를 이루는 시기로 "초월의 시기 또는 완성의 시기"라고 불린다. 이 시기의 음악에는 삶의 경험에서 우러나온 깊은 사색과 울림, 신에 대한 찬양 등이 녹아 있다. 교향곡 9번 〈합창*Choral*〉, 피아노 소나타 28번 〈하머클라비어*Hammerklavier*〉, 그리고 인생을 종교적 숭고함으로까지 끌어올린 마지막 세 개의 〈피아노 소나타(30번, 31번, 32번)〉, 〈현악 사중주 5곡〉, 〈디아벨리 변주곡〉, 〈장엄미사〉 등 수많은 작품이 인류의 문화유산으로 빛나고 있다.

교향곡 5번(운명)·6번(전원)·9번(합창)

베토벤은 57년의 생애 동안에 9곡의 교향곡을 작곡하였다. 하이든과 모차르트의 고전주의적 양식을 따른 〈1번〉과 〈2번〉의 전기 작품, 시대정신인 시민정신과 계몽사상을 반영하며 자신만의 음악 세계를 구축하고 낭만주의 시대를 활짝 열어젖힌 〈3번(영웅)〉, 〈4번〉, 〈5번(운명)〉, 〈6번(전원)〉, 〈7번〉과 〈8번〉의 중기 작품, 그리고 인류의 환희와 승리를 노래한 〈9번(합창)〉의 후기 작품을 작곡하여 세상에 내놓았다. 그의 교향곡은 작품마다 과거와 현대의 세월의 벽을 넘어 교향곡 최고의 정점에 우뚝 솟아 있다.

〈1번〉과 〈2번〉은 고전주의 교향곡 양식의 최고봉을 보여주고 있으며, 자신의 개성을 담아 타오르는 정열과 박진감을 보여주는 3번 〈영웅〉, 슈만이 그리스 미인에 비유했듯이 고전적 명랑함과 아름다움이 조화를 이루는 〈4번〉, 자신의 생을 그려 놓은 듯, 운명의 경건함과 도전, 극복, 승리의 환희를 그린 5번 〈운명〉, 소풍의 즐거움과 자연의 아름다움을 예찬한 6번 〈전원〉, 리스트가 "음악의 신격화", 바그너가 "무도의 성화"라고 표현하였듯이 리듬의 향연이 펼쳐지며 디오니소스적인 면이 두드러진 〈7번〉, 화려하고 음악적 희열을 느끼게 하는 〈8번〉 그리고 숭고한 찬가와 별무리같이 쏟아져 내리는 환희로 청중을 감동의 회오리로 휘감아 하늘로 올리는 9번 〈합창〉이 있다.

교향곡 5번(운명)

부제 〈운명〉은 베토벤의 제자 안톤 쉰들러Anton Schindler가 1악장 서두 주제의 의미를 묻자 "운명은 이와 같이 문을 두드린다"고 답했다는 데서 비롯되었다고 한다. 우리 모두의 운명은 그렇게 시작되지만 각자의 전개방식은 다르다. 베토벤의 운명은 그를 가혹하게 대했다. 그러나 베토벤은 그렇게 그의 가슴을 두드리며 찾아온 운명을 거부하지 않고 경건히 받아들였다. 그렇게 찾아온 운명은 그에게 친절하지도 않았다. 아마 우리의 삶도 그와 비슷할 것이다. 그러나 그대로 받아들이고 무릎을 꿇을 수는 없다. 휘몰아치는 비바람과 눈보라 속을 헤쳐 나가야 하고 그럴 수밖에는 없다. 그것이 운명이다.

거칠고 앞이 보이지 않는 가시밭길을 헤치며 한 걸음 한 걸음 앞으로 나아간다. 숨 쉴 힘마저 동나버리고 기진맥진한 가운데 어디서 실낱 같은 빛이 비쳐온다. 빛을 좇아가니 탁 트인 들판이 보이며 2악장으로 들어선다. 바위 위에 앉아 숨을 돌린다. 지나온 길이 아스라이 떠오르고 힘겨웠던 순간들이 뇌리를 스친다. 무사히 잘 견디고 헤치며 지나옴에 감사하며 앞으로의 길이 무사할 수 있기를 기도하며 평화로운 기분을 느껴본다.

그러나 그것도 잠시. 눈앞에 더 크고 새까만 비구름과 태풍이 닥쳐오는 3악장. 운명은 이처럼 우리를 가만히 놔두지 않는다. 잠깐의 휴식은 다음의 고난을 위해 살려두기 위한 잠시의 호의일 뿐이다. 소름과 두려움이 몰려오지만 피할 수 없는 것이 운명인 것을. 다시 마음을 모으고 하늘을 향해 소리지르고 눈물범벅이 된 얼굴을 닦으며 무거운 발걸음을 옮긴다. 끝없을 것 같던 고난이 시간과 함께 엷어지고 나는 단련되었다. 이제는 어떠한 어려움도 거뜬히 이겨낼 수 있는 거인으로 변모했다. 이제서야 운명이 화해의 악수를 내민다. 이제는 어떠한 고난도 나를 꺾을 수 없다. 어둡던 하늘이 개이고 운명을 극복한 나를 축하해 준다. 하늘에서는 눈부신 빛이 온 누리를 황금빛으로 수 놓으며 나를 축복해 주고, 나는 두 팔을 활짝 뻗어 승리의 함성을 지른다.

카를로스 클라이버, 빈 필하모닉 오케스트라, 1975
빌헬름 푸르트벵글러, 베를린 필하모닉 오케스트라, 1947

교향곡 6번(전원)

베토벤은 이 작품을 1808년에 작곡하였다. 이 작품은 앞선 5번 〈운명〉과 같은 해에 작곡되었다. 더군다나 이 시기는 음악가로서는 치명적인 귓병을 앓고 있었으며 정신적 고통 또한 심한 시기였다. 그런 그가 정반대의 악상을 지닌 작품인 5번 〈운명〉과 자연의 아름다움을 더없이 사랑스럽고 평화롭게 표현한 6번 〈전원〉을 거의 동시에 작곡하였다는 것은 도저히 그의 한계를 헤아릴 수 없게 한다. 이 곡은 그가 "베토벤 산책로"라는 이름의 하일리겐슈타트 숲길을 걸으며 악상을 떠올리고 작곡하였다고 전해진다. 그는 "숲속에 있으면 기쁘고 행복하다"는 말도 하였다고 한다. 아마 사람들과의 대화가 거의 불가능할 정도로 귀가 안 들리던 상황이었기 때문에 더욱 그랬을 것이다.

율리우 스슈미트, 『산책하는 베토벤』

귀도 잘 들리지 않는 그가 어떻게 새소리, 바람 소리, 나뭇잎 스치는 소리, 시냇물 소리, 폭풍우 소리 등을 이렇게 아름답고 생생하게 표현해 낼 수 있었을까? 프랑스의 작곡가 당디Vincent d'Indy는 말했다, "대자연은 베토벤의 슬픔과 실망을 위로해 주었을 뿐만 아니라 이야기를 나눈 벗이었다고." 이 곡은 모두 다섯 악장으로 구성되어 있으며 각 악장에는 묘사적인 표제들이 붙어 있다. 〈시골에 도착했을 때의 즐거운 느낌〉, 〈시냇가에서의 풍경〉 〈시골 사람들의 즐거운 모임〉, 〈뇌우와 폭풍우〉, 〈목동의 노래, 폭풍이 지나간 뒤의 기쁨과 감사〉 그리고 3, 4, 5악장은 쉼 없이 연주한다.

표제를 따라가 보자. 시작부터 소풍 전날의 설렘이 가득하다. 이제 소풍 준비를 하자. 그런데 설렘이 커서 무엇을 준비해야 할지 적어 두긴 하였으나 마음은 이미 소풍을 떠나버리고 허둥대기만 한다.

자, 이제 출발~. 하늘은 파랗고, 공기는 깨끗하고, 바람은 설레는 마음만큼이나 살랑인다. 발걸음은 가볍고 길가의 미루나무 꼭대기에는 뭉게구름이 걸려 있고, 가슴은 풍선만큼이나 부풀어 있다. 길가의 제비꽃, 민들레 등 풀꽃과 눈인사하고, 숲에서는 새들이, 밭에서는 뻐꾸기가 노래하며 인사를 보낸다. 모자를 쓴 배불뚝이 아빠는 앞에서 휘파람을 불고, 양산을 든 엄마의 손에는 음식 바구니가 들려있고, 우리는 여기저기 엄마 아빠 주위를 맴돌며 천방지축으로 뛰어다닌다. 기쁜 우리 가족 소풍 날이다.

전원에 도착하여 자리를 펴고 앉는다. 엄마가 정성스럽게 준비한 잘 구운 맛있는 빵과 시원한 음료를 마신다. 손수 빵을 떼어 나누는 엄마의 손에 눈길이 머물고 차례를 기다린다. 야외에서의 맛있는 식사를 마치자 앞의 시내와 숲이 눈에 들어온다. 멀리 보이는 산과 들이 옹기종기 아름답고, 앞으로 졸졸 흐르는 시냇물 소리의 속삭임이 정겨운 목가적인 풍경이다. 한낮의 해가 중천을 지나 기울기 시작하고, 바람이 멀리서 숲속의 새소리를 싣고 온다. 나이팅게일, 뻐꾸기가 서로 예쁜 목소리를 주고받으며 시냇물 소리와 어우러져 아득하고 아름다운 오후의 시간이 흐른다.

귓가에는 시골 사람들이 나누는 이야기 소리가 들려오고, 이어 마을 사람들이 모여들며 따뜻하게 인사하고 서로에게 음식을 권하며 축제의 열기가 오른다. 그러나 갑자기 폭풍우가 닥치고 사람들은 이리저리 몸을 피하며 쏟아지는 폭우를 바라본다. 하늘에서는 번개가 번쩍이더니 곧이어 천둥소리가 천지를 진동시킨다. 거센 비바람이 들이닥치고 시냇물은 강물처럼 불어난다. 우두둑 떨어지는 폭우에 땅에서는 물방울이 튀어 오른다. 금세 언제 그랬냐는 듯이 하늘은 맑게 개고 해가 나며, 더없이 청명한 하늘과 파릇한 전원이 영롱하게 빛난다. 아름다운 자연에서 느끼는 인생의 기쁨, 행복과 고난, 희망과 감사를 노래하는 한 편의 지고한 자연에 대한 찬가이다.

브루노 발터, 컬럼비아 심포니 오케스트라, 1958
헤르베르트 폰 카라얀, 베를린 필하모닉 오케스트라, 1962
칼 뵘, 빈 필하모닉 오케스트라, 1971

교향곡 9번(합창)

나는 이 작품을 들으면 "스탕달 신드롬"을 느낀다. 인간이 도달할 수 없는 경지의 작품 같다. 로맹 롤랑은 말했다. "인간의 힘으로 쓸 수 있는 가장 완전하고 위대한, 그리고 강한 호소력으로 모든 사람을 압도적인 감동 속으로 이끌고 가는 음악, 그것이 베토벤 〈교향곡 9번〉이다"라고. 이 곡은 베토벤이 그의 말년에 작곡한 작품이다. 또한 작곡 당시 "훌륭한 삶의 특징은 불행을 꾹 참고 견디는 것"이라고 적을 만큼 어려운 시기였다. 그는 완전히 듣지 못해 대화는 필기장을 사용해야 했으며, 폐렴, 위장병 등의 신체적 고통은 물론 경제적으로도 어려웠다. 〈교향곡 9번〉은 그가 오롯이 그의 정신에 의지해 창작한 곡으로, 그의 생애에 걸친 사상과 삶이 모두 녹아 있는 곡이라고 해도 무리가 없을 것이다. 이 곡은 네 악장으로 구성되어 있으며 마지막 4악장 후반부 〈환희의 송가Ode to Joy〉에는 실러의 시가 사용되었는데, "사람들이여, 다 함께 모여 손을 맞잡고 세상의 환희를 노래하자"라며 웅혼한 정신과 인류애를 노래한다.

이 곡은 1824년 2월에 완성되어 같은 해 5월 7일에 초연되었다. 초연은 움라우프Michael Umlauf의 지휘로 진행되었으며 베토벤도 지휘봉을 들고 지휘대에 섰다. 그러나 베토벤은 허공에 지휘봉을 휘저을 뿐이었다. 연주가 끝나고, 청중은 열광적인 박수를 보냈으나 베토벤은 그저 등을 돌린 채 서 있었다. 사람들은 그 모습을 보고 눈물을 흘렸으며, 보다 못한 알토 가수 웅거Frau Unger가 그의 손을 잡고 돌려세우자, 박수는 멈출 줄을 몰랐다.

창조주가 혼돈을 내려다보시며 세상을 창조하고자 하신다. 여기저기 둘러보시며 이곳저곳을 관찰하신다. 끝없이 넓은 바다를 만드시고 바닷물이 넘실거리게 하시며, 바닷가에 가파른 절벽을 세우시자 파도의 포말이 하얗게 부서진다. 부족한 곳은 매만지시며 아름다운 형체를 갖추게 하신다. 높은 산 낮은 산 바위산 등의 형체를 만들어 바다와 어우러지게 하신다. 그리고 높은 산에는 흰 눈이 내리게 하시고, 낮은 산에는 나무가 울창하게 자라게 하신다. 내려다보시고 구석구석을 바삐 다니시며 아름답게 다듬으신다. 낮은 곳은 평평하게 하여 논과 밭, 초지를 만들어 사람들의 보금자리를 마련하신다. 밤하늘에는 별이 반짝이게 하시고 낮에는 해를 비추어 밝음이 있게 하신다. 내려다보시니 바다에는 파도가 넘실거리고 산에는 하얀 눈과 푸른 숲이 아름다우며 밭과 들은 광활하고 시원스럽게 펼쳐져 있다. 창조주께서 만물을 위하여 창조하신 아름다운 세상이다.

이러한 세상에 창조주가 동물과 식물을 내어놓는다. 이곳저곳에서 푸릇푸릇한 새싹이 쑥쑥 자라고 동물들은 서로 기대고 있다. 이쪽에서는 풀들이 저쪽에서는 나무들이 자란다. 큰 나무와 작은 나무가 서로를 바라보며 윙크하고, 작은 동물이 여기저기 숲속을 뛰어다니고, 어미 짐승은 기쁨으로 바라본다. 풀과 나무가 지나가는 아기 동물에게 말을 걸고, 동물이 풀들에게 뺨을 부빈다. 풀과 나무들은 바람결에 맞추어 춤추며, 웃음 띤 얼굴로 서로를 마주 보며 사랑의 눈짓을 보낸다. 풀과 나무, 동물 모두 기쁨이 충만하고 서로의 속삭임이 바람에 실려 세상에 퍼져

나간다.

땅과 바다, 풀과 나무, 암컷과 수컷, 해와 별의 아름다운 노래가 끝없이 이어지는 축복 속에서 아이의 발걸음 소리가 들려온다. 벌거벗은 아이는 숲속을 거닐며 풀과 나무에게 인사하며 입맞춤하고, 어린 동물을 끌어안고 쓰다듬어 본다. 해와 별, 바다와 바람마저도 바라보며 빙긋이 미소 짓는다. 이제는 성인이 된 아기는 하느님이 창조한 곳곳을 다니며 끝없이 펼쳐진 세상의 평화로움과 아름다움에 경탄하고 창조주께 영광을 올린다.

아름다운 세상! 낙원이여! 세상의 만물이여, 우리 모두 함께 창조주께 영광 드리세. 우리 모두 형제니, 우리를 만드시고 아름다운 세상을 주신 이를 찬양하고 경배하세. 우리 모두 우정을 깊게 하고 손을 맞잡고 서로를 사랑하며 이 세상을 더욱 아름답게 만들어 가세. 창조주께서 주신 이 세상에 거함을 감사하세. 어느 곳이나 아름다우며 거소가 되어주는 세상과 서로서로 친구가 되는 만물에 사랑을 키워가세. 해와 달이 빛나고 산과 바다가 아름다운 이 세상을 사랑으로 가득 채우세. 모든 지난날의 허물은 벗어 던지고 창조주의 날개 아래에서 벅찬 가슴으로 주께서 주신 환희의 노래를 부르세. 우리의 노래가 하늘에 울리도록.

이것이 나의 합창이고 가슴에 메아리치는 환희의 노래이다.

빌헬름 푸르트벵글러, 바이로이트 페스티벌 오케스트라, 1951
페렌츠 프리차이, 베를린 필하모닉 오케스트라, 1957
헤르베르트 폰 카라얀, 베를린 필하모닉 오케스트라, 1962

운명과 극복

베토벤의 음악을 들을 때마다 그의 가혹한 운명에 대해 생각하지 않을 수 없다. 어려서는 아버지에게 이끌려 연주 여행을 해야 했고, 청년이 되어서는 집안을 돌봐야 했으며, 나중에는 음악가로서는 치명적인 귓병까지 앓게 된다. 운명은 한 번도 그에게 친절을 베풀지 않았다. 그러나 그는 삶의 끈을 놓지 않고 투쟁하며 인류에게 위대한 창작물을 남겼다. 자신의 고난을 견디고 내면을 단단히 하며 정신적인 승리를 이루어 냈다. "세상에 올 때는 자신만 울고 모든 사람이 웃지만, 떠날 때는 모든 사람이 울고 자신만 웃는" 그런 인물이 되어 별처럼 반짝이는 음악을 유산으로 남겼다. 이러한 베토벤의 삶과 업적을 생각할 때마다 그야말로 진정한 스토아 철학자라는 생각이 든다. 그는 삶을 받아들이고 덕德을 실천하는 삶을 살았다. 주어진 현실의 고통을 참고 견디며 당당히 맞서고, 용기와 지혜로 운명을 개척하며 만인에게 아름다운 음악을 선물하는 인생을 살았으며, 세상을 떠날 때는 모든 사람의 애통함 속에서 영면했다. 그는 참다운 스토아 철학자였다.

스토아 철학은 그리스의 제논에서 시작하여 로마 시대를 관통한 철학이다. 영어의 "Stoic" 또는 "Stoicism"은 고통을 묵묵히 참아내는 극기심을 뜻한다. 이 단어는 스토아학파 명칭에서 유래하였으며, 스토아학파라는 명칭은 제논이 아고라의 북동쪽 스토아 포이킬레Stoa Poikile(채색 주랑) 현관에서 제자들과 토론한 데서 유래했다. 그러나 스토아학파는 극기, 금욕에서 한발 더 나아가 "어떻게 살 것인가?"라는 삶에 대한 본질적인 질문을 던졌다. 그들은 수많은 희로애락이 교차하는 삶 속에서 시련을 현명하게 극복하고 내적 평온함을 추구하였으며, 삶의 목적을 찾고 이루려 하였고, 절제를 통해 행복을 얻고자 했다. 행동하는 철학자로서 지혜, 용기, 절제, 정의의 덕목을 강조하였으며, 공존과 대의를 위한 공헌을 중요시하며, 자신의 삶의 주인이 되고자 했다. 제논, 클레안테스, 안티파트로스, 키케로, 카토, 세네카, 그리고 에픽테토스, 마르쿠스 아우렐리우스 등이 스토아적인 삶을 살았다.

에픽테토스(A.D.55~135)는 노예 출신이다. 이름조차도 "획득한 것"이란 의미이다. 그는 네로 황제의 비서로 해방 노예인 에파프로디투스에게 팔려갔다. 그의 주인은 네로와 마찬가지로 폭력적이고 변태적이었다. 한번은 그가 에픽테토스의 다리를 비틀어 부러뜨렸다. 에픽테토스는 그런 주인에게 항의나 반항은커녕 소리를 지르지도 눈물을 흘리지도 못했다. 그저 주인을 바라보며 "보십시오, 제가 그럴 거라고 말씀드리지 않았습니까?" 하고 말한 것이 고작이었으며 평생을 절름발이로 살았다.

그러나 어떠한 시련도 에픽테토스를 무너뜨리지 못했다. "절뚝거림이 장애일지언정 내 의지까지 절뚝거리게 하지는 못한다." 스토아 철학자들은 운명 자체를 거부할 수 없지만, 운명에 어떻게 대처할 것인지는 자신이 결정할 수 있다고 믿었다. 그는 30대에 법적으로 자유인이 되었으나 먹을 것을 걱정해야 하는 처지가 되었다. 그러던 그가 무소니우스의 강연을 듣고 철학을 공부하고 철학자가 되기로 작정하였으며 결국은 이루었다. 그는 "모든 사물에는 양면이 있으며, 우리는 상황을 어떻게 바라볼 것인가를 선택할 수 있다. 결국 어떤 면을 바라보느냐가 어떤 인생을 살 것인지, 어떤 인간이 될 것인지를 결정한다. 따라서 중요한 것은 세상을 직시하는 것이다. 우리를 화나게 하는 것은 사건 그 자체가 아니라, 그것을 바라보는 우리의 감정과 판단이다. 즉 우리가 인내와 끈기로 내적 자유를 성취한다면 그 누구도 나에게서 아무것도 빼앗아 갈 수 없다. 주어진 운명을 받아들이고 인내하며 덕을 실천하고 겸손하고 실천을 생활화하라"고 설파하였다. 엄청난 역경을 딛고 일어선 에픽테토스의 가르침을 듣기 위해 먼 곳으로부터 사람들이 몰려들었다. 그의 마지막 말을 되새겨 본다. "철학을 설명하려 들지 말고 나의 일부가 되게 하라."

에픽테토스 저/강현규 역
「에픽테토스의 인생을
바라보는 지혜」(©메이트북스)

마르쿠스 아우렐리우스(A.D.121~180)는 로마 오현제 중 한 명이며 인류 역사상 최고의 성군 중 한 명이다. 그러나 어린 시절과는 달리 그에게도 끊임없는 잔인한 시련이 계속되었다. 아내 파우스티나와 열세 명의 자녀를 두었으나 다섯 명을 제외하고는 모두 어린 나이에 요절하였으며, 황제에 오른 해인 161년부터 20년간 역병이 돌아 500만 명 이상이 사망하였고, 국경에서는 20여 년간 전쟁이 계속되었으며, 믿었던 장군이 쿠데타를 일으키기도 하였다. 그러나 그는 권력을 쥐었으나 타락하지 않았고, 전염병에도 두려워하지 않았고, 배신에 대해 분노하지 않았고, 가족을 잃는 비극에도 무너지지 않았다. 그는 끊임없이 자신의 해로운 정념들을 길들이기 위해 노력하였다.

마르쿠스 아우렐리우스 저 /박문재 역 「명상록」 (ⓒ현대지성)

그가 167년경 부다페스트 근처 로마 제2군단 진영에서 쓴 「명상록」은 원제가 ‘나에게 쓴 일기’다. 오롯이 자기 자신이 더 나은 사람이 되고자 노력하며 닥쳐올 고난을 견디고, 타인을 위해 봉사하고, 죽음을 대하는 자세를 적은 마음 수양의 책이다. 마르쿠스는 이렇게 잔인한 운명 속에서도 항상 고요함을 유지하며 타인에 대한 관용으로 일관하였다. 마르쿠스는 매일같이 “옳은 일을 하라. 나머지는 중요하지 않다.”, “끊임없이 너 자신으로 돌아간다면 네가 처한 환경을 더 잘 다스릴 수 있다.”, “네게 일어난 일 때문에 화를 내는 것은 쓸모가 없다. 그 일은 네게 아무런 감정도 없으므로.”, “길에 가시덤불이 있는가? 그럼 돌아서 가라. 네가 해야 할 것은 그것으로 충분하다.” 같은 주옥같은 구절을 쓰고 명상하였다.

남에게는 관대하고 자신에게는 엄격했던 마르쿠스 아우렐리우스 황제는 생의 마지막 순간에도 슬퍼하는 친구들에게 “왜 나를 위하여 눈물을 흘리는가? 모두가 고통받는 전염병과 죽음에 대해 생각하지 않고?”라고 하였다. 또한 “만약 지금 내가 세상을 떠나는 것을 허락해 준다면, 작별 인사를 고하고 먼저 떠나겠네”라고 말하고 다음 날 눈을 감았다.

피아노 협주곡 5번(황제)

베토벤은 모두 5곡의 피아노 협주곡을 작곡하였다. 〈3번 협주곡〉에서 자신의 독창성을 드러내기 시작한 베토벤은 〈5번〉에서 앞뒤의 모든 피아노 협주곡과의 비교를 허락하지 않을 만큼 빛나며 왕좌를 차지하고 있는 걸작을 작곡하였다. 이 곡은 그의 영웅적인 중기(1803~1815) 즉 '걸작의 숲' 시기의 정점을 차지하는 곡 중 하나이다. 심지어 이 곡은 당시의 협주곡들이 갖는 특징인 연주자의 즉흥적인 카덴차마저 허용하지 않고 베토벤 자신이 직접 작곡하여 음악의 흐름을 잃지 않도록 하는 장치를 마련하였다.

이 곡은 1809년에 완성되었으나 나폴레옹 군대의 빈 점령으로 초연은 2년 후인 1811년에야 이루어졌다. 베토벤은 이 당시 빈의 거리를 활보하는 나폴레옹 군대를 보면 "내가 만약 전술을 대위법만큼 잘 알고 있다면, 한번 혼내줄 텐데 말이야" 하고 주먹을 불끈 치켜들었다고 전해진다. 이 곡의 비공식적인 초연은 베토벤의 열렬한 추종자이자 제자이며 후원자인 루돌프 대공의 독주로 1811년 1월에 이루어졌으며, 공식적인 초연은 그해 11월 라이프치히 게반트하우스와 요한 프리드리히 슈나이더의 피아노 연주로 이루어졌으며, 빈에서의 첫 연주회는 1812년에 베토벤의 제자인 카를 체르니의 연주로 이루어졌다. 앞선 〈피아노 협주곡 4번〉까지는 자신의 직접 연주로 초연을 가졌으나, 이 무렵에는 귀가 들리지 않아 직접 연주가 불가능했기 때문이었다.

이 곡의 표제인 〈황제〉는 베토벤이 붙인 것은 아니다(베토벤이 직접 제목을 붙인 곡은 교향곡 3번 〈영웅*Eroica*〉과 교향곡 6번 〈전원*Pastorale*〉 정도이다). 베토벤의 친구인 출판업자 요한 B. 크라머가 악보를 출판하면서 이 곡의 웅혼한 기백과 당당한 위용에 매료되어 붙였다는 설과 나폴레옹의 부관이 이 협주곡을 듣고 "피아노 협주곡 중의 황제다"라고 해서 붙여졌다는 설이 있다. 이유야 어떻든 이 곡이 지닌 이미지는 천하를 호령하는 "황제"의 이미지와 무척 닮아 있다.

오케스트라의 강렬한 울림과 함께 피아노가 당당한 카덴차로 서막을 활짝 열어젖힌다. 산천이 울리는 듯한 오케스트라와 피아노가 위용을 자랑하듯이 주고받으며 황제가 등장한다. 이전의 협주곡들과는 전혀 다른 형태로 시작하며 황제의 위용을 드러내는 듯하다. 이어 황제의 행진을 더욱 빛내어 주는 화려하고 위엄이 느껴지는 선율과 리듬이 음악 분수의 물줄기처럼 솟아오른다. 밝고 활달하며 찬란한 음률이 거침없이 과감하고 호쾌하게 펼쳐지며 영웅적인 기개를 느끼게 한다. 오케스트라와 피아노가 서로 경쟁하듯이 화려하고 눈부신 음률을 쏟아내며 질주한다. 이 활달하고 박진감 넘치는 선율과 리듬을 따라 내 가슴도 부풀어 오르고 마음에는 찬란한 기쁨과 즐거움이 쏟아져 내린다. 한여름 소나기처럼 가슴속을 시원스럽게 뻥 뚫어 준다. 천하를 호령하는 위풍당당함이 내 가슴을 가득 채우며 황제가 된 듯한 착각을 불러일으킨다.

위엄과 웅혼함을 뒤로하고 우아하고 서정적인 선율이 세상의 아름다움을 노래하기 시작한다. 현악기의 애무하는 듯한 선율을 이어받아 갖가지 상념에 잠기게 하는 피아노의 차분한 선율이 흐른다. 온화하고 명상적인 선율에 기대어 마음은 순례를 떠나 세상의 이곳저곳을 찾아다니며 아름다움에 경탄하기도 하고, 곳곳의 세상 속 마을로 들어가 보기도 한다. 순수하고 선량한 농부들과 어울리기도 하고, 양치기의 목가적인 뿔피리 소리를 따라 산등성에도 가 본다. 곳곳에서 묻어나는 세상과 삶에 대한 숭고함이 애잔하게 아름다운 선율을 타고 고조되어 가며, 마음속에는 성스럽고 영적인 감정이 싹튼다.

정화된 마음을 안고 다시 밝고 힘찬 희망의 세계로 회귀한다. 활달하고 맑은 피아노 선율이 새로운 힘을 부여한다. 오케스트라와 피아노가 술래잡기하듯이 리듬을 이어받으며 경쾌하고 산뜻한 춤곡풍의 리듬을 연주한다. 승리를 향하여 질주하는 발걸음을 재촉하며, 응축된 힘을 폭발시키며 마무리한다.

빌헬름 박하우스, 피아노, 한스 슈미트 이세르슈테트, 빈 필하모닉 오케스트라, 컴필레이션
마우리치오 폴리니, 피아노, 칼 뵘, 빈 필하모닉 오케스트라, 1978
아르투로 베네데티 미켈란젤리, 피아노, 카를로 마리아 줄리니, 빈 필하모닉 오케스트라, 1982

바이올린 협주곡

베토벤의 유일한 바이올린 협주곡이며 이 장르의 끝판왕. 멘델스존, 브람스의 작품과 더불어 3대 바이올린 협주곡이라 일컫는 베토벤의 이 작품은 그중에서도 왕좌의 위치에 있으며, 멘델스존의 작품과 짝을 이루어 "아담과 이브"로 불리기도 한다. 이 작품은 기존의 바이올린 협주곡이 독주자의 존재만을 부각시킨 것과는 다르게, 바이올린과 오케스트라의 균형을 맞춘 작품으로 이후 바이올린 협주곡의 명작으로 꼽히는 멘델스존, 브람스, 차이콥스키의 작품에도 영향을 주었다. 이 작품은 연주 당일인 1806년 12월 23일 오전까지도 작품이 완성되지 않았었지만, 연주자인 프란츠 클레멘트가 리허설도 없이 연주하여 갈채를 받았다.

이후 거의 잊혀져 있었으나, 1844년 당시 열세 살이었던 바이올리니스트 요아힘이 멘델스존의 지휘와 협연하면서부터 유명해졌다. 이 곡도 피아노 협주곡 〈황제〉와 같은 세 악장의 구성으로, 첫 악장이 파격적인 시작과 함께 웅장하고 힘차며, 2악장은 부드럽고 아름답기가 그지없고, 3악장은 힘차고 박력이 넘쳐, 악장별 특징과 1악장이 전체 곡의 절반을 차지할 정도로 긴 것까지도 서로 비슷하다.

이웃집 문 두드리는 소리에서 힌트를 얻었다는 파격적인 팀파니의 둥둥둥둥 두드림에 이어 관악기가 부드럽고도 장중한 멜로디를 연주하며 시작한다. 이어 오케스트라와 바이올린이 두 개의 멜로디를 발전시켜가며 눈부신 음악을 펼쳐간다. 때로는 짜릿하게, 때로는 웅장하고 힘차게, 때로는 수줍고 부끄럽게. 힘차고 박진감 넘치는 선율 속에서도 섬세함과 아름다움이 어우러진다. 정열적인 바이올린의 떨림은 정신까지 고양시킨다. 부드럽고 장중한 오케스트라의 선율과 화려하고 호소하는 듯한 바이올린의 울림이 계속되며 무아지경에 빠지게 한다. 온 세상에 밝고 눈부신 희망이 끝없이 퍼져나간다.

화려하고 벅찬 음악에 이어 부드러운 선율 위로 속삭이듯이 바이올린이 노래한다. 절대자에 대한 찬미를 노래하는 듯하다. 아름다움을 넘어 숭고함마저 느껴진다. 드높게 노래 부르는 바이올린의 떨림에 숙연해진다. 지극히 서정적이며 아름다운 선율의 칸타빌레가 가슴속에 파고들며 정신까지 정화시켜준다. 그지없는 안식과 평화가 가슴에 찾아든다.

경쾌하고 인상적인 멜로디에 어깨가 들썩인다. 밝고 활기찬 춤곡풍의 멜로디가 마음마저 풍성하게 한다. 너울거리는 듯한 선율이 끈덕지게 반복되며, 풍성한 오케스트라의 음향과 화려하고 눈부신 기교의 바이올린 울림이 절정을 이루며 기쁨이 강물같이 넘치는 피날레에 이른다.

요제프 시게티, 바이올린, 안탈 도라티, 런던 심포니 오케스트라, 1961

야사 하이페츠, 바이올린, 샤를 뮌슈, 보스턴 심포니 오케스트라, 1955

300년의 세월을 넘어

베토벤의 피아노 협주곡 5번 〈황제〉나 〈바이올린 협주곡〉은 힘차고 당당하면서도 더없이 서정적이고 아름다운 선율이 조화를 이루어 르네상스 조각가 미켈란젤로 부오나로티Michelangelo di Lodovico Buonarroti Simoni (1475~1564)가 떠오른다. 그는 피렌체 공화국의 카프레세에서 태어났으며, 아버지는 마을 행정관으로 귀족 집안이었다. 열세 살에 피렌체의 화가였던 도메니코 기를란다요 공방에서 도제 수업을 받으며 화가의 길을 걸었으나, 미켈란젤로의 조각 실력에 놀란 스승은 그를 조각가의 길로 이끌었으며, 당시 일종의 미술대학 역할을 했던 메디치가의 조각공원에서 조각기술을 연마하도록 했다. 이후 그는 메디치가의 양아들로 입양되어 그곳에서 예술뿐만이 아니라 르네상스 시대 정신의 기초가 되는 철학과 인문학 분야의 당대 최고 학자들 곁에서 공부하여 수준 높은 소양을 갖추게 되었다.

당시의 위대한 화가이자 조각가이며 평론가였던 조르조 바사리Giorgio Vasari(1511~1574)는 르네상스 예술을 세 시기로 나누었는데, 치마부에와 조토로 대표되는 유아기, 마사초와 안젤리코, 브루넬레스코, 도나텔로의 청년기를 거쳐 마지막 성인기는 레오나르도 다빈치에서 시작하여 미켈란젤로와 같은 만능인에서 절정을 이루었다고 밝혔다. 도나텔로의 르네상스 청년기 조각의 다양한 기법과 성과는 불세출의 천재 미켈란젤로에 이르러 찬란하게 꽃피웠으며, 바사리는 미켈란젤로의 탄생을 "신의 섭리"라고 했을 만큼 위대한 예술가로 평가했다. 그의 대표적인 작품으로는 조각에서 『다비드』, 『피에타』, 『모세상』, 『줄리아노 데 메디치의 무덤』, 『죽어가는 노예』 등이 있으며, 프레스코화로는 시스티나 성당의 천장화 『천지창조』, 벽화 『최후의 심판』 등이 있고, 로마의 성 베드로 성당 건축에도 참여하였다.

미켈란젤로 부오나로티, 『최후의 심판』

미켈란젤로 부오나로티, 『다비드 상』

미켈란젤로의 대다수 작품은 역동적이며 생동감이 있어 살아 움직이는 듯하다. 그의 작품 속 인물들은 당당해 보이고 웅장해 보이나 전체의 구도 속에서 조화를 이루어 부드러움마저 느끼게 한다. 『천지창조』의 하나님과 아담, 『최후의 심판』, 『다비드』도 팽팽한 긴장감과 당당한 힘이 느껴진다. 심지어 『피에타』마저도 예수의 팔과 다리에 산 자의 느낌이 남아 있다. 이렇게 강인하고 생동하는 표현과 아름답고 부드러운 표현이 서로 상충할 듯하나, 미켈란젤로의 작품에서는 근육질의 선과 구도가 절묘하게 조화를 이루어 비너스의 선 같은 아름다움을 드러낸다. 천장화 『천지창조』의 하나님과 아담은 각각 살아 움직이며 생동감과 긴장감을 주지만, 손가락으로 이어지는 선은 조화를 이루며 구도는 흐르는 듯하여 의도하는 주제를 자연스럽게 나타내어 웅혼함과 부드러움을 동시에 느끼게 한다. 그는 단지 신의 섭리로 존재하는 형상을 밖으로 드러낸 것뿐이었다.

16세기 미켈란젤로의 작품에서 느껴지는 감동이 300여 년이 흐른 뒤 19세기 베토벤의 음악에서 느껴진다. 베토벤의 피아노 협주곡 〈황제〉와 바이올린 협주곡은 웅장함 속에 섬세하고 서정적인 아름다움을, 섬세함의 조화 위에 호방함을 보여주어 미켈란젤로의 예술품들과 대칭을 이루고 있다. 르네상스와 낭만주의 시대를 대표하는 두 거인의 예술혼이 서로 이어지는 듯하다.

현악 사중주 13번·15번

베토벤은 그의 생애에 걸쳐 16곡의 현악 사중주를 작곡하였다. 시기에 따라 분류해 보면 초기에 6곡, 중기에 5곡, 후기에 5곡으로 고루 분포되어 있어 그의 음악적 발전 경향을 잘 보여준다. 초기의 여섯 작품은 1800년경에 작곡되었다. 이 곡들은 하이든과 모차르트의 영향이 남아있어 실내악의 우아함과 부드러움이 있지만, 베토벤의 예민한 감성과 패기, 넘치는 천재성이 부각되어 있어 고전 시기의 현악 사중주들과는 확연한 차이를 보인다. 중기의 5곡은 〈라주모브스키(1806)〉 3곡과 〈하프〉, 〈세리오소(1810)〉로 구성되어 있다. 중기는 베토벤이 최고의 창작열을 불태우던 시기로, 이 시기에 작곡된 곡으로는 〈교향곡 4번〉, 〈5번(운명)〉, 〈6번(전원)〉, 〈피아노 협주곡 4번〉, 〈5번(황제)〉, 〈바이올린 협주곡〉, 〈피아노 소나타 21번(발트슈타인)〉, 〈23번(열정)〉 등이 있으며, 불멸의 연인 테레제 폰 브룬스비크와 약혼하고 그녀를 위해 〈엘리제를 위하여〉(베토벤의 글씨가 지렁이 기어가는 것 같은 악필이라 출판사에서 엘리제로 잘못 출판)를 작곡한 시기이기도 하다.

〈라주모브스키〉 3곡은 신선하고 활기찬 내용과 기법을 도입하여 기존 고전주의의 영향을 완전히 떨치고, 새로운 사상과 철학을 담아내며 현악 사중주의 새로운 세계를 열었다. 〈세리오소〉에서는 한 걸음 더 나아가 스케일도 커지고 관현악적인 효과까지 도입하였으며, 베토벤 음악 특유의 내면의 응시와 성찰을 표현함으로써 후기 현악 사중주곡이 내면적 사고로 침잠하려는 경향을 띨 것임을 예고하고 있다. 〈라주모브스키〉 3곡은 러시아 상트페테르부르크 태생의 라주모브스키 백작에게 헌정하여 붙은 부제이다. 그는 빈의 러시아 대사관 서기로 근무하였으며 베토벤의 사중주를 연주하기 위하여 현악 사중주단을 운영하였고, 자신이 제2 바이올린을 맡아 연주하기도 하였다.

후기 5곡은 베토벤 생애에서 맨 마지막으로 작곡된 작품들이다. 따라서 피아노 삼중주에서 시작한 베토벤 음악의 작품번호는 〈현악 사중주 16번(op. 135)〉에서 끝맺음한다. 〈세리오소〉 작곡 이후 15년이 지나 작곡된 후기 현악 사중주들은 베토벤의 만년의 음악과 인생관을 이해하려면 반드시 알아야 하는 작품들이다. 후기 〈피아노 소나타(28번~32번)〉와 〈장엄미사(1822)〉, 〈교향곡 9번(합창, 1824)〉을 마친 이후에 작곡하기 시작하여 그가 세상을 떠나기 4개월 전에 완성되었기 때문이다. 이 5곡의 후기 사중주곡들은 인류의 평화와 이상을 노래하는 〈장엄미사〉나 〈합창〉의 웅혼하고 지고한 인류애적 찬가의 성향은 사라지고 자신의 깊은 내면세계로 침잠한다. 57년의 생애를 회고하며 자신이 걸어온 삶을 반추하고, 온갖 풍상을 겪으며 지나온 길을 말년에 다다른 시선으로 바라본다. 왔던 자리로 돌아갔을 때, 신은 나를 어떻게 심판할까? 심판의 두려움보다는 지금까지 걸어왔던 길을 아름답게 바라보며 느끼는 위안과 평안함이 오히려 달관을 노래하는 듯하다. 베토벤의 마지막 사중주들에는 그의 삶이 응축되어 있으며, 인류 음악사에서도 영롱하게 북쪽 하늘을 빛내고 있다.

현악 사중주 13번

〈현악 사중주 13번〉은 6번째 악장이 〈대푸가〉로 되어 있는 곡으로 1825년에 완성하였다. 그러나 초연 후 제5악장까지는 호감을 받았으나 〈대푸가〉는 평판이 좋지 않았으며, 친구들과 출판업자는 새로운 악장을 쓸 것을 권장했다. 베토벤은 하는 수 없이 〈대푸가〉를 별도의 독립적인 작품(작품번호 133, 연주 시간 16분 내외)으로 만들고, 그가 죽기 4개월 전인

1826년 말에 새로운 〈Finale: Allegro〉 악장을 추가하였으며, 이것이 그의 마지막 작곡이 되었다. 특히 이 곡의 5악장 〈카바티나*Cavatina*〉는 말할 수 없이 아름다워 많은 음악 애호가들이 자주 듣는다.

느리고 장중하게 시작하는 서주가 긴장하며 들어서나 곧장 이어지는 다채롭고 풍부한 멜로디가 우리의 다양한 삶의 표정을 나타내는 것 같다. 때로는 다정하고 살갑게, 때로는 으르렁거리고 맞서며. 그러나 언제 그랬냐는 듯이 소꿉친구들 싸움처럼 금세 다시 어울린다. 역시 삶은 아름다운 것이야. 산과 들은 아름답고, 친구는 다정하고, 주변은 온통 새롭고 신기하다. 어깨에 가방을 둘러메고 걷는 걸음걸이는 가볍다. 거리마다 빈풍의 흥겨움이 가득하고 어깨를 스치는 모두와 가볍게 인사도 한다. 거리에서 사람들과 어울려 렌틀러 춤이라도 추고 싶다.

넓은 광장에는 쌍쌍들이 멋진 스텝과 몸놀림으로 흥겹게 춤에 빠져 있다. 이곳저곳 삶의 향기가 충만하다. 그 삶의 예찬이 카바티나의 선율을 타고 흐른다. 아름다움을 넘어 경건하고 숭고하기까지 하다. 자신도 모르게 두 손이 모이고 감사의 기도가 드려진다. 끝날 듯 이어지는 카바티나의 선율이 계속되며 들떠 있던 나의 가슴이 차분해지고 감사의 마음이 스멀스멀 올라와 숙연해진다. 누구의 은혜인가. 우리에게 아름다운 삶을 허락하신 이는? 감사의 기도를 드리고 다시 일상으로 돌아와 힘차고 흥겨운 삶의 찬양을 부르며 마무리한다.

베그 현악 사중주단, 1952
바릴리 현악 사중주단, 1954

현악 사중주 15번

무언가 짓누르는 듯하다. 갈피를 잡을 수 없는 혼란 속에 있는 것 같다. 전혀 알 수 없는 어느 도시에 던져져 주위를 둘러보지만 낯설기만 하다. 세상에 던져진 단독자의 기분이다. 불안이 엄습하고 절망이 아른거린다. 세상의 빛은 어디에 있는가? 그러나 좌절할 수는 없다. 나에게 친절하지 않은 삶에 맞서 나의 의지를 다지자. 나의 삶은 나의 각오와 노력에 달려 있는 것. 이제부터 어떠한 환경의 압제나 고난에도 저항하며 어둠을 뚫고 나가자. 실낱같은 희망이라도 붙잡고 어둠의 터널을 뚫고 나가면 한 줄기 빛이 비쳐 오리라. 마음을 다잡고 주먹을 불끈 쥐자 어디선가 희망의 빛이 희미하게 비쳐오며 새로운 힘을 북돋운다. 그래, 이 불빛을 등대 삼아 앞으로 가자. 어떠한 어려움도 장애물도 나를 막을 수는 없다.

좌절과 절망을 극복하며 앞으로 나아가자 마음에 평화와 안식이 찾아오며 평안함이 느껴진다. 아름다운 코랄이 들려오자 마음이 정화되고 새로운 힘이 솟으며 새로 태어난 듯하다. 이제 지난 어려움마저도 감사하다는 생각이 들고, 어려움이나 즐거움이나 모두 나의 삶의 일부임을 받아들이며 깊은 감사의 찬양을 노래한다. 고개를 들어 삶의 위대함과 숭고함을 소리 높여 찬미하고, 밝고 활기차게 약동하며 끝을 맺는다. 이 곡에는 좌절과 절망을 극복하고 새로 태어나는 것 같은 부활의 감정, 내면적인 사상과 정신이 깃들어, 베토벤 만년의 승화된 인생관과 고결한 정신이 함축되어 있는 듯하다.

부슈 현악 사중주단, 1937
부다페스트 현악 사중주단, 1961

절대정신

베토벤이 본에서 태어난 해인 1770년 독일 남서부 뷔르템베르크 공국의 슈투트가르트에서 "난세의 영웅"인 한 철학자, 헤겔G.W.F. Hegel이 태어났다. 천재는 악필이던가? 그들은 각각 "베토벤어"와 "헤겔어"로 글을 썼다. 그의 시대는 질풍노도의 시기로 18세기 후반 프랑스 대혁명, 미국의 독립에 이어 19세기 초에는 나폴레옹 전쟁이 유럽을 휩쓸고 있었다.
그러나 당시 독일은 새로운 이념의 혁명 시대에 뒤처져 수백 개의 공국으로 나뉜 후진국에 불과하였다. 그래서 헤겔은 한 국가의 바람직한 상태는 무엇이며, 어떻게 그것에 이를 수 있는가에 관심을 가졌다. 그는 민족과 국가의 발전을 위해서는 모든 것이 하나의 방향으로 나아가는 철학 체계가 필요하다고 생각하였다. 그는 신학교를 졸업하였지만 신학보다는 철학에 관심이 있어 목사가 되지 않고 셸링, 피히테, 실러 같은 대철학자들이 모여 있는 예나대학의 강사로 초빙되어 일하며 그의 철학 체계를 구축하여 나가기 시작하였다.

그는 대학 시절에 열광했고 죽을 때까지 열정을 간직하였던 프랑스 혁명에 대해 "어떤 내실도 갖추지 못한 죽음, 분열뿐이고, 양배추 대가리를 둘로 동강 친다는 것 이상의 의미는 없다"라며 신랄하게 비판하였다. 그러나 그가 비판한 것은 자유, 평등, 박애라는 혁명의 본질도 모르고 날뛰는 약탈, 착취, 무질서였을 뿐이라는 점에 주의해야 한다. 그는 모든 사건에는 본질적인 면이 있으며, 그 본질은 "절대정신 Absoluter Geist"이고, 역사는 절대정신이 본질을 드러내는 과정이며, 그 절대정신의 본질은 "자유"라고 보았다. 즉 역사는 이성적인 자유를 실현해 가는 과정이라고 보았다.

예를 들어 과거에는 왕에게만 자유가 있었으나 점차 봉건 제후로 그리고 시민에게로 확대될 것이며, 프랑스혁명을 새로운 시대의 시작으로 보았다. 헤겔도 베토벤과 마찬가지로 나폴레옹 전쟁으로 고난을 겪었다. 전쟁으로 인하여 대학이 폐쇄되어 실업자로 전전하였으나 이 기간에 「논리학」을 출간하였으며, 이 책의 명성으로 하이델베르크 대학으로 초빙되었다. 헤겔은 「논리학」에서 역사의 전개 과정을 정(즉자, 정명제), 반(대자, 반명제), 합(지양 또는 양기, 합명제)의 변증법으로 파악하며 독자적인 이론을 펼쳤으며, 이어서 「엔치클로페디(백과사전)」를 출간하여 절대정신과 변증법으로 모든 학문을 하나로 묶는 거대한 철학 체계를 완결 지은 후, 베를린 대학으로 옮겨 마지막 대표작 「법철학」을 출간하였다. 헤겔의 사상 체계는 당시 너무 완벽했기 때문에 등장하자마자 근대 철학의 챔피언 자리를 차지했으며 "헤겔 철학 이외의 철학은 없다"는 말까지 등장하였다.

헤겔의 철학 원리는 간단하다. 예를 들어 컵이 있다. '이 컵은 원형이야'가 정명제이다. 그러나 다른 사람이 '아니야, 이 컵은 직사각형이야' 하며 반명제를 제기한다. 모두 틀린 것은 아니다. 그러나 합명제에서는 '이 컵은 원통이야' 하며 정명제와 반명제를 종합하여 더 확실한 사실을 보여준다. 그렇다고 정명제가 거짓이 되는 것은 아니다. 이 예에서 보듯이 변증법은 진리는 고정되어 있지 않고 시간에 따라 발전해 나아감을 보여준다. 역사란 절대정신의 본질, 즉 자유의 실현과정이다. 돌 속에 잠재해 있는 본질적인 형상이 미켈란젤로라는 위대한 예술가의 손을 통해 점차 자신을 드러내듯이, 절대정신도 역사의 모순과 대립의 과정을 통해 즉 정반합의 변증법적 과정을 통해 점차 자신의 모습을 완성시켜 나가는 것이다.

인간 개인의 인생도 변증법적 역사의 진행과 비슷한 과정을 걷는 것 같다. 삶이 나의 뜻대로 흘러가는 경우는 드물다. 언제나 의도했던 방향으로는 잘 진행되지 않고 다른 방향으로 휘어간다. 즐거운 일에는 항상 마魔가 끼어 조심하지 않을 수 없으며, 마음 한켠에 두려움이 똬리를 틀고 있다. 그러나 그러한 고난이 있어 우리가 성장하고 발전할 수 있음도 부인할 수 없다.

게오르크 빌헬름 프리드리히 헤겔

헤겔과 같은 해에 태어난 베토벤도 삶이 고난의 연속이었다. 평생에 걸쳐 수많은 역사적 사건과 개인적 고통이 그를 괴롭혔다. 얼마나 혹독했으면 로맹 롤랑은 "베토벤의 일생은 태풍이 휘몰아치는 하루와도 같았다"라고 했을까. 베토벤은 그러한 고난 즉 반명제의 삶 속에서 자신의 소명을 묵묵히 수행하였기에 내면적으로 성숙할 수 있었고, 평범함을 벗어나 천재성을 발휘할 수 있었다. 만일 그러한 고난이 없었다면 평범한 작곡가로 머물 수도 있었을 것이다. 삶은 칠흑 같은 반명제를 뚫고 합명제에 이른 사람에게 눈부신 햇살을 쏟아부어 준다. 그리고 지나온 길을 회상하며 감사드릴 수 있는 기회도 허락한다. 베토벤은 고난을 이기고 환희를, 암흑을 걷어내고 광명을 이루었으며, 자신의 삶을 지긋이 회고하며, 정화되고 숭고한 정신이 깃든 현악 사중주를 위대한 유산으로 인류에게 남겼다.

피아노 소나타

베토벤의 피아노 소나타 32곡은 바흐의 〈평균율 클라비어 곡집〉과 함께 피아노곡의 양대 산맥을 이룬다. 명지휘자 한스 폰 뷜로는 바흐의 〈평균율〉이 건반악기의 구약성서라면 베토벤의 피아노 소나타는 신약성서라고 하였다. 규모 면에서도 바흐의 〈평균율〉이 2권 48곡, 베토벤의 소나타는 32곡으로 총 연주 시간은 각각 4시간과 10시간 정도가 소요되는 엄청난 곡들이다. 그러나 그 위대함은 규모만이 아니다. 베토벤 피아노 소나타의 진정한 위대함은 그의 생애와 발을 맞추어 삶의 기쁨과 슬픔, 열정과 관조, 고뇌와 사상의 흔적이 함께 흐르고 있어 고독한 영웅의 삶의 궤적을 느낄 수 있다는 것이다. 또한 아름다운 선율과 리듬을 넘어 인간의 사상을 담고 있는 우주와 같으며, 구성과 표현에서 패러다임의 전환을 가져왔다.

베토벤의 피아노 소나타 32곡을 그의 음악사적 발전 단계로 보면, 앞선 선배 작곡가들을 모방하며 자신만의 음악적 기반을 형성해 가던 초기(1792: 본에서 빈으로 옮겨감. ~1802), 귓병으로 인한 자살 충동마저 극복하며 자신만의 독창적인 사상과 감정을 음악으로 표현하고 왕성하게 작품을 쏟아낸 중기(1802~1815), 귀가 들리지 않는 가운데 내면의 소리를 들으며 자유와 평화로움, 회한과 관조를 작품에 녹여낸 말기(1815~1827)로 구분할 수 있다. 전기 작품은 소나타 1~11번으로 8번 〈비창*Pathetique*〉이 자주 연주되고, 중기는 12~27번으로 14번 〈월광*Moonlight*〉, 15번 〈전원*Pastorale*〉, 17번 〈템페스트*Tempest*〉, 21번 〈발트슈타인*Waldstein*〉, 23번 〈열정*Appassionata*〉이 자주 연주된다. 후기 작품은 28번 〈하머클라비어*Hammerklavier*〉부터 사색과 달관의 경지를 보여주는 32번까지로 구성되어 있다.

피아노 소나타 23번(열정)

사랑의 열정이란 이렇게도 강한 것인가? 사랑에 대한 갈망이 주는 긴장감이 온몸에 흘러내린다. 억눌러도 솟아오르는 열망이 갈수록 더욱 활화산처럼 분출되고 이성은 용암에 녹아버리고 온몸은 비틀거리고 뒤틀리며 벌겋게 달아오른다. 열병에 걸린 것처럼 땀이 온몸을 적시고 지쳐간다. 사랑하는 사람은 알 리가 만무하다.

어찌해 볼 수 없는 침통함과 낙담에 자신을 타일러 보지만 오히려 사랑은 더욱 불타오를 뿐이다. 커지는 열정을 미움으로 바꾸어 달래 보려 하지만 소용이 없다. 결국 몸은 지쳐 쓰러지고 더 이상 생각하고 움직일 힘마저 소진되어 버리자 야릇하게도 평화가 찾아온다. 그래, 진정한 사랑은 사랑하는 사람의 행복을 위하는 거야. 사랑을 보내고 행복을 빌어주는 마음이 들며 마음에도 기쁨과 안식이 찾아온다.

이제는 멀리서 사랑을 바라보며, 사랑의 진정한 행복을 빌어주자. 그러나 그렇게 쉽게 열병이 사라지지는 않고 다시 찾아와 나를 흔들어 놓는다. 그렇지만 이제는 정신을 가다듬고 사랑의 열병을 가라앉힌다. 그래, 참사랑은 나를 이기고, 사랑을 자유롭게 훨훨 날 수 있도록 해주고 바라만 봐 주는 것이야. 나는 나의 감정을 깊은 곳에 묻어 버린다. 그곳에서 참사랑의 싹이 자라나고, 나의 자유도 싹처럼 자라나며 마음에 평화가 깃든다.

빌헬름 박하우스, 1952, 1959
에밀 길렐스, 1973
스비아토슬라프 리히테르, 1960

클림트

구스타프 클림트, 『키스』

『키스』의 모델은 아델레 블로흐 바우어라는 유부녀로 클림트Gustav Klimt(1862~1918)와 12년 동안이나 연인 관계를 유지했다고 한다. 성스럽고 신성한 것은 감춰지고 금기시된다. 성과 관능의 세계도 마찬가지이다. 그것들은 감춰져 있을 때는 성스럽지만 드러나면 지탄의 대상이 된다. 그것은 금기의 대상이며, 금지된 것이기 때문에 유혹적이고, 위반의 욕망을 불러일으킨다. 생식은 성스럽다. 성스러우므로 감추어지고 금기시 되어야 한다. 성스러움과 에로티시즘은 동전의 양면이다. 클림트의 『키스』는 아르누보 그림 중에서 가장 강렬하게 에로티시즘을 발산하는 매력적인 그림이다. 황금빛 옷과 배경의 황금가루는 제우스가 황금비로 변신하여 다나에를 찾아오는 것을 연상케 한다. 남자는 여자를 완전히 소유하듯이 옷으로 감싸고, 여자는 전율하며 손가락에 힘이 들어가고, 무릎마저 꿇고 있다. 사디즘과 마조히즘마저 느껴진다.

구스타프 클림트, 『유디트2』

클림트는 1897년 기존의 권위적인 미술가 협회를 탈퇴하고 새로운 예술을 주창하며 빈 분리파를 탄생시킨다. 1902년 빈 분리파는 바그너가 구현한 종합예술로서의 오페라처럼, 역사적인 종합예술로서의 『베토벤 프리즈』를 계획한다. 이 전시를 위해 요제프 호프만은 전시실을 신전처럼 세웠고, 막스 클링거가 베토벤 흉상을 전시실 중앙에 세웠으며, 클림트는 세 폭의 거대한 벽화로 전시실을 에워쌌다. 이곳에서 베토벤의 9번 교향곡 〈합창〉이 연주되었다. 지휘자는 구스타프 말러였으며 그의 아내 알마 말러는 클림트의 연인이었다. 클림트의 『베토벤 프리즈』는 운송과 보관 과정에서 우여곡절을 겪으며 손상되었지만 살아남아 복원되어 빈 분리파의 전당 제체시온Secession에 영구 보관되었으며, 투어 버전이 따로 제작되어 일반에 공개되고 있다.

피아노 소나타 32번

이 곡은 보통의 소나타와는 달리 두 악장으로 구성되어 있다. 베토벤의 제자 쉰들러가 "어째서 보통의 소나타처럼 세 악장으로 만들지 않았습니까?" 하고 물으니 그는 "시간이 없었어"라고 대답했다고 전해진다. 베토벤은 두 악장으로 충분하다고 생각했던 것 같으며, 실제로 들어보면 그 자체로 완전함을 느낄 수 있다.

지나온 세월을 회상해 보면 한순간도 편안한 날이 없었던 것 같다. 인생이란 좌충우돌하며 방향도 모른 채 폭풍우 속을 헤쳐 나가고, 언제 어디서 무슨 일이 닥칠지 모르는 긴장과 불안에 떨기도 하며, 힘에 부쳐 쓰러지고 땅을 짚고 일어서고, 앞에 놓인 고난의 운명과 투쟁하며, 그래도 가끔 구름 사이로 보이는 햇빛을 위안 삼아 가야만 했다. 지난 세월을 회상하면 쓴웃음이 나오기도 하지만 그래도 그 시절이 애잔하고 아름답다. 어떻게 그 시절을 견디며 지나왔을까? 무엇이 나를 그렇게 끈질기게 인내하며 나아가게 했을까? 고난과 어려움의 순간순간이 파노라마처럼 스치며 아름다운 추억으로 자리 잡는다. 지나온 길은 나 자신만이 아닌 가족과 친구, 이웃과 함께하는 길이었고 그들과 함께 사랑과 행복을 나누며 걸어온 길이었다. 힘들고 지칠 때마다 나를 일으켜 세워주고 격려하며 함께한 그들이 있어 비바람과 슬픔을 견디며 지나왔다. 지나온 여정의 상처가 새겨진 내 마음과 얼굴에 사랑과 평화가 부드럽게 내려앉는다.

빌헬름 박하우스, 1961

렘브란트

렘브란트, 『돌아온 탕자』

렘브란트Rembrandt Harmenszoon Van Rijn(1606~1669)는 네덜란드 북부의 레이덴에서 방직 공장을 운영하던 부유한 집안에서 태어났다. 유복하고 지체 높은 집안의 사스키아와 결혼하였으며, 화가로서도 하고 싶지 않은 주문에는 응하지 않을 정도로 승승장구하였다. 경제적으로 풍요로웠던 그는 골동품이나 무기, 갑옷 등을 수집하며 많은 돈을 탕진하였다. 게다가 그와 사스키아 사이에서 태어난 아들 둘이 죽고, 셋째 아들이 태어난 후 한 달도 지나지 않아 사스키아마저 세상을 떠났다. 그는 아기 티투스를 돌보는 스무 살 아래의 하녀 헨드리케와 사랑에 빠졌으나, 당시 교회가 결혼하지 않은 여자와 사는 것을 금지하였기에 재혼할 수가 없었다. 재혼하면 사스키아의 지참금을 티투스에게 물려줄 수 없었기 때문이었다. 안타깝게도 실의와 빈곤에 시달리는 렘브란트를 뒷받침해 주던 헨드리케도 그보다 먼저 세상을 떠났다.

렘브란트, 『자화상』, 1669

화려한 젊은 시절을 보낸 렘브란트는 파산 선고까지 받아 경제적으로 궁핍하고 외롭고 회한이 많은 말년을 보냈다. 렘브란트는 자화상을 많이 그린 화가이다. 자화상의 시기를 따라가다 보면 젊은 시절의 자신감, 중년의 성숙함, 노년의 원숙함이 인간 삶의 여정을 보여주는 것 같다. 그의 마지막 자화상인 1669년 그림을 보면 그의 얼굴 표정과 그윽한 눈빛에서 인생을 달관했음이 느껴진다. 무언의 침묵, 편안하고 단정한 포즈, 무표정한 얼굴에서 느껴지는 편안함, 지긋이 바라보는 따스한 눈빛, 인생의 흔적이 묻어나는 주름살 등이 짙은 노년의 두툼한 어두운색을 배경으로 순수하고 정화된 영혼을 보여주고 있다.

바이올린 소나타 5번(봄)

베토벤은 모두 10곡의 바이올린 소나타를 작곡했다. 이전까지의 소나타는 바이올린을 돋보이게 하기 위하여 피아노가 반주하는 정도였다. 베토벤은 그러한 전통을 깨뜨리고 바이올린과 피아노를 대등하게 협주하도록 함으로써 표현의 폭을 확대하고 바이올린 소나타의 이상적인 형태를 정립하였다.

베토벤의 바이올린 소나타 거의 모든 작품이 그의 작곡 시기 중 초기의 작품들로, 중기의 새로운 음악 세계의 시작을 알리는 〈영웅〉 교향곡 이전에 작곡되어 선율미가 느껴진다. 특히 1801년에 작곡된 소나타 5번 〈봄*Spring*〉은 서정적이고 아름다운 선율이 백미이며, 1803년에 작곡된 9번 〈크로이처*Kreutzer*〉는 낭만주의로의 전환이 느껴지는 화성들도 만날 수 있는 작품으로 고전적인 바이올린 소나타의 정점에 위치하고 있다.

살랑살랑 봄바람이 봄소식을 싣고 와서 소녀의 마음을 부풀게 하는 것 같다. 여기저기 새싹이 파릇파릇하고 이름 없는 들꽃이 바람에 흔들리며 인사하는 봄날이다. 들길에는 아지랑이가 피어오르고, 숲에서는 바람 소리가 들리고, 나비가 너울너울 날아가고, 벌은 윙윙거리며 꽃 사이를 분주히 움직이고, 아이들의 놀이 소리도 들려온다. 화창하고 화사한 약동하는 봄이다. 내 마음도 들떠 싱숭생숭하고 뭐라도 해

어니스트 로슨, 『봄』

야 할 것만 같은 그런 봄날이다. 소녀는 눈을 감고 가슴을 내밀고 봄 냄새를 깊이 들이마신다. 이 순간이 계속되기를 바라며. 순간 봄이 한 걸음씩 소녀의 가슴 속으로 걸어 들어온다. 설레던 가슴이 두근거리고 얼굴에는 미소가 피어난다. 소녀는 간절한 소망을 기도드리고, 싱그러운 길을 봄과 손잡고 리드미컬한 큰 걸음으로 걸으며, 풀과 나무와 새와 눈인사를 나눈다. 상큼하고 화사한 봄이 온 세상에도, 가슴에도 가득하다.

다비드 오이스트라흐, 바이올린, 레프 오보린, 피아노, 1962

헨릭 셰링, 바이올린, 아르투르 루빈스타인, 피아노, 1958

말보다 그림

찰스스프레그 피어스,
『생트 제네비브』

라울 뒤피,
『푸른 바이올린』

첼로 소나타 3번

베토벤은 모두 5곡의 〈첼로 소나타〉를 작곡하였다. 그 작품 중 2곡은 초기에, 1곡은 중기에, 마지막 2곡은 후기에 작곡되었으며, 첼로 음악 역사에 있어 불멸의 걸작으로 꼽히고 있다. 초기의 두 작품 〈1번〉과 〈2번〉은 두 악장의 곡으로 1796년에 작곡되었으며, 소나타 음악사에서 특별한 위치를 차지한다. 이 두 소나타는 모차르트 시대까지 독주 악기로서는 보잘것없던 첼로를 피아노와 동등한 역할로 끌어올린 최초의 작품으로서, 베토벤이 피아노와 다른 독주 악기를 위해 작곡한 첫 번째 소나타이며 바이올린 소나타가 처음 작곡된 1799년보다도 앞선 작품이다. 5곡의 첼로 소나타 중 유일하게 중기에 작곡된 〈3번 소나타〉는 세 악장으로 구성되어 있으며, 이 장르의 작품 가운데 가장 인기 있는 곡으로 제일 자주 연주되는 곡이다.

음악을 들을 때, 처음의 느낌을 어떻게 받아들이느냐가 그 음악 감상의 전체를 좌우한다. 이 곡은 베토벤이 친구인 이그나츠 폰 글라이헨슈타인에게 헌정하였는데, 자신이 악보 위에 "눈물과 슬픔 속에서"라는 글을 써주었다고 한다. 이 글귀를 염두에 두고 들으면 눈물이 슬픈 감정을 타고 흐르는 것 같다. 깊게 우는 첼로의 떨림을 따라 피아노 반주가 비장미를 고조시킨다. 첼로가 눈물을 머금은 슬픔으로 어깨를 들썩인다. 흐르는 눈물을 감추고 슬픔을 삼킨다. 격정적인 슬픔이 밀려와 휩쓸어 버리지만 흐트러짐 없이 입을 꾹 다물고 참아낸다. 누구도 대신할 수 없는, 혼자만이 지고 가야 할 슬픔이다. 슬퍼하는 모습마저도 기품이 느껴져 그저 바라보면 눈물이 고일 뿐이다. 그 모습에서 숭고함마저 느껴진다.

눈물을 닦고 고개를 들고 일어서서 주위를 둘러본다. 오히려 위로하는 사람들을 안심시키고 다독인다. 슬픔이 깊으면 눈물마저 마르고 모든 것이 하얘지며 아름다워 보인다. 슬픔을 가슴에 묻고 지난날들을 회상해 본다. 남은 날들은 아름다웠던 추억을 삼키며 힘차게 살아가리라. 그것만이 지난날을 더욱 아름답게 하는 것이기에. 아름다웠던 추억이 아련히 떠오르며 힘내라고 위로한다. 슬픔이 숭고함으로 정화되어 다시 태어난다.

양성원, 첼로, 파스칼 드봐이용, 피아노, 2007

므스티슬라프 로스트로포비치, 첼로, 스비아토슬라프 리히테르, 피아노, 1961

피에르 푸르니에, 첼로, 빌헬름 켐프, 피아노, 1965

이 또한 지나가리니

_랜터 윌슨 스미스

큰 슬픔이 거센 강물처럼 밀려와,
네 삶의 평화를 깨뜨리고,
가장 소중한 것들이 쓸려가 버릴지라도,
그러한 힘든 순간마다 네 가슴에 말하라:
"이 또한 지나가리니."

- 중략 -

신실한 노력의 열매가 달콤하고,
세상의 평판이 자자할 때에도,
삶 가운데 길고 긴 영광의 이야기도
지상에서의 짧은 순간임을 기억하라:
"이 또한 지나가는 것이니라."

피아노 삼중주(대공)

동서고금에 예술가를 후원하여 이름을 남긴 후원자들이 많지만 루돌프 대공Archduke Rudolph만큼 역사에 이름을 남긴 사람도 드물다. 루돌프 대공은 오스트리아 국왕 레오폴트 2세의 막내아들이자 베토벤의 피아노 제자로서, 베토벤보다는 18세 아래였지만 둘 사이의 우정은 평생 변함이 없었다. 베토벤도 그의 우정에 보답하기 위하여 많은 곡을 루돌프 대공에게 헌정하였다. 〈피아노 삼중주 제7번〉도 루돌프 공에게 헌정하였으며, 왕자다운 고상함과 아름다움의 절정이 느껴지기 때문에 대공 트리오Archduke Trio라고 불린다.

베토벤은 모두 7곡의 피아노 삼중주를 작곡하였으며, 1794년경에 작곡된 것으로 보이는 〈피아노 삼중주 제1번〉이 인류 음악사에 가장 위대한 유산으로 평가되는 베토벤 음악의 작품번호 제1번(op. 1)이라는 특별한 위치를 차지하고 있다. 피아노 삼중주 〈대공〉은 1811년에 작곡되어 1814년 베토벤의 피아노 연주로 초연되었으며, 세 개의 악기가 균형을 잘 유지하며 깊고 그윽한 울림과 정감 넘치는 아름다운 선율이 황홀경으로 인도하는 작품이다.

와우, 어쩜 이리 명랑하고 쾌활할까? 피아노와 현이 주고받는 선율이 아름다워 오히려 눈물이 날 지경이다. 너무 아름다워 숭고함과 슬픔이 동시에 느껴진다. 처절한 아름다움이 가슴속으로 무섭게 엄습해 온다. 시리게 가슴속으로 사무쳐 오는 고독이다. 입술을 다물고 눈물조차 말라버린 외로움을 삭이고 있다. 눈부신 슬픔이다. 멍하니 먼 산을 바라보며 깊게 숨 쉬며 슬픔을 씻어낸다. 마음이 갑자기 맑아지고 픽 웃음이 나온다. 아름다움조차도 주체할 수 없음이 나를 어이없게 한다.

잠시 정신을 찾으려 하니 영원히 헤어나지 못할 숙연한 아름다움의 칸타빌레가 나를 아름다운 슬픔의 나락으로 밀어 넣는다. 애처롭고 애원하는 듯한 호소력을 지닌 선율에 전율이 느껴진다. 세 개의 악기가 주고받는 대화가 정겹고 다정하고 사랑스러움이 묻어난다. 아름다움에 숨이 막히고 어찌할 바를 모르겠다. 언젠가는 깨질 것만 같다는 두려움에 무섭고 원망의 마음마저 든다. 더 이상 주체할 수 없는 아름다움에 푹 쓰러지며 영원히 깨어나지 않기를 기도해 본다. 가슴이 저며온다. 이어 밝고 눈부신 론도가 귓가에 울리며 토닥이며 나를 일으켜 세운다. 피아노와 바이올린과 첼로가 서로 주고받으며 대화하고 우아하고 힘찬 리듬을 연주해 가며 나의 힘을 북돋워 주고 종결짓는다.

보자르 트리오, 1979
카잘스 트리오, 1928
백만불 트리오, 1941

치명적 아름다움

인간은 오관을 통해 받아들인 오감(시각, 청각, 후각, 미각, 촉각)과 일곱 가지 감정(칠정: 희로애락애오욕喜怒哀樂愛惡欲)을 느끼며 살아간다. 아름다움 또한 인간이 느끼는 중요한 감정이다. 이러한 아름다운 감정이 어느 한계를 넘으면 치명적이 된다. 이것을 잘 설명해 주는 것이 "스탕달 신드롬"이다. 소설 「적과 흑」으로 유명한 프랑스 소설가 스탕달은 1817년 메디치 가문의 도시 이탈리아 피렌체를 여행하였다. 그는 그곳에 있는 산타 크로체 성당에 갔다가 르네상스 회화의 아버지라 불리는 14세기 화가 조토Giotto di Bondone가 그린 프레스코화들을 보았다(조토는 치마부에의 제자이며, 최초로 얼굴에 희로애락을 그려 넣은 화가로서 예술의 아버지로 불린다). 스탕달은 프레스코화에 압도되어 계단을 내려오는데 그만 무릎에 힘이 빠지고, 숨이 가빠져서 의식을 잃고 곧

조토 디 본도네, 『애도』

죽을 것 같은 느낌이 들었다. 그는 이 충격을 벗어나는 데 한 달이 걸렸다고 한다. 즉 스탕달은 뛰어난 예술품을 보고 압도되고 경외감까지 느끼는 동시에 무력감과 절망감까지 느꼈던 것이다.

귀도 레니, 『베아트리체 첸치』

이러한 현상을 이탈리아 심리학자인 그라치엘라 마게리니가 "스탕달 신드롬"이라 명명했다. 만약 스탕달이 조토가 그린 파도바의 스크로베니 예배당에 있는 프레스코화 『애도』를 보았다면 아마 한 달이 아니라 일 년은 못 일어났을 것 같다. 그런데 일설에 의하면 스탕달이 본 그림은 조토의 그림이 아니라 이탈리아의 17세기 화가 귀도 레니Guido Reni가 그린 『베아트리체 첸치Beatrice Cenci』였다고 한다.

베아트리체 첸치는 당시 부와 권력을 가진 프란체스코 첸치 백작의 딸이었으며, 그녀의 눈부신 아름다움은 경탄의 대상이었다. 아버지는 딸을 겁탈하고 그녀를 도와주던 계모와 함께 지방의 성 지하에 가두어 버리고 패륜적 행동을 계속하였다. 베아트리체는 계모와 남동생의 도움을 받아 프란체스코 첸치를 살해하였는데, 당국은 시민들의 호소에도 불구하고 그녀에게 사형선고를 내리고, 1599년 9월 11일 로마 산탄젤로 다리 위에 설치된 사형대에서 수많은 시민이 지켜보는 가운데 처형하였다. 그 사건을 목격한 3년 후, 귀도 레니는 자신의 머릿속을 떠나지 않던 그녀의 마지막 모습을 그렸다.

우리는 치명적인 아름다움을 접하면 온 마음과 몸이 허물어져 내린다. 베아트리체 첸치를 보거나, 그르누이의 향수 같은 향기를 맡거나, 달콤한 신의 물방울을 맛보거나, 베르니니나 카노바의 조각을 스치거나. 그리고 베토벤의 〈대공〉을 들으면 눈부신 아름다움에 슬픔이 온몸을 휘감고, 오감이 마비되며 정신이 혼미해진다.

안토니오 카노바, 『삼미신』

장엄미사

베토벤은 〈장엄미사*Missa Solemnis*〉를 그의 후기 시대인 1818년에 시작하여 1822년에 완성하였다. 그는 피아노 제자이자 자신의 가장 믿음직한 후원자였던 루돌프 대공이 1818년 모라비아의 올로모우츠 대주교로 임명되자, 다음 해인 1820년 3월 20일의 취임식에서 〈장엄미사〉가 연주될 수 있도록 하겠다고 스스로 다짐하였다. 베토벤은 전에도 대공에게 피아노 소나타 〈고별〉과 〈하머클라비어〉, 마지막 〈32번 피아노 소나타〉, 〈피아노 협주곡 4번〉과 5번 〈황제〉, 피아노 삼중주 〈대공〉을 헌정하였지만, 이번 기회에 평소에 은혜를 많이 입은 루돌프 대공의 축전을 기리기 위해 〈장엄미사〉를 작곡하여 헌정하려 했던 것이다.

그러나 작곡은 순조롭지 않았다. 귓병이 다시 심해진 데다가 조카 카를이 말썽을 부리고 경제적으로도 궁핍해졌기 때문이었다. 작곡은 계속 지연되어 1822년에 완성되었고 1823년 3월 19일 취임 3주년 기념일 전야에야 대공에게 헌정되었으니 처음의 계획이 빛을 보는 데 5년이나 걸린 셈이다. 그러나 이 곡은 엉뚱하게도 베토벤에게 마지막 세 개의 현악사중주를 위촉한 니콜라이 갈리친 공작의 주선으로 1824년 4월 상트페테르부르크에서 초연되었고, 독일에서는 그해 5월에서야 〈교향곡 9번〉과 함께 연주되었다.

〈장엄미사〉는 음악사상 가장 불가사의한 작품이자 고전주의와 낭만주의 그리고 현대음악의 악상까지도 포괄하는 작품으로, 앞에도 뒤에도 존재한 적이 없는 음악이다. 이 곡은 오라토리오와 미사곡 장르에서 하이든의 〈천지창조〉와 함께 최고봉으로 우뚝 빛나는 걸작으로, 종교적 음악을 통한 베토벤의 교향적 이상주의의 결실이다. 이 곡은 〈키리에Kyrie〉, 〈글로리아Gloria〉, 〈크레도credo〉, 〈상투스*Sanctus*〉, 〈아뉴스 데이*Agnus Dei*〉의 다섯 악장으로 구성되어 있으며, 그가 지금까지 이루어 온 관현악과 성악을 확대 발전시켜 환상적인 음악의 향연을 이룬다.

주여 자비를 베푸소서, Kyrie Eleison을 경건하게 반복하는 〈키리에〉와 하늘에는 영광 땅에는 평화, 주여, 홀로 거룩하시고 하나님의 영광 안에 계심을 찬양하는 〈글로리아〉, 이어서 하나님의 창조와 내세의 삶을 기다리며 아멘을 제창하는 〈크레도(사도신경)〉, 거룩한Sanctus 주여, 하늘과 땅에 가득한 영광을 찬미Benedictus하는 〈상투스〉, 하느님의 어린 양, 세상의 죄를 사하시는 주님, 자비를 베푸소서, 평화를 주소서 하며 호소하는 〈아뉴스 데이〉가 독창과 합창으로, 호소와 감사로, 거대한 관현악의 음향과 성악이 역동적으로 반복되는 가운데, 돔 천장에서 반사되어 쏟아지는 천국의 음향과 함께 마침내 하늘 문이 열리는 듯한 숭고한 감동을 느낄 수 있다.

헤르베르트 폰 카라얀, 베를린 필하모닉 오케스트라, 빈 징페라인, 토모와-신토우 sop, 발다니 mez, 태피 ten, 반담 bass, DVD, 1979

파비오 루이지, 드레스덴 슈타츠카펠레 오케스트라, 드레스덴 국립 오페라 합창단, 닐룬트 sop, 레머트 mez, 엘스너 ten, 르네 파페 bass, DVD, 2005

성 삼위일체

알브레히트 뒤러,
『성삼위에 대한 경배』

티치아노 베첼리오,
『성모승천』

프란츠 슈베르트

프란츠 슈베르트

슈베르트는 1797년 오스트리아 빈 근교의 리히텐탈에서 초등학교 교장인 아버지와 폴란드 출신의 어머니 사이에서 넷째 아들로 태어났다. 그는 열한 살에 빈 소년 합창단원이 되었으며 변성기가 찾아온 열여섯 살에는 합창단을 떠났다. 이 무렵 슈베르트는 살리에리에게서 3년 동안 작곡을 배웠으며, 열세 살부터는 작곡을 시작하여 열여섯 살에는 교향곡을 작곡하기도 하였다. 한편 그는 베토벤의 오페라 〈피델리오〉를 보고서 충격을 받고 그의 제자가 되고자 결심하였으나 그 소원을 이루지는 못했다. 베토벤이 병으로 입원하자 베토벤의 병실을 찾아가 자신의 가곡들을 보여 주고, 베토벤에게서 칭찬을 듣는 것으로 만족해야 했다. 베토벤의 칭찬에 수줍어하던 슈베르트는 고개도 들지 못하고 물러나왔으며, 며칠 뒤 베토벤의 장례식에서 횃불을 들고 장례행렬을 따라야만 했다.

슈베르트는 합창단에서 나온 후, 아버지가 근무하는 초등학교의 교사로 취직하였으나, 3년 만에 그만두었다. 음악가로의 열정이 그를 사로

잡았기 때문이었다. 학교를 그만둔 슈베르트는 작곡에 전념하였으나 생활은 어려웠으며, 평생 가난에 시달려야 했다. 친구의 집에서 형의 집으로, 아버지의 집으로 옮겨 다니는 방랑의 연속이었다. 당시 그를 방문했던 음악협회 대표는 "슈베르트는 어둡고 축축한, 춥고 작은 방에서 낡고 해진 잠옷을 걸치고 떨면서 작곡을 하고 있었다"고 회상하였다.

슈베르트는 31년의 짧은 생애에서 1,200여 곡의 작품을 남겼다. 그중 약 600여 곡이 가곡이다. 그는 가곡을 다른 장르의 음악과 견줄 만한 형식으로 발전시켰다. 그가 "가곡의 왕"이라 불리는 이유이기도 하다. 슈베르트의 가곡 작곡의 첫출발은 1814년 테레제 그로브Therese Grob를 만나 사랑에 빠지면서부터였으며, 이후 괴테, 실러, 하이네, 뮐러의 시에 아름다운 멜로디를 붙인 가곡들을 쏟아냈다(1816년에는 괴테의 시에 곡을 붙인 28개 작품을 괴테에게 헌정하고자 보냈지만, 자기 작품에 곡을 붙이는 것을 싫어했던 괴테는 그 작품들을 조용히 돌려보내기도 하였다). 특히 그는 스토리가 있는 연작시에 곡을 붙인 연가곡이라는 새로운 장르를 개척하였다. 빌헬름 뮐러의 시에 곡을 붙여 달콤하고 섬세하게 사랑의 기쁨과 실연의 슬픔을 노래한 〈아름다운 물방앗간 아가씨〉나 죽음을 향해 나아가는 나그네의 마음을 노래한 〈겨울 나그네〉, 죽을 때 한 번만 울음을 운다는 백조의 속설에 따라 마지막 가곡들을 모은 〈백조의 노래〉가 대표적이다.

슈베르트의 음악은 베토벤의 음악과 비교하면 여성적이다. 베토벤의 음악이 진취적이며 기운이 생동한다면 슈베르트의 음악은 섬세하고 수줍다. 마치 영롱하게 빛나는 이슬과 같다. 과감하게 발을 내딛지 못하고 항상 멈칫거리며 주변에 머무는 것 같아 감상자의 마음을 아프게 한다. 그가 베토벤의 병상에서 멈칫거렸던 것처럼. 소심하고 천진한 그의 성품이 그의 음악에 담겨 있으며, 평생의 삶에도 투영되어 있다.

그는 작품을 언제 발표하느냐 따위에는 관심도 없이 오직 열심히 작곡하는 자체에만 만족하였다. 슈베르트의 사명은 음악의 창조이며, 그 일을 위해 세상에 온 것만 같았다. 그는 600여 곡의 가곡을 작곡하였으나 대중 연주회는 그의 생애 마지막 해에 단 한 번뿐이었으며, 화가, 작가, 성악가로 구성된 친구들 모임으로 1821년 구성된 슈베르티아데Schubertiade에서 함께 연주하고 노래하는 것에 만족하였다. 슈베르트는 자신이 작곡한 1,200여 작품 중에서 출판한 작품은 100여 작품밖에 되지 않을 정도로 오로지 음악 자체에만 전념하였을 뿐, 지위나 명예, 돈에는 무관심하여 평생을 가난에 허덕여야 했다.

율리어스 슈미트, 『슈베르티아데』

평생을 지독한 굶주림과 가난과 싸우며 남긴 그의 음악은 만지면 터져버릴 것 같은 순수함과 아름다움이 가득하다. 슈베르트는 교향곡 8번 〈미완성〉, 9번 〈그레이트〉, 현악 사중주 〈죽음과 소녀〉, 그리고 마지막 〈피아노 소나타 3곡(19, 20, 21번)〉, 〈즉흥곡(D899, D935)〉, 피아노 오중주 〈송어〉, 〈아르페지오네 소나타〉, 〈들장미〉 같은 수많은 가곡 등을 작곡하여 인류 내면에 깊은 감명과 울림을 남기고 1828년 11월에 눈을 감았으며, 그토록 존경하고 흠모하던 베토벤 곁에 묻혔다. 그가 죽은 후에는 연미복 세 벌, 모자 한 개, 장화 두 켤레 등 모두 63플로린 가치의 유품이 전 재산이어서, 장례를 치르기에는 270플로린 정도가 모자랐다고 한다. 슈베르트는 이 세상에 빚을 지고 떠났으나 그의 음악은 세상을 환하게 밝히고 있다.

교향곡 8번(미완성)

슈베르트는 모두 10곡의 교향곡을 작곡하였다. 그중 〈7번 교향곡〉은 스케치만 남아 있으며, 〈10번 교향곡〉은 악보를 분실하였다. 제8번 교향곡 〈미완성〉은 슈베르트가 1822년에 두 악장을 작곡하여 절친한 친구이자 기회 있을 때마다 도와주던 안젤름 휘텐브레너에게 보냈다. 안젤름은 나머지 두 개 악장은 나중에 보내겠지 하며 기다리다가 잊었을 것이다. 아마 3악장 9개 소절과 피아노 스케치가 남아 있는 것으로 보아 슈베르트는 처음에는 네 악장의 곡을 구상했을 것으로 추정된다.

그럼 왜 슈베르트는 나머지 두 개 악장은 작곡하지 않았을까? 슈베르트가 두 개 악장에서 이미 하고 싶은 말, 읊고 싶은 노래를 전부 토해냈다고 생각하고 작곡을 멈추었다고도 상상해 볼 수 있다. 브람스가 내린 평가를 보면 더욱 그렇다. 브람스는 "이 곡은 양식적으로는 분명히 미완성이지만, 결코 미완성은 아니다. 이 두 개의 악장을 듣게 되면 어느 것 할 것 없이 내용이 충실하고, 아름다운 선율은 모든 사람의 영혼을 끝없는 사랑으로 사로잡아 누구라도 감동하지 않을 수 없을 만큼 온화하고 친밀감이 깃든 사랑의 밀어로 우리들에게 속삭여 온다. 이렇게 대중적인 매력을 가진 교향곡을 나는 아직 한 번도 들어 본 적이 없다"라고 했다.

이 곡은 슈베르트 사후 잊혀 있다가 안젤름의 동생 요한이 빈 악우협회 교향악단 지휘자 헤르베크에게 형 안젤름이 슈베르트의 교향곡 악보를 가지고 있음을 알리고 작품 연주를 부탁하면서 세상에 모습을 드러내게 되었다. 이후 헤르베크가 우연히 안젤름을 만나 요한에게 들은 내용을 말하고, 안젤름의 집을 방문하여 악보를 받아서 돌아와 1865년에 초연하며 세상에 알려졌다.

첼로와 콘트라베이스의 엄숙하고 비장한 선율에 이어 바이올린의 떨림 위로 목관의 서정적이고 애상 어린 가락이 구슬프다. 왜 그리 외로운 것인가? 그러나 나락으로 떨어지지 않고 깊은 외로움을 체념하며 아름다움으로 승화시켜간다. 외로움에 지쳐 터벅터벅 걷는 인생길 같다. 들키지 않으려 모퉁이를 돌아 그림자 속으로 스며들어 훌쩍여 보지만, 주체할 수 없는 지독한 쓸쓸함과 외로움이 가슴 속 깊이 저며온다. 터질 것 같은 외로움을 삭이며 눈물을 감추고 들썩이는 어깨가 가슴을 아려온다. 고개를 들어 먼 곳을 바라보며 눈물을 훔치고, 입술을 깨물며 그래도 지난날이 아름다웠노라고 스스로를 위안하며, 의지를 다진다.

가슴을 쓸어내리며 슬픔은 지우고 기쁜 기억으로 자신을 달래며 마음을 다시 굳게 다진다. 부드러운 바람이 불어와 머리카락을 날리고, 흐르는 눈물을 닦아준다. 깊게 숨을 들이마시고, 가슴을 펴고, 보다 넓은 세상을 호흡한다. 감미롭고 애잔한 선율이 나를 위로하고 토닥인다. 삶은 슬픔만 있는 것은 아니라고. 삶은 너와 내가 엮어가는 것이라고. 목관의 아름다운 선율에 마음이 정화되며 희망과 행복감이 싹튼다. 격정과 쓸쓸함이 다시 한번 격랑을 일으키며 사라지고, 마음에는 아름다운 선율을 타고 영혼을 한없는 사랑으로 감싸는 평화와 안도감이 찾아온다. 온화하고 부드러운 선율이 다정히 다가와 속삭이더니, 나를 휘감아 안고 영원한 외로움의 세계로 스르르 녹아들어 간다.

헤르베르트 폰 카라얀, 베를린 필하모닉 오케스트라, 1955

브루노 발터, 뉴욕 필하모닉 오케스트라, 1958

고독을 그리다

에드워드 호퍼Edward Hopper는 1882년 미국 뉴욕주 나이액Nyack에서 태어났다. 그의 그림을 보고 있노라면 숨조차 쉴 수 없을 것 같은 적막감과 외로움이 느껴진다. 또한 무척이나 낯익은 장면이면서도 볼수록 낯설고 완전히 생소하게 느껴지기도 하며 가끔은 나 자신이 과거에 경험했던 세상처럼 아득하게 느껴지기도 한다.

그의 그림은 닫힌 공간이 많다. 우리는 많은 사람과의 관계 속에서 살아가지만 실제로는 철저히 혼자인 단독자이다. 사르트르의 주장처럼 우리는 사람들 속에서 삶을 영위하지만 그러한 삶은 나 자신을 상실하고 상대방의 눈에 맞추어 살아가는 거짓 나에 불과하다. 진정한 자신은 자신의 공간에 가두어져 자유를 상실하고 지독한 상실과 고독 속에 있다. 또한 호퍼의 빛은 공기를 채우고 부유하는 느낌이 없이 말라비틀어져 건조하기 이를 데가 없다. 빛이 살아 움직이며 산란하는 것이 아니라 그대로 멈추어 있는 것 같다. 생명

에드워드 호퍼, 『아침 햇살』

을 주는 빛과는 거리 가 멀고 그냥 머물러 있는 빛 같다.

에드워드 호퍼, 『간이 휴게소』

그림 속 인물들은 무엇을 바라보고 있는지 알 수 없이 무표정하다. 오히려 무엇을 바라보고 있기보다는 그냥 멍하니 허공을 응시할 뿐이다. 그들은 모두 멈추어 있을 뿐 움직임이 없는 정물화 같다. 도착한 것인지 아니면 출발하려는 것인지 알 수가 없으며, 무엇을 하려는 것인지 도무지 움직임의 기미조차도 없다. 또한 그림에 입체감마저 느껴지지 않는다. 삶의 공간이 아니라 철저히 외부와는 단절되어 있는 기억의 공간이다. 오직 적막감과 쓸쓸함만이 그림을 지배한다. 우리의 삶은 이렇게 철저히 혼자이며 고독한 것이라고 말하고 있다.

그러나 그의 그림이 절망감만을 주지는 않는다. 우리에게 오히려 위안을 준다. 우리는 너무 외롭고 고독한 나머지 타인도 나처럼 고독하고 외로운 존재라는 사실을 잊고 살지만, 호퍼의 그림은 인간은 누구나 고독한 존재임을 확인시켜 주기 때문이다. 슈베르트의 고독이 우리의 정신을 정화시켜 주는 것처럼.

피아노 소나타 21번

슈베르트는 피아노 소나타를 모두 23곡 남겼다. 그중에서 〈21번(D960)〉은 마지막 걸작으로 평가받는 3곡(19, 20, 21번) 가운데에서도 가장 슈베르트적인 순수함과 개성이 넘치는 작품으로 평가되며 사랑받는 곡이다. 이 작품은 슈베르트가 31년의 짧은 생을 마감하기 몇 주 전에 작곡한 유작으로, 나지막이 세상과의 마지막 작별을 고하는 그가 연상되어 가슴을 아프게 한다.

내면과의 내밀한 독백처럼 시작되는 애잔한 선율에 가슴이 뭉클해진다. 서두르지도 느리지도 않게 알맞게 하나하나 기억들을 어루만지듯이 더듬어 나간다. 지독하게 가난하고 외로운 삶이었지만 가족과 친구들과의 아름다웠던 순간들과 세상으로부터의 소외 등을 회상하며 이별을 고하는 듯하다. 한 걸음 한 걸음마다 추억이 떠오른다. 격정이 일어나기도 하지만 토해내지 않고 삼키며, 이내 공허함과 쓸쓸함, 체념으로 발걸음을 내디딘다. 촉촉함을 머금은 눈가에서 눈물 한 방울이 툭 하고 떨어져 손등으로 흐른다. 고요함이 흐른다.

창문 너머의 따스한 햇살과 아름다운 푸른 숲, 사랑스럽게 지저귀는 새소리가 더욱 지나온 삶에 대한 향수를 불러일으킨다. 고통을 넘어선 한 인간의 공허함과 탄식이 스쳐 지나간다. 아쉬웠던 일들을 돌아보며 왜 더 사랑하고 친절하지 못했을까 하는 후회가 밀려오지만 그냥 받아들이기로 한다. 왜 삶을 더 사랑하지 못했을까? 그래 모두 지나간 일인걸. 아름다웠던 추억만 간직하자. 가족과 친구들과 함께했던 너무나도 좋은 소중한 기억을. 지나온 기억들이 파노라마처럼 흘러가며 미소 짓게 한다. 어릴 적 가족과의 소풍에서 물장구치던 기억, 친구들과 소꿉장난, 소리 지르며 뛰어놀던 아름다운 기억이 환청처럼 아득하게 들려온다. 추억 속으로 조심조심 걸어 들어간다. 어린 시절 가족과 친구들과 함께했던 장면들이 무성영화의 슬로모션같이 애잔하게 재생된다. 허무와 회한, 상실과 고독이 너무 커 오히려 아름답게 반짝이며 빛난다.

지난날의 회상이 지나가고 음악은 마지막을 향하여 내달린다. 슈베르트가 겪어온 험난한 삶에 대한 마지막 위로와 경의를 표하는 것일까? 밝고 순수한 슈베르트의 삶을 나타내는 것인가? 경쾌하고 밝은 멜로디가 반복되며 슈베르트의 인생길을 돌아보고 위로를 보낸 후, 이내 삶의 마디마디에 서린 고통과 좌절을 토해내듯이 격정적으로 발전해 나아가서, 짧고 장대하게 폭발하며 마무리된다.

빌헬름 켐프, 1967
알프레드 브렌델, 1971

방랑자의 고독

슈베르트의 음악에서는 쓸쓸함과 고독 그리고 체념과 같은 향기가 묻어난다. 특히 〈피아노 소나타 21번〉이나 〈피아노 삼중주 2번〉을 들을 때면 그의 31년이란 짧은 생애와 집도 절도 없이 떠도는 생활, 음악밖에 모르는 순수함, 친구들의 도움으로 살아가는 경제적 고난 등이 겹쳐지며 가슴을 아리게 한다. 친구들과 함께하는 슈베르티아데의 시간이나, 함께 잡담하고 웃으며 어울리며 보내는 시간에도 그의 마음 깊은 곳에는 쓸쓸함과 외로움이 옹이처럼 박혀 있었을 것이다. 어두운 밤 차가운 방바닥에 누워 자신의 처량한 처지를 생각하며 눈가에 눈물을 주르륵 흘렸을 슈베르트가 떠오른다. 쓸쓸함만이 그의 이불이었던 몸서리치게 외로운 밤에는 정처 없이 가야만 하는 나그네 같은 삶에 대한 체념으로 죽음을 생각하기도 하였을 것이다.

슈베르트를 생각할 때마다 로마 건국의 기초를 다진 아이네아스가 연상된다. 베르길리우스(B.C.70~B.C.19)는 그의 서사시 「아이네이스(아이네아스의 노래라는 뜻)」에서 아이네아스의 방랑과 로마의 건국에 관하여 노래했다. 그리스 여신 아프로디테와 트로이의 왕족인 안키세스가 정분을 맺어 태어난 아이네아스. 그는 패망한 트로이를 떠나 지중해를 방랑한 후 로마 근처인 라티움에 정착함으로써 로마 건국의 기초를 다진 인물이다. 트로이 전쟁은 파리스의 심판(아프로디테, 아테나, 헤라 중 최고 미인에게 사과를 던져서 우열을 가리는 심판)에서 그가 아프로디테에게 사과를 던짐으로써 시작되었다. 파리스의 사과를 받은 아프로디테는 그에게 약속한 스파르타 왕 메넬라오스의 아내 헬레네를 주었으며, 이에 미케네의 왕 아가멤논은 그의 동생 메넬라오스의 복수를 위해 그리스 연합군을 조직하여 트로이를 침공하였다.

아이네아스의 항해

아이네아스는 이 전쟁으로 트로이의 왕 프리아모스와 그의 아들들인 헥토르와 파리스, 왕비 헤카베와 그녀의 딸들인 폴릭세네와 여사제 카산드라, 트로이의 사제인 라오콘과 그의 아들들이 당하는 참혹함을 목격하였다. 그 참혹함에 햇빛마저도 창백해졌고 대기마저도 구름 뒤로 숨어 버렸으며 새마저도 날갯짓을 멈추었다. 화장용 장작더미에서 피어오르는 화염과 열기는 대지의 모든 생명체의 숨결을 빨아들였다. 도시는 불타고 성벽은 무너졌으며, 눈물은 대지를 적시며 슬픔에 빠졌다.

아이네아스는 신들의 명령에 따라 트로이에 눈물을 남겨두고 방랑을 떠났다. 아이네아스는 아버지 안키세스를 업고 아들 이올로스(아스카니우스)와 추종자들과 함께 새로운 트로이를 건설할 곳을 찾아 지중해 바다를 떠돌며 온갖 어려움과 고난에 맞서야 했다. 파리스의 심판에서 패한 헤라와 아테나의 방해는 끊임없이 계속되었다. 신들은 바람의 신 아이올로스에게 명령하여 풍랑을 일으켜 바다를 뒤집게 하고, 회오리바람으로 함대가 암초에 부딪혀 찔려죽게 하였다. 잔잔한 바다에 갑자기 파도가 일며 갈라지더니 물결이 모래와 함께 끓어오르며 배를 내동댕이치자 키잡이는 튕겨 나가고 선원들은 물마루에 걸렸다. 바닷물이 빙글빙글 돌더니 배를 집어삼키고, 광대한 심연 위에 무구와 시체들만이 둥둥 떠 있었다.

굶주린 바다 괴물 스킬라는 으르렁거리고, 외눈박이 키클롭스인 폴리페모스는 거대한 바위를 뱃전으로 던지며 격랑을 일으켰다. 아이네아스가 절망과 낙담을 극복하고 겨우 카르타고에 도착하여 여왕 디도와 달콤한 시간을 보내고 있을 때 제우스는 헤르메스를 보내 가야 할 길을 계속 가도록 재촉하였다. 간신히 목숨만 붙어 있던 아버지 안키세스마저 눈을 감았다.

쿠마이 해안에 다다른 아이네아스는 영원히 죽지 않는 예언녀 시빌레의 동굴에 들어가 아버지의 망령을 만나게 해달라고 부탁하여 저승으로 미끄러져 들어가 아버지의 그림자와 아킬레우스 등 영웅과 선조들을 만나고 앞으로의 예언을 듣고 뒤돌아 나왔다. 바다에서의 역경과 고난을 극복하고 라티움에 도착한 아이네아스는 또 다른 어려움에 봉착한다. 토착 부족인 라티니족과의 전쟁이 기다리고 있었다. 라티움의 왕 라티누스와 그의 딸 라비니아의 약혼자 투르누스와 토착 장수들과의 격렬한 전투 끝에 승리를 거둔 아이네아스는 라티니족과 힘을 모아 라비니움을 세우고 통치한 후에 세상을 떠난다.

그의 아들 이올로스는 그곳을 떠나 알바롱가 시를 세웠다. 알바롱가의 마지막 왕 누미토르의 딸이자 베스타의 여사제 레아 실비아는 전쟁의 신 마르스 사이에 쌍둥이 아들 로물루스와 레무스를 얻었으며 그들이 늑대의 젖을 먹고 자란 후 로마를 건국하였다. 아이네아스는 바다와 육지에서 끊임없는 고난과 역경에 맞서 싸워야만 하는 고독 속에서 이를 극복하고 로마 건설의 초석을 다졌다.

트로이 전쟁에서 목격한 슬픔과 비탄, 지중해를 정처 없이 떠돌며 신들의 방해를 헤쳐 나가는 아이네아스의 고독과 고통이 슈베르트의 그것과 겹쳐진다. 슈베르트와 아이네아스가 마주한 생의 고독과 고통은 성격이 다르지만, 그들이 감내하며 극복해내어야 하는 아픔은 같았을 것이다. 누구나 삶은 방향과 목표가 있어야 한다. 아이네아스는 단지 신의 명령에 따라 새로운 트로이 건설을 위해 바다 위를 떠돌지만 어디에 이르러 어떻게 해야 하는 것인가에 대한 아무런 지식이 없었다. 더군다나 거친 풍랑과 싸워야 하며 자신을 따르는 무리는 많았다.

피카소, 『푸른 방』

방향과 목적지도 모른 채 망망대해를 떠돌 뿐이었다.
신들은 그에게 쉼조차 허용하지 않았다. 책임은 있으나 끝이 없는 방랑만이 그의 앞에 놓여있었다. 방향과 목적지도 모르고 더군다나 언제 끝날지도 모르는 채 망망대해를 바라보는 아이네아스의 외로움은 자신과의 투쟁이었을 것이다. 슈베르트는 어떠한가? 그에게 주어진 것이라고는 음악과 친구들뿐이었다. 앞으로의 삶이 어떻게 진행될 것인가에 대해서는 전혀 예상할 수가 없다. 친구들과 함께 연주하고 노래하는 시간이 끝나면 아무도 없는 차갑고 후미진 곳으로 들어와야 했다. 곡을 쓰고 연주할 때를 제외하고 혼자 있는 시간이면 그에게는 쓸쓸함과 슬픔이 엄습하였을 것이다. 공허함만이 가슴에 밀려들고 서러움이 복받쳐 오르기도 하였을 것이다. 기대어 볼 만한 것이라고는 보이지 않고 건강마저 녹록지 않으며 가끔은 죽음의 그림자가 어른거렸다. 삶에 지쳐 체념하고 오로지 주어진 사명인 음악에 기대어 그 쓸쓸함과 외로움을 견뎌야만 하였다.

피아노 삼중주 2번

〈피아노 삼중주 2번(D929)〉은 슈베르트가 남긴 피아노 삼중주 2곡 중 하나이다. 이 삼중주는 그가 죽기 꼭 1년 전인 1827년 11월에 쓴 곡으로 스웨덴 민요 〈날이 저무네〉에서 감명을 받아 그 곡에 기초해서 작곡하였으며, 전체적으로 삶에 대한 관조와 체념이 짙게 스며 있으면서도 종국에는 환희로 나아가는 작품이다. 이 곡은 슈베르트의 생전에 라이프치히의 프로브스트Probst 출판사에서 작품번호 100(op.100)으로 출판되었으며, 그가 처음으로 대중적 명성과 경제적인 소득을 올린 작품이기도 하다.

슈베르트는 1828년 친한 친구인 요제프 폰 슈파운Josef von Spaun의 약혼 파티에서 자신의 곡으로 꽉 채운 레퍼토리를 연주하였는데, 자신도 연주곡 중에서 이 작품을 제일 마음에 들어 했으며, 실제로 참석자들의 호평을 받기도 하였다. 현대에 들어서도 「해피엔드」, 「피아니스트」 외에 많은 영화에 삽입되면서 불후의 명곡임을 증명하고 있다. 언젠가 운전 중에 들었던, 라디오에서 이 곡을 소개하는 진행자의 멘트가 어렴풋하게 떠오른다. 어느 여대생이 음악다방에서 2악장을 듣고서 이 곡을 틀어준 DJ와 사랑에 빠졌으며, 그분들이 현재 자신의 부모님이시라고.

시작이야! 하고 외치며 삶의 뒤안길로 들어서는 것 같다. 삶이 온통 고난과 슬픔, 외로움으로 가득한 슈베르트이지만 자신의 착하고 선한 마음씨처럼 모든 궤적을 아름다운 시선으로 바라보는 만화경 같다. 아쉬움이 묻어나는 삶의 흔적들을 아름답게 채색해서 바라보는 그의 마음이 더욱 가슴을 울린다. 세상의 야박함에 대해서나 누구에 대한 원망의 흔적마저 없다. 어려움도 고난도 자신의 삶을 아름답게 해주기 위해 필요한 장식 정도로 생각하고 자신의 운명이라 생각하며 지나온 궤적을 선한 시선으로 바라본다. 자신의 삶은 본래 그렇게 숙명지어졌으며, 그것이 자신의 길이라고.

발자국마다 예쁜 추억과 그리움을 새기며 상념에 빠져든다. 눈을 감으니 우수에 젖은 아련한 추억이 가슴을 두드리고, 긴 여정에 함께했던 추억이 하나씩 하나씩 떠오른다. 가슴을 아프게 했던 일들, 몸서리치게 외롭던 순간들, 친구와 함께한 소중한 시간들, 혼자서 걸을 수밖에 없는 짧은 인생길. 진한 그리움과 아름다웠던 추억, 슬픔의 복받침과 편안한 안식이 교차하며 두 눈에 눈물이 주르륵 흘러내린다.

체념과 슬픔을 위로하려는 듯이 등장한 밝고 명랑한 춤곡풍의 선율은 눈앞에 피에로가 나타나 웃음을 선사하는 것 같다. "너의 삶은 눈부시게 아름다웠어"라고 말하며. 피에로에 이어 친구와 세상 사람들이 하늘을 향해 노래 부른다. "생각해봐. 너는 우리의 기쁨이야. 너는 어두운 세상을 밝혀주는 등불이고 소중한 보배야. 항상 친구들을 즐겁게 해주었고, 세상의 아름다움에 대해 노래하였으며, 누구에게나 수줍어하며 친절을 베풀었지. 너는 사랑스러운 마음의 화신이야. 그게 너야. 전에도 후에도 너처럼 아름다운 사람은 없을 거야. 힘내, 우리 어깨를 맞대고 당당하게 환희의 세계로 나아가자".

보자르 트리오, 1966

앙브루아즈 오브룬, 바이올린, 마엘 빌버트, 첼로, 줄리앙 행크, 피아노, 2016 실황, 유튜브

아르페지오네 소나타

슈베르트는 〈아르페지오네 소나타〉를 1824년에 작곡하였다. 그가 아르페지오네 연주자인 빈센초 슈스터Vincenz Schuster의 의뢰로 이 곡을 작곡할 시기는 건강은 물론 정신적 우울증도 심해져서 병원 입원과 치료를 받고 있던 때였다. 그 당시 그는 일기에 이렇게 썼다. "나는 매일 밤 잠자리에 들 때 또다시 눈이 떠지지 않기를 바랍니다. … 나의 작품은 음악에의 나의 이해와 슬픔을 표현한 것입니다. 슬픔에 의해 만들어진 작품이 세계를 즐겁게 하리라 생각됩니다. 슬픔은 이해를 돕고 정신을 건강하게 합니다."

그해 여름 슈베르트는 에스테르하지 일가와 헝가리 젤리스Zseliz라는 곳에 머물렀다. 그곳에서의 생활은 쾌적하여 다소 건강을 회복하였으나 실연으로 끝나버린 백작의 딸 카롤리네와의 짝사랑의 아픔도 경험하였다. 그해 말 빈으로 돌아온 슈베르트는 친구인 아르페지오네 연주자 빈센초 슈스터의 의뢰로 휴가 중 헝가리에서 들었던 우아하고 향토색 짙은 선율에 카롤리네와의 가슴이 텅 빈 슬픈 추억을 담아 이 곡을 작곡하여 친구들과의 음악 모임인 슈베르티아데에서 빈센초와 초연하였다. 그러나 이 악보는 슈베르트 생전에는 출판되지 못하고 묻혀 있었고, 그가 세상을 떠나고 43년이 지난 1871년에야 출판되었으며, 지금은 첼리스트들이 자주 연주하는 명곡으로 남아있다.

피아노의 감미롭고 우수 머금은 멜로디에 이어 첼로가 비애 어린 선율을 노래한다. 가끔은 번잡하고 소음 가득한 세상을 떠나 혼자만의 지독한 외로움과 고독 속으로 들어가고 싶다. 그곳에는 달콤씁쓸함과 우수에 젖은 슬픔과 아름다운 추억도 있을 것 같다. 마치 사랑의 열병을 앓고 난 후 뒤돌아보며 씁쓸한 미소를 짓는 그런 고독과 같은. 사랑했던 사람을 조용히 추억하며 사랑의 칸타빌레를 읊조려 본다. 함께했던 아름다운 시간들, 때로는 토라져 뒤돌아 가는 사람을 아픈 가슴으로 바라보던 안타까운 순간들, 머물러 달라고 애원하며 훌쩍이던 모습들이 아련하다. 동병상련이런가. 아르페지오네는 나지막이 아름다운 슬픔을 노래하며 동행한다. 실연의 아픔을 몸부림으로 지나오며 몸은 야위고 눈은 멍하다.

이제 체념하며 뒤돌아보니 아름답게 뻗은 먼 길처럼 아련하고 아름답다. 슬픔은 정화되어 수채화처럼 화사하게 빛나고, 아르페지오네는 정화된 슬픔의 아름다움을 담담하게 노래한다. 이제는 사랑하는 사람을 바라볼 수 있다. 바라볼 수조차 없이 감정에 휩싸였던 격정을 지나 이제는 사랑 자체의 아름다움을 마주할 수 있을 것 같다. 이렇게 아름다운 사랑이 있는 것을 왜 그렇게 조급해하였을까? 아르페지오네가 정감 어리고 우수를 머금은 선율로 젖은 눈물을 닦아주며 토닥이고, 달콤하고도 씁쓸한 슬픔과 외로움으로 영혼을 아름답게 정화시켜 준다.

참고 아르페지오네는 1823년 요한 슈타우퍼Johann Stauffer가 발명한 악기로 "기타 첼로"라고 불리기도 하였다. 이러한 별칭처럼 기타와 유사하게 생겼으나, 손가락으로 튕기는 것이 아니라 첼로처럼 활을 사용하여 연주하는 악기이다. 다만 현재의 첼로보다는 높은 음역의 악기여서 〈아르페지오네 소나타〉를 연주하는 첼리스트에게는 기술적인 어려움을 안겨준다. 이 악기는 발명된 후 얼마 지나지 않아 잊혔으며 이 소나타에 붙은 이름으로만 겨우 그 명맥을 유지하고 있다.

므스티슬라프 로스트로포비치, 첼로, 벤자민 브리튼, 피아노, 1968

미샤 마이스키, 첼로, 마르타 아르헤리치, 피아노, 1984

달콤씁쓸한 고독

항상 마음 한구석에는 한적하게 나만의 시간을 갖고 싶은 갈망이 있다. 특히 외롭고 쓸쓸한 분위기의 음악을 들을 때면 마음은 고독으로의 여행을 떠난다. 그럴 때마다 가고 싶은 몇 곳이 떠 오른다. 혼자일 수 있고 고즈넉하며, 옛이야기가 들려오는 곳들이다. 해 질 녘 황량한 폐사지나 혼자 외롭게 자리한 왕릉, 또는 오래된 세월의 흔적이 묻어나는 사찰이나 아무도 없는 오솔길. 모두 수줍은 듯이 드러내지 않고 침묵으로 말하는 듯하다.

얼마 전에는 서산의 보원사지터에 다녀왔다. 가는 길에 마애삼존불에 들러 문안 인사를 드리고 한동안 앞에 앉아 삼존불과 얘기를 주고받

서산 용현리 '마애여래삼존상' (©문화재청)

았다. 자애로운 미소로 오늘은 또 무슨 일이냐고 물으신다. 특별한 일이 아니고 단지 부처님의 미소를 보는 것만으로도 마음이 편안해지기에 찾아왔다고 말씀드린다. 아무 말 없이 얼굴의 미소에 입꼬리가 올라가며 자애롭게 바라보신다. 순간 나는 완전 무장해제되고 편안한 마음이 된다. 바로 일어서기가 미안하여 조금 더 앉아 있으려니 그냥 편안히 어서 돌아가라고 하신다. 뒤돌아 오는 등 뒤로 부처님의 자비가 온몸으로 느껴지며 감사의 마음이 피어난다.

조금 더 올라 보원사지터 앞에 차를 세우고 멍하니 바라본다. 절터를 감싼 산등성 너머로 저무는 해가 산그늘을 만들어 황량한 옛터를 반쯤 덮고 있다. 한때 천여 명의 승려가 머물렀다는 그곳에 지금은 인적이 없고 오직 정적만이 가득하다. 깊숙한 햇빛이 누런 잔디 위에 떨어지며 쓸쓸함을 더한다. 조용히 발걸음을 옮겨 조화롭고 단정한 당간지주 앞에 멈춘다. 아사달 같았을 석공의 돌 쪼는 소리가 탁탁 하고 들리는 것만 같다. 모든 생각을 지워버리고 오직 부처님에게 불공드리는 마음으로 정성을 다하고 있는 것 같다. 그가 이미 부처일지라.

서산 '보원사지' 전경 (©문화재청)

도솔천을 지나며 마음을 씻고 절터를 향한다. 멈추어 좌우를 둘러보니 넓고 평평한 부지에는 고즈넉하니 적막감만이 감돈다. 균형 잡힌 5층 석탑을 둘러보고 몇 걸음 뒤 대웅전 터를 마주하니 소곤거리는 소리가 들려온다. 가만히 눈을 감으니 무성영화같이 당시의 모습이 떠오른다. 대웅전에서 목탁 소리에 맞추어 불공을 드리는 스님, 초에 불을 붙이는 스님, 합장하고 기도를 올리는 스님, 예불을 올리는 스님, 모두 가섭 같고 아난 같다. 불공을 마친 스님은 조용히 물러나 설선당, 응징전, 요사채 등으로 제 갈 길을 간다.

눈을 뜨자 1,500여 년 전 지극정성으로 불공을 드리며 수행하던 스님과 가람은 모두 안개처럼 사라지고, 지금은 당시에도 비췄을 햇빛만이 쓸쓸하게 흔적 위에 비치고 있다. 눈을 들어 한 바퀴 휘 둘러보지만 아무것도 보이지 않는다. 해 질 무렵의 노을빛이 쓸쓸함을 가득 담아 내 마음 깊은 곳으로 밀려온다. 깊숙한 햇빛이 돌아 나오는 나를 산 그림자 속으로 삼켜버린다.

피아노 오중주(송어)

슈베르트는 1819년 자신보다 29세나 나이가 많은 빈 국립 오페라의 바리톤 가수 포글과 함께 오스트리아의 북부 슈타이어Steyr와 린츠를 여행하였다. 슈베르티아데의 멤버였던 포글은 슈베르트를 친동생처럼 아꼈으며, 슈베르트의 음악을 적극적으로 소개하기도 하였다. 그들은 포글의 고향인 슈타이어에서 그의 친척인 부유한 광산업자 바움가르트너를 만났다. 바움가르트너는 첼로와 여러 가지 관악기를 잘 연주하였으며, 진귀한 악기나 악보를 많이 수집하던 사람이었다. 슈베르트와 포글은 약 두 달 정도 그곳에 체류하면서 바움가르트너의 따뜻한 환대를 받았으며, 바움가르트너는 슈베르트에게 그가 연주에 참여할 수 있는 곡을 의뢰하였다. 그는 곡을 의뢰하면서 자신이 좋아하는 가곡 〈송어〉의 주제를 넣어달라고 부탁하였고, 이때 경치가 아름다운 알프스의 대자연에 만족한 슈베르트는 단숨에 스케치를 마치고 빈으로 돌아와서 완성하였다. 이 곡에는 슈베르트가 슈타이어에 머무르며 느낀 상쾌하고 생기발랄한 아름다운 전원의 시정이 넘쳐나고 있다.

알프스의 영봉이 즐비하게 이어지고, 산 아래는 옥구슬처럼 투명한 계곡이 흐르는 슈타이어에 들어서는 슈베르트와 일행의 설렘과 기쁨, 두근거림이 느껴진다. 앞으로 펼쳐질 여행의 즐거움에 얼굴은 상기되고, 목소리는 한 옥타브 올라가고, 행동은 커지며, 마음은 들떠, 지금 무엇을 하고 있는지조차 느끼지 못하며 짐을 풀고 있다. 마음은 피아노의 맑은 선율처럼 두근거리고 현악은 그 기쁨에 부채질한다. 입술에서는 자신도 모르게 휘파람이 흘러나오고, 짐을 가지런히 정리하는 손길은 리드미컬하다. 여행지에 도착한 기쁨이 뿜어져 나오는 기운이 느껴진다.

여행지에는 밤이 내리고 고즈넉하고 맑고 깨끗한 공기가 온몸을 깨끗이 씻어준다. 솔바람을 이불 삼고, 백팩을 베개 삼아 팔베개를 하고, 삼나무 낙엽을 깔고 편안하게 누워서 별빛이 총총히 빛나는 밤하늘을 바라본다. 향기로운 숲과 땅 냄새가 코끝을 자극하며 스르르 잠결에 빠져 환상의 세계로 여행한다. 두고 온 사랑하는 사람이 생각나 사랑의 감정에 마음이 따뜻해진다. 감미로운 멜로디가 여행지에서의 고즈넉하고 아름다운 밤을 선사한다. 별빛은 폭포수처럼 쏟아지며 보석처럼 빛나는 환상의 밤이다.

시간처럼 흐르던 강물이 햇살에 수정 구슬처럼 빛나는 눈부신 아침이 밝아온다. 낚싯대라도 둘러메고 강가로 가고 싶은 시리도록 투명한 아침. 강 여기저기에서 송어가 물보라를 일으키며 힘차게 튀어 오른다. 은빛 비늘은 햇빛에 반사되어 더욱 빛난다. 솟구치며 튀어 오르는 송어는 우뚝 솟은 알프스만큼이나 생동감과 생명력이 넘친다. 맑은 하늘과 설산은 햇빛에 빛나고, 조약돌에 부서지는 강물은 보석처럼 튕기며 질주한다. 강을 따라 이어진 오솔길을 따라 걸으니 즐거움과 기쁨의 노래가 절로 흥얼거려진다. 강물과 숲들과 대화하며 오르고 내리며 걷는 오솔길이 싱그럽기만 하다.

잉그리드 헤블러, 피아노, 아르투르 그뤼미오 트리오 외, 1963

다니엘 바렌보임, 피아노, 재클린 뒤 프레, 첼로, 이츠하크 펄먼, 바이올린, 핀커스 주커만, 비올라, 주빈 메타, 더블 베이스, 유튜브

동강과 어라연

알프스 빙하가 녹아 보석처럼 반짝이고 산 아래를 흐르는 강과 은빛으로 빛나는 송어가 펄떡이며 솟아오르는 모습이 떠오른다. 1819년 슈타이어를 여행 중인 슈베르트도 눈 덮인 산 아래 햇빛에 반짝이며 흐르는 강물에서 튀어 오르는 송어의 모습에서 맑고 차가운 아침 공기를 숨 쉬는 것 같은 신선함과 생명력을 느꼈을 것이다.

지금의 우리나라에서 그러한 곳을 찾아내기가 쉽지 않겠지만 가만히 눈을 감으면 1819년 우리의 산하 동강이 그러한 풍경을 선사해준다. 동강은 남한강 물줄기가 흐르는 정선에서 영월 사이의 구간이다. 오대산 우통수에서 발원한 물이 오대천을 이루어 흐르고, 태백의 검룡소에서 발원한 물이 골지천을 이루어 흐르며 아우라지에서 송천과 어우러져 나전 삼거리에 이른다. 그곳에서 오대천과 골지천이 만나 조양강이 되어 정선아리랑 가락에 맞추어 가리왕산을

아우라지

휘감아 돌고 솔돌 평야를 가로지르며 흐르다 보면 정선 가수리에 이르러 동강으로 이름을 바꾼다.

동강

동강은 굽이굽이 산 사이로 흐르며 어라연을 지나, 청령포에서 단종의 비애를 싣고 온 서강과 합하여 남한강이 된다. 이 강은 단양팔경과 청풍, 제천을 지나 계백과 김유신의 전투 소리를 담은 충주의 탄금대를 뒤로하고 양수리에 이르러 금강산 옥발봉에서부터 쉼 없이 달려온 북한강과 하나를 이룬다. 다산 정약용의 출생 소식을 싣고 아차산을 바라보며 광나루까지 흘러온 한강은 삼전도의 굴욕을 가슴에 품고 뚝섬에 다다르고, 두모포 나루터에서 큰 가슴으로 중랑천을 품으며 넓은 바다 같은 동호를 이룬다.

동호의 독서당에서 들려오는 사대부들의 낭랑한 글 읽는 소리와 뱃놀이의 취흥을 실은 한강은 용산을 거쳐 천주교 순교성지인 잠두봉(절두산) 앞의 서호에 이르니, 이곳은 한량들의 뱃놀이 터인지라 시끌벅적한 춤과 음악 소리가 압도(난지도)와 행호(행주산성)까지 요란하게 울려 퍼진다. 경강이라 부르는 동호에서 서호까지의 물줄기는 한양의 진면목을 강물에 비추며 흥청거린다. 금수강산 산천 구석구석을 흘러온 물줄기는 파주 성동리에서 임진강을 받아들이며 조강이라는 이름으로 갈아입고 김포와 강화를 지나 서해로 향하며, 강화도 북성리에 다다르면 북한에서 내려오는 예성강이 조강에 몸을 풀며 함께 유유히 서해로 흘러든다.

지금이야 동강이 래프팅의 명소 정도로 알려졌지만, 그곳은 강원도 금강송을 한양까지 실어 나르던 수로였다. 이 목재들은 단단하고 무늬가 아름다워 궁궐이나 사대부 가옥 건축의 재료로 사용되었다. 정선 아우라지에서 뗏목을 엮어 강물에 띄우면 떼꾼 낭군의 안전을 기원하며 눈물 흘리는 처녀가 손을 흔든다. 동강은 정선아리랑이 풀어내는 가락처럼 뼝대라고 부르는 절벽 사이 협곡을 따라 구불거리며 무시무시한 성난 물길을 튕겨낸다. 떼꾼들이 험한 물줄기를 따라 뗏목을 이끌고 내려오다 보면 급류를 만나 익사하는 경우가 흔하였다.

떼꾼들 (©강원도민일보)

어렵사리 뗏목을 끌고 내려온 떼꾼들이 어라연魚羅淵에 도착한다. 이곳은 예로부터 강물 속에 뛰노는 많은 물고기들의 비늘이 비단같이 아름답다고 하여 어라연이라고 불리게 되었다는 설도 있다. 어라연은 마치 청와대 뒤쪽 백악산 도성의 치성(꿩의 머리처럼 돌출되어 있다고 해서 붙인 이름)이라고도 불리는 곡장처럼 굽어 있다. 어라연에서 뗏목꾼들은 태백준령 깊은 곳을 굽이치며 흘러온 구슬같이 투명한 물줄기 속에서 송어처럼 물방울을 튕기며 헤엄치고 솟아오르는 물고기를 보았을 것이다. 넋을 잃고 바라보노라면 어느새 최고의 여울목인 된꼬까리에 다다른다.

사력을 다해 겨우 목숨을 부지하며 여울목을 지나면 주막 전산옥이 자리한 만지나루에 다다른다. 아우라지를 출발하고 며칠이 지나 몸도 마음도 지쳐 있을 무렵, 황진이 뺨치는 주모 전산옥이 "황새여울 된꼬까리에 떼를 지어 놓았네 / 만지산 전산옥이야 술상 차려놓게" 하며 부르는 정선아리랑을 권주가 삼아 마시는 막걸리는 최고의 꿀맛이다. 그리고 다음 여정을 위하여 부서진 뗏목도 수리한 후 한양을 향해 남은 여정을 이어가며 뗏목 위에서 밝은 달빛을 이불 삼아 잠깐 눈을 붙이는 사이, 달포의 떼꾼 노릇을 무사히 마치고 떼돈을 벌어 낭자의 품에 안기는 꿈을 꾼다.

즉흥곡 op.90(D899)

슈베르트는 모두 8곡의 〈즉흥곡*Impromptus*〉을 남겼다. 이 곡들은 〈op.90(D899)〉과 〈op.142(D935)〉에 각각 4곡씩 포함되어 있다. 이 작품들은 그가 표현할 수 없어 아쉬웠던 샘솟는 악흥과 정서를 자유로운 피아노 즉흥곡이라는 형식을 빌려 작곡한 작품들이다. 이 즉흥곡들은 섬세하고 여성적인 슈베르트 음악의 본질적 특징인 예민한 감수성을 잘 담아내고 있어서, 그의 내면의 아름다움을 충분히 느끼게 해준다.

과수원집 소녀의 마음이 이런 것이 아닐까? 그녀는 봄이 오는 길목에서 있다. 분홍색 복사 꽃은 이제 막 봉오리를 터뜨리고, 햇살은 꽃잎 위에 빛난다. 뒤로 묶은 단정한 머리에 수수한 원피스를 입은 소녀의 볼은 불그스레하다. 손에 든 물동이를 내려놓고 두 손을 모아 가슴에 올리고 나무 아래 벤치에 앉아, 나무 사이 밭고랑에 핀 봄까치꽃이며 쇠별꽃을 바라보고 있다. 두 손에는 바다의 일렁임만큼이나 크게 가슴의 두근거림이 전해진다. 심장박동이 쿵쿵하고 점점 커진다. 어디에선가 사랑이 찾아올 것만 같다. 일어서서 뒷짐을 지고 가슴을 숙이며 한 걸음 두 걸음 발걸음을 옮겨본다.

머리 위로는 햇빛이 구슬같이 쏟아지고 소녀의 마음은 나비가 되어 날아간다. 봄날같이 화사한 꿈은 아지랑이같이 부풀어 오르고, 뽀오얀 얼굴에 핀 복사꽃은 더욱 분홍빛으로 빛난다. 손차양으로 하늘도 보고, 멀리 과수원 너머 산길도 바라본다. 그가 보낸 러브레터를 기다리며. 해가 중천에 오를수록 소녀의 꿈도 더욱 부풀어 오른다.

빌헬름 켐프, 1965
마리아 조앙 피레스, 1985

봄과 소녀

카미유 피사로(1830~1903)는 서인도제도의 세인트토머스섬에서 출생한, 인상파 화가의 맏형이다. 아버지의 반대를 무릅쓰고 화가를 지망하여 1855년 파리로 나와 앵그르와 쿠르베를 만났으며 특히 코로와 절친한 사이가 되어 그의 영향을 많이 받았다. 한편 1870년 보불전쟁 기간에는 모네와 함께 영국으로 피신하여 영국 풍경화의 신선함을 접하기도 하였으며 특히 터너의 열정적인 화풍에 감탄하였다. 귀국 후에는 퐁투아즈와 에라니 쉬르 엡트에 머물며, 그곳의 들판이나 채소밭, 과수원과 농가들 그리고 마을 길 등의 소박한 시골 풍경을 화폭에 담았다. 특히 사람들의 다양한 노동 모습을 묘사하는 데에 열중함으로써 시슬레나 모네와는 다른, 구성이 질박한 농촌의 풍경화를 선보였다.

카미유 피사로, 『나뭇가지를 든 시골 소녀』

슈베르트의 즉흥곡이 피사로의 작품 『나뭇가지를 든 시골 소녀』와 『봄·아침·구름·에라니』를 떠오르게 한다. 그의 작품은 농촌의 햇살과 맑은 공기 그리고 흙냄새가 가득하여 마음을 평화롭게 한다. 『나뭇가지를 든 시골 소녀』를 보면 화사한 봄날의 소녀 마음을 실감 나게 표현하고 있다. 살랑거리는 봄바람에 설레는 소녀의 두근거림이 들려온다. 사랑을 그리는 들뜬 마음에 얼굴은 분홍빛으로 화사하게 물들고, 예쁜 모자를 쓰고 살며시 고개를 기울이고 있는 모습이 마음은 이미 다른 곳으로 향하고 있는 듯하다. 애태우던 소식이 봄바람에 실려 오기를 간절한 마음으로 기도하며. 좋은 소식이 금방이라도 올 것처럼 주위의 꽃이 예쁘게 피어 있다. 『봄·아침·구름·에라니』의 파릇한 풀과 두둥실 떠 있는 하얀 깃털 구름, 과수원에 핀 흰 꽃은 봄의 길목에 선 소녀의 마음같이 밝고 가볍다. 음악이 그림으로 피어났다.

피에르 보나르, 『초봄』

카미유 피사로, 『봄·아침·구름·에라니』

Jakob Ludwig Felix Mendelssohn, 1809~1847

펠릭스 멘델스존

펠릭스 멘델스존

멘델스존은 독일 함부르크의 부유한 유대인 집안에서 2남 2녀 중 둘째로 태어났다. 할아버지 모제스Moses는 계몽주의 철학자였고 아버지 아브라함Abraham은 은행가였으며 어머니 레아 잘로몬Lea Salomon도 은행가의 딸이었다. 일반적으로 자주 접하는 멘델스존 바르톨디Mendelssohn Bartholdy라는 이름은 외삼촌이 그리스도교로 개종하면서 받은 이름을 멘델스존에게 붙여준 것이다.

어릴 때부터 여러 방면에 남다른 재능을 보인 멘델스존은 체계적인 교육을 받으며 빛을 발하게 되었다. 그는 피아노와 오르간 등 여러 악기를 연주할 수 있었고, 철학과 문학에도 조예가 깊었으며, 그림 솜씨는 아마추어 수준을 넘어섰고, 무려 여섯 개에 달하는 언어를 구사할 수 있었다. 괴테를 멘델스존에게 소개시켜 준 스승 카를 첼터Karl Zelter에게 음악 교육을 받으며 아홉 살에는 피아니스트로 데뷔하였고, 열 살에는 작곡을 하였으며, 열여섯의 나이에 팔중주곡을 썼고, 열일곱 살에는 셰익스피어의 희곡에 감동받아 〈결혼 행진곡〉으로 유명한 극음악 〈한여름 밤의 꿈〉을 작곡하였다. 그가 열두 살 무렵 작곡한 작품들은 모차르트나 슈베르트도 도달하지 못했던 깊이와 개성을 갖추고 있어 음악가 중 최고의 신동으로 간주되기도 한다.

그러나 그의 음악에서는 사람의 심금을 파고드는 울림이 부족함을 느낀다. 아마 앞선 선배 음악가인 베토벤이나 슈베르트같이 고뇌와 아픔, 불행과 슬픔을 겪지 않고, 부유하고 행복한 가정에서 체계적인 교육을 받고, 유명 철학자나 작가, 예술가와 교유하며 넓은 교양을 쌓고, 영국, 이탈리아, 스위스 등 여러 나라를 여행하며 이국적인 풍물과 예술을 경험하는 행복한 삶을 살았기 때문일 것이다. 그렇다고 그의 음악이 깊이가 없는 것은 아니다. 그의 48곡이나 되는 "무언가"에는 삶의 성찰과 관조가 깊숙이 스며 있다.

그는 지나치게 여흥적 취향만을 강조하며 논리가 부족한 이탈리아 음악은 자신의 성향에 맞지 않을 뿐만 아니라 잡다하다고 생각하였고, 베토벤이나 하이든 같은 독일 명곡을 어려워하는 이탈리아인들을 탐탁하게 여기지 않았다. 그러나 이탈리아의 아름다운 자연과 찬란한 문화유산에 대하여는 경탄하였다. 멘델스존은 그의 밝은 성장 환경처럼 세상을 긍정적으로 바라보았으며, 그의 음악에는 이러한 그의 사상이 잘 투영되어 있다. 그의 음악은 밝고 상쾌하며 뒤틀림이나 구김이 없이 수채화처럼 온화하고 감미로워서 마음에 힐링과 편안한 휴식을 준다.

한편 그는 바흐의 음악을 발굴하여 세상에 소개함으로써 영영 잊힐 뻔한 바흐를 세상에 불러내는 음악사적 전환점을 만들기도 하였다. 1829년 우연히 멘델스존 부부는 푸줏간에 갔다가 주인이 손님에게 고기를 싸주는 포장지에서 "요한 제바스티안 바흐 작, 마태가 전한 복음서를 주제로 한 주 예수 그리스도의 수난곡"이라는 글씨를 보고 피가 얼어붙는 충격을 받았다. 멘델스존은 한눈에 진귀한 악보를 알아보았으며, 심혈을 기울인 연습으로 100여 년이나 묻혀 있던 곡을 라이프치히 성 토마스 교회에서 초연하여 대중에게 소개하였다. 이 사건을 계기로 바흐의 음악은 세상에 부활하였으며, 멘델스존 역시 유능한 지휘자로 명성을 얻었다.

펠릭스 멘델스존, 『더럼 대성당』

1835년 스물여섯살의 나이에 세계에서 가장 오래된 라이프치히 게반트하우스 오케스트라의 지휘자가 되어 유럽 최고의 악단으로 발전시켰으며, 바흐뿐만 아니라 모차르트, 베토벤, 슈베르트와 그 이외의 많은 작곡가의 숨겨진 작품들을 복원하여 세상에 소개했다. 특히 슈베르트의 〈교향곡 9번(그레이트)〉은 슈만이 슈베르트의 형 페르디난트가 보관하고 있던 동생의 유품 중에서 발견하여 라이프치히의 멘델스존에게 보내 초연하기도 하였다. 멘델스존은 1842년에는 라이프치히 음악원을 설립하여 운영하였으며, 이 음악원은 유럽에서 가장 인정받는 음

파니 멘델스존

악 교육기관 중 하나가 되었다.

앞선 음악가들의 전통을 존중하고, 많은 사람을 도우며, 많은 사람에게서 사랑과 존경을 받았던 멘델스존. 루터교 목사 딸인 세실 샤를로트 소피 장르노와 결혼하여 다섯 자녀를 두고, 선하고 행복한 삶을 살던 멘델스존은 1847년 너무 사이가 좋았던 누이 파니의 죽음으로 인한 슬픔과 과로가 겹쳐 그해 11월 서른여덟 살의 나이에 라이프치히 자택에서 그의 "무언가"처럼 조용히 누이의 뒤를 따라 세상을 떠났다.

교향곡 4번(이탈리아)

멘델스존은 1830년에 이탈리아를 여행할 때 이 곡을 스케치하기 시작하여 귀국 후인 1833년에 완성하였다. 이 곡은 그의 5개 교향곡 중 최고라고 할 수 있을 만큼 걸작으로 평가받고 있다. 여러 차례의 여행으로 유럽에서 작곡가, 지휘자, 피아니스트로서뿐만 아니라 높은 인품으로 알려진 멘델스존에게 1832년 영국의 필하모니 협회는 교향곡, 서곡, 성악곡을 각각 하나씩 작곡해 줄 것을 의뢰하였다. 멘델스존은 이미 작곡하고 있던 〈이탈리아〉의 초고를 다시 정리, 완성하여 제출하였으며, 〈핑갈의 동굴〉과 함께 자신의 지휘로 런던 필하모닉과 초연하여 "영감이 번뜩이는 찬란한 작품"이라는 극찬을 받았다.

그러나 멘델스존은 초연 후에도 개정 작업을 계속하여 1837년에야 개정 작업이 마무리되었고, 악보는 그의 사후인 1851년에 출판되었다. 늦은 출판으로 인하여 교향곡 제3번 〈스코틀랜드〉보다 먼저 작곡되었음에도 불구하고 〈스코틀랜드〉에 이어 〈제4번 교향곡〉이 되었다. 이 곡에는 멘델스존이 칙칙한 북독일을 떠나 눈부시고 명랑한 남부 유럽 여행에서 느낀 인상과 기쁨이 잘 나타나 있다.

고흐의 그림처럼 소용돌이치는 듯한 남부 유럽 하늘의 밝고 눈부신 태양 빛이 작열한다. 지중해의 코발트 색 바다는 손으로 짜면 주르륵 파란 물이 흐를 것 같다. 나의 몸과 마음도 코발트블루로 물든다. 날씨는 화창하고 대기는 투명하며, 멀리 아름다운 섬들이 흩뿌려 놓은 듯이 점점이 이어지고, 형형색색 옷차림을 한 사람들의 발걸음이 활기차고 가볍다. 가슴은 이미 설렘과 즐거움이 뒤범벅되어 풍선처럼 하늘로 두둥실 날아오르고 발걸음은 대기를 밟고 성큼성큼 걷고 있다. 소풍을 앞둔 초등학생의 마음처럼 심장이 쿵쾅거리고 상상의 세계가 약동하며 솟아오른다. 온 세상이 찬란한 태양 빛 아래 활기가 가득하고 화려한 색채가 대기를 가득 채우고 모든 것이 어우러져 발랄하고 경쾌한 춤을 추는 것 같다. 먼바다에는 기선이 뱃고동을 울리고 해안을 감싼 높은 산들은 푸르름을 뿜어낸다. 항구에는 눈부신 빛과 화려한 축제의 팡파르가 여기저기 울리며 흥분의 도가니를 이룬다.

멀리 순례의 행렬이 십자가를 앞세우고 서서히 다가오고 있다. 고풍스럽고 이국적인 행진의 모습이 천천히 지나가고, 너울거리는 선율이 나지막이 퍼져오며 귓가를 스치자 나도 사색에 빠져들며 향수에 젖어든다. 순례의 행렬이 아스라이 사라져가고 나도 발길을 돌려 산과 들로 발걸음을 옮긴다.

아름다운 산과 들이 서정적이고 낭만적인 노래를 불러 주는 듯하다. 너른 초원을 지날 때는 목가풍의 선율이 귓가에 맴돌고, 산속 오솔길에는 나뭇잎 사이로 무지갯빛 햇살이 떨어지고 있다. 멀리 높은 산 아래 언덕 위의 성에서는 궁정의 우아한 춤이 창을 통하여 언뜻언뜻 보이고, 촌락에서는 농부들이 호탕하게 움직이는 모습이 보여 여행지의 아름다움과 여행의 즐거움의 행복 속으로 미끄러져 들어간다.

로마에 도착하니 오순절을 앞두고 카니발이 한창이다. 모든 사람이 마음껏 마시고 먹으며 격렬한 춤과 광란의 파티를 벌이고 있다. 화려하고 황홀한 리듬과 선율이 불을 뿜는 동안 흥분으로 불타는 듯한 축제의 모습이 여행자의 눈길을 사로잡고 손을 잡아 끌어들인다. 나도 함께 살타렐로 리듬에 홍이 달아오르고 여행의 즐거움을 만끽하며 마무리한다.

귀도 칸텔리, 필하모니아 오케스트라, 유튜브
아르투로 토스카니니, NBC 교향악단, 1954

바이올린 협주곡 e단조

"독일에는 4개의 바이올린 협주곡이 있다. 그중 가장 보석 같은 작품이 멘델스존의 작품이다."

헝가리 출신의 바이올린 거장 요제프 요아힘의 평가이다. 그 4곡은 베토벤과 브람스의 바이올린 협주곡 각 한 곡과 멘델스존의 2곡을 말한다. 〈바이올린 협주곡 e단조〉는 멘델스존의 두 번째 바이올린 협주곡으로, 자신이 지휘자로 있는 라이프치히 게반트하우스 오케스트라의 악장이자 친한 친구인 페르디난트 다비트의 연주를 듣고 영감이 떠올라 작곡을 시작하였던 곡이다.

그러나 신혼살림을 꾸리고 라이프치히 음악원을 창설하는 것을 비롯해 버밍엄 음악제와 베를린 예술 아카데미 지휘자로서의 연주 활동 등 바쁜 일정으로 6년이라는 꽤 오랜 시간이 지난 1844년이 되어서야 완성하였다. 초연은 이듬해 페르디난트 다비트의 협연으로 라이프치히 게반트하우스 오케스트라와 이루어졌으나 지휘는 멘델스존의 건강 악화로 부지휘자 닐스 가데가 맡았다. 영국의 스턴데일 베넷은 베토벤의 바이올린 협주곡이 "아담"이라면 이 곡의 섬세함과 온화함, 부드러움은 여성적인 매력을 발산하기 때문에 "이브"라고 평가하였다. 한편 멘델스존의 〈바이올린 협주곡〉은 SP에서 LP$_{\text{Long Playing}}$ 시대로 전환되는 1848년의 시점에 제1호 LP에 수록된 음악(나단 밀슈타인, 바이올린, 브루노 발터 지휘, 뉴욕 필하모닉 오케스트라)이기도 하다.

우아한 바이올린 선율에 그리움이 묻어난다. 부드러운 바람결이 뺨을 스쳐 지나가는 그러한 아스라한 그리움이다. 가슴 속에 은은하게 피어오르는 순수하고 아름다운 그리움이 슬픈 미소가 되어 그윽한 향기를 피워낸다. 미소 속에 수줍은 듯 머금은 그리움이 우아하고 매력적이다. 그리움이 깊어 눈을 감고 지난 아름다웠던 시절을 회상해본다. 가만히 불어오는 바람결처럼 감미롭고 별처럼 순수하게 빛나는 옛일들이 아스라이 떠오르고, 꿈결처럼 아름다운 추억 속에 잠겨 든다. 그 추억이 마치 아침 햇살을 머금은 영롱한 이슬처럼 투명하게 빛나며 잡힐 듯 잡히지 않는 그리움으로 변하여 마음을 더욱 시리게 한다. 간절히 두 손을 모은 여인의 눈에서 한 방울의 보석 같은 영롱한 눈물이 툭 하고 손끝에 떨어진다. 그리움을 삼키며 가슴 복받치는 소리만이 예배당을 희미하게 울린다. 시원한 바람이 내려와 눈물을 씻어가고 깊은 한숨이 새어 나온다. 그리움이 보석이 되어 가슴 속에 박혀 영원히 빛나게 되리라.

그리움을 가슴 깊은 곳에 묻고, 천천히 눈을 뜨자 희미하게 세상이 눈에 들어온다. 힘차고 경쾌한 리듬에 맞추어 춤도 추어보고 유려하고 현란한 선율에 몸을 흔들어 보기도 하며 활기차고 박력 있게 발걸음을 내디딘다.

정경화, 바이올린, 샤를 뒤투아, 몬트리올 심포니 오케스트라, 1981

야샤 하이페츠, 바이올린, 샤를 뮌슈, 보스턴 심포니 오케스트라, 1959

중용中庸의 향기

공자

멘델스존의 음악을 들을 때마다 과한 것이 미치지 못한 것보다 나을 것이 없다는 과유불급過猶不及이라는 고사성어가 떠오른다. 그의 음악은 극단으로 치달음이 없어 항상 다정한 미소로 상대방을 배려하고 감싸는 친절한 마음이 전해진다. 즉 중용中庸의 도道라고나 할까? 그러다 보니 그의 음악에서는 가슴 깊숙한 곳을 울리는 공명이나 탐미주의적 흥분과 쾌감은 없을지라도, 항상 부드럽게 속삭이며 위로하고 치유하는, 또 담담하게 실바람 같은 부드러움과 아름다움의 향기를 느낄 수 있다. 상처를 후벼서 고름을 제거하는 외과의의 수술이 아니라 상처를 달래어 잘 아물게 하는 그런 어머니의 손길 같은 음악이다. 즉 멘델스존의 음악은 과한 것이나 불급한 것이나 모두 조화롭지 못하며 어느 한쪽으로 치우침이 없이 균형과 조화를 이루는 것이 음악의 본성이라고 말하는 듯하다.

「중용」은 공자의 손자인 자사가 지은 책이다. 원래는 오경(詩經: 시가 모음집, 書經: 요순하은주 시대의 정사에 관한 문서, 易經: 주나라 시대의 점술에 관한 책, 禮記: 예에 관한 경전, 春秋: 공자가 태어난 노나라의 역사서)으로 전해오던 경서를 12세기 송宋나라 주희朱熹가 예기의 제31편을 대학大學으로 제42편을 중용中庸으로 분리하여 논어論語, 맹자孟子와 함께 사서四書라는 이름으로 묶어 주를 달아 「사서집주四書集註」라는 책을 펴냄으로써 사서오경 중의 한 책으로 알려져 왔다.

「중용」(©국립중앙박물관)

「중용」은 단지 서구적인 양적 사고로 어느 중간, 비겁함과 만용의 가운데가 용기이며, 1과 3의 중간이 2라는 수학적·과학적인 것만을 말하는 것이 아니다. 공자가 말한 중용은 인간 삶에서의 중용, 즉 인문학적 중용이다. 인간의 본성인 희로애락애오욕喜怒哀樂愛惡欲의 일곱 가지 감정, 즉 칠정七情을 치우침 없이 표현을 절제함으로써 모든 사람과 또 세상과 조화롭게 살아가는 것을 말할 것이다.
과함이나 치우침의 극단은 항상 다른 이에게 상처를 남기기 쉽다. 그렇다고 우물쭈물 회색인처럼 중간에 서야 한다는 것이 아니다. 자신의 칠정을 있는 그대로 표출하지 않고 잘 다스리며, 남을 불쌍히 여기고惻隱之心, 자신의 잘못을 부끄러워하며羞惡之心, 겸손하여 남에게 양보하고辭讓之心, 잘잘못을 분별하는 마음是非之心의 도덕적인 감정을 끝까지 밀고 나가며 상대방을 쓰다듬는 그런 삶, 즉 성誠한 삶을 추구하라고 말한다. 멘델스존의 음악에서는 그러한 향기가 난다.

로베르트 슈만

로베르트 슈만

1810년 독일 작센의 츠비카우에서 태어난 슈만은 천재 예술가의 삶의 행로를 보여준다. 법학을 공부하다 부모의 반대를 무릅쓰고 음악으로 전향하였고, 피아니스트로서 탁월하였으나 손가락 부상으로 작곡가로 변신하였으며, 음악 잡지를 발간한 출판인이며 영향력 있는 평론가였고, 또한 쇼팽, 브람스 같은 신예 음악가를 발굴하고 음악계로의 진출을 돕는 후원자였다. 제자였던 클라라를 아내로 얻기 위해 벌인 장인 비크와의 6년에 걸친 소송, 우울증과 건강 악화, 라인강에서의 투신, 정신분열로 정신병원에서 마흔일곱 살의 짧은 삶을 마감한 것 등은 사춘기에 동경하는 예술가의 전형 같은 인물이었다. 사후에도 유럽에서 유명한 피아니스트로서 명성을 날린 아내 클라라 슈만의 평생에 걸친 사부곡까지.

그들의 나이 각각 서른, 스물한 살이였던 1840년 9월 12일 슈만과 클라라는 라이프치히 교외에서 장인의 축하도 받지 못하고 결혼식을 올렸다. 결혼은 슈만의 음악에 큰 전환점이 되었던 듯하다. 이때부터

가곡을 쏟아 내기 시작하였는데 〈리더크라이스〉, 〈미르테의 꽃〉 등 몇 권의 서정 가곡집에 180여 곡이 실려 있다. 그중 오랜 어려움을 넘어서며 이룬 결혼식 전날 그는 사랑하는 피앙세 클라라에게 가곡집 〈미르테의 꽃〉을 헌정하였다. 그 가곡집에 들어있는 〈헌정 *Widmung*〉은 슈만이 클라라에게 꽃다발을 바치는 사랑스러움이 느껴지며 노래로 때로는 피아노곡 앙코르곡으로 자주 연주되기도 한다.

로베르트 슈만과 클라라 슈만

교향곡 1번(봄)

누구에게나 기다려지는 것이 있다. 요즈음은 택배를 기다리는 사람이 많아 로켓배송이 유행이지만 마음속에 일 년 내내 자리하여 그리움이 되어버린 그런 기다림 말이다. 물론 아무 때나 음반을 꺼내어 쉽게 들을 수도 있지만 진한 감동이란 그런 것이 아닐 것이다. 사막에서 만난 오아시스, 길을 걷다가 오랜 세월 마음에 생각하고 있던 친구와의 우연한 만남, 마음속에만 묻어 둔 사랑하는 사람에 대한 그리움. 꺼내지 않고 참아가며 가슴 깊이 보관해 두었다가 때가 되어 조심스럽게 슬며시 꺼내보는 그런 기다림, 어린아이가 산타 할아버지의 선물 주머니를 열어 보는 그런 마음. 그런 기다림이 있는 음악이 있으니 나에게는 연말에 듣는 베토벤의 〈합창 교향곡〉과 꽃샘추위 직전에 듣는 슈만의 〈봄 교향곡〉이다.

시작이 크다. 먼 산꼭대기에서 봄의 기운이 팡파르처럼 '나 왔소' 하고 알리며 내려오기 시작하고, 산속의 새소리가 봄기운이 오고 있음을 알린다. 가끔은 꽃샘추위가 앙탈을 부리지만, 봄기운은 그러한 어깃장마저 사랑으로 보듬은 채, 산속 나뭇가지마다 어루만지며 겨울잠을 깨우고, 봄의 선율과 함께 너른 들판을 가로지르고, 얼었던 시내를 녹여 졸졸 시냇물 소리와 어우러지고, 곳곳의 모든 만물을 쓰다듬고 어루만지며 봄의 교향악을 이룬다. 이제는 마을로 내려와 집집마다 축복하며 봄을 전하고, 지금은 저쪽 골목을 돌아서 우리 집 앞마당과 내 마음을 향해 달려오고 있다. 벌써 내 마음은 봄의 설렘으로 가득하다. 세상을 감싼 봄기운에 아이들은 나갈 채비를 하고, 농부는 밭 갈고 씨앗 뿌릴 준비를 하며 설렌다. 여기저기 움트는 새싹, 아지랑이 피어오르는 들판, 언덕마다 노란 개나리, 산등성이 분홍 진달래, 멀리서 들려오는 소쩍새 울음소리, 온 세상이 봄이다. 방방곡곡에 봄기운이 넘쳐흐른다.

봄이야 하루아침에 오는 것은 아니겠지만 어느 날 갑자기 '봄 날씨 같네' 하는 순간 온몸은 따스해지고 마음에도 불쑥 봄이 찾아온다. 이런 봄의 기운을 느끼며 듣는 음악이 슈만의 〈봄 교향곡〉이다. 나의 기다리던 봄이다. 수채화 같은 봄이다.

오토 클렘페러, 뉴 필하모니아 오케스트라, 1965

볼프강 자발리쉬, 드레스덴 슈타츠카펠레, 1972

르네상스와 생명의 봄

피렌체 메디치가 전성기의 화가 보티첼리의 템페라화 『프리마베라(봄)』가 어른거린다. 『비너스의 탄생』과 짝을 이루는 대작이다. 왼쪽에는 바람둥이 신이며 우편배달부의 신인 헤르메스(메르쿠리우스)가 봄을 전하러 온 것인지, 아니면 삼미신에게 사랑을 고백하러 온 것인지, 멈칫거리는 그가 우리의 젊은 시절을 생각나게 해 미소 지어진다. 그 옆으로는 올림포스의 난봉꾼 제우스와 에우리노메 사이에 태어난 우미의 삼미신, 아글라이아(순결), 에우프로시네(사랑), 탈리아(아름다움)가 봄을 찬양하는 춤을 추고 있다. 오른쪽에는 서풍의 신 제피로스가 그의 연인 님프 클로리스에게 봄바람을 불어넣어 꽃의 여신 플로라로 변신

산드로 보티첼리, 『프리마베라(봄)』

시키며 봄을 재촉하고, 위쪽에서는 에로스가 사랑의 화살을 에우프로시네에게 조준하고 있다. 정중앙에는 콘트라포스토 자세로 요조숙녀처럼 서 있는, 사랑의 여신 아프로디테로 분장한 시모네타에게 하트 모양의 나뭇가지가 드리워져 있고, 볼록한 배는 생명의 봄을 잉태하고 있다. 온 세상에 봄의 소리가 퍼져나간다.

이전까지 중세 회화는 종교화에 집중되어 있었으나, 보티첼리가 살던 시기는 십자군 전쟁을 거치면서 성장하여 온 신흥 상공인들과 페스트의 고통에서 막 벗어난 인간의 자각이 인문주의의 태동을 일으키고, 인간 중심 미술, 인간 중심의 삶이 봄처럼 피어나기 시작함으로써 우리는 『프리마베라』를 감상할 수 있는 기회를 누리게 된다.

사실 이러한 옛것, 그리스 로마의 아름다움과 이상을 추구하는 르네상스는 13세기에 시작되어 14세기 문학의 페트라르카, 단테, 보카치오, 회화의 마사초, 보티첼리, 조각의 도나텔로, 건축의 브루넬레스키의 청년기를 거쳐 15세기부터 레오나르도 다빈치, 미켈란젤로, 라파엘로 시기에 절정에 이르며 오늘날 우리에게 문화적 상상력과 풍성함으로 삶의 활력을 제공해 주고 있다.

잔로렌초 베르니니, 『페르세포네의 납치』

이방운, 『빈풍칠월편』(©국립중앙박물관)

정선, 『꽃아래서 취해』

겨우내 식어버린 마음

불 지피려

봄산에 가야겠네

- 중략 -

눈부신 꽃 바람 속으로

빈 가슴 채우러

봄 산에 가야겠네

_권나현, 「봄 산에 가야겠네」 중에서

안톤 브루크너

안톤 브루크너

브루크너는 1824년 오스트리아 린츠 근교 시골 마을인 안스펠덴의 교사 집안에서 태어났다. 열세 살에 아버지를 여읜 브루크너는 집 근처 성당에서 오르간을 연주하거나 마을 축제에서 바이올린을 연주하며 어머니의 어려움을 덜어드렸다. 어머니는 아들이 기특하였으나 음악적 재능을 알아보고 음악원은 아니더라도 음악을 배울 수 있도록 플로리안 수도원으로 보냈다. 브루크너는 이곳에서 바이올린, 피아노, 오르간을 배우며 성가대원으로 활동하였고, 변성기가 되었을 때 이곳을 떠나 교사 자격증을 획득한 후, 다시 플로리안 수도원의 교사와 오르가니스트로 임명되어 돌아왔다.

브루크너의 음악적 성향은 수도원 생활에서 체득한 독실한 신앙에 뿌리를 두고 있다. 그는 작곡 자체를 신께 드리는 예배로 생각하였다. 그의 교향곡은 종교적 경건함과 영적인 충만함이 넘실거리고 장엄하며 신의 은총으로 가득하다. 또한, 바그너의 영향으로 대담한 관현악법이나 무한선율 기법을 사용하였으나 세속적인 바그너와는 다르게 마치 하늘을 향해 웅장하게 솟은 교회처럼 신을 향하여 뻗어나가는 찬양이요, 예배와 같다. 브루크너의 교향곡은 전에도 후에도 전혀 존재하지 않은 아주 파격적인 음악이다. 티끌 하나 없이 순진무구하고 어린아이의 웃음처럼 천진난만하다. 그의 교향곡을 들으면 통일성이나 세련됨보다는, 어린아이의 작품같이 단편적이며 돌발적이고 거칠거칠하지만 장대한 악기들의 울림이 폭포수가 쏟아지는 신의 은총 한가운데 있는 듯한 음향의 느낌을 받는다. 이것은 브루크너만이 할 수 있는 천진난만함이다. 이러한 효과는 그가 오르가니스트로서 파이프오르간을 자유자재로 연주하며 빚어내는 웅대한 음향과 닮았을 것이다.

브루크너는 늦은 나이인 1868년 마흔네 살에 〈교향곡 1번〉을 발표하였다. 그는 모두 9곡의 교향곡(〈습작 교향곡〉과 〈0번 교향곡〉 2곡을 포함 시 11곡)을 작곡하였으나 〈교향곡 6번〉까지는 반응이 시원치 않았으며, 1883년 쉰아홉 살이 되어 발표한 〈교향곡 7번〉이 이듬해 초연에서 성공하면서부터 진정한 교향곡 작곡가로 인정을 받았다. 브루크너의 교향곡에서는 그의 어린아이와 같은 순수함이 느껴진다. 그는 자신의 작품이 비판을 받거나 조언을 받으면 아무런 불평도 없이 묵묵히 개정 작업을 하였다. 당시 작곡가로서 자신감 부족도 있었겠지만, 명성을 얻은 후에도 마찬가지였던 것을 보면 그의 순진한 성격에 기인함을 알 수 있다. 따라서 브루크너의 작품에는 여러 개의 개정판본이 존재한다. 제자들의 이름을 따서 샬크판, 뢰베판 등이 존

빈 시민 공원의 브루크너 청동상

재하며 심지어 출판사 이름을 따서 구트만판, 레티히판 등도 존재하나 현재는 하스판과 노바크판이 가장 인정받고 있다.

한편 브루크너는 자신의 원작을 남기려는 의도에서였는지 제자들의 손을 거치기 전 자신의 자필 악보를 빈 국립 도서관에 기증하였었다. 이 악보를 바탕으로 하스와 노바크가 각각 원전판본(하스판, 노바크판)을 간행하여 원전판 편찬이 거의 완료되었으나 이후에도 간헐적으로 추가 발굴 자료에 대한 편찬 작업이 이루어지고 있다.

그의 〈교향곡 3번〉은 '바그너 교향곡'이라는 별칭을 가지고 있다. 브루크너는 바그너 오페라 〈탄호이저〉와 〈트리스탄과 이졸데〉를 보고 감명을 받아 바그너리안이 되었다. 그는 바그너를 평생 존경하였으며 1873년에는 〈교향곡 2번〉과 〈3번〉 초고를 들고 바이로이트로 바그너를 찾아가 마음에 드는 작품을 헌정하겠다고 하였다. 다음 날 다시 바그너를 방문하여 어떤 작품을 선택하였는지 물은 후, 두 사람은 맥주를 많이 마셨다. 취해서 집에 돌아온 브루크너는 바그너가 어느 작품을 선택하였는지를 잊어버리고 다시 바그너에게 편지로 "트럼펫으로 주제가 시작하는 라단조 교향곡이었습니까?" 하고 물었으며 바그너는 "맞습니다"라고 답장했다.

이후 바그너는 "베토벤 이후 교향곡 작곡가로서 그의 옆에 설 수 있는 작곡가는 브루크너이다"라는 말을 남겼으며, 브루크너는 〈3번 교향곡〉을 바그너에게 헌정하였다. 뿐만 아니라 바그너가 사망하자 그의 죽음을 애도하기 위하여 자신의 〈교향곡 7번〉에 '바그너 튜바'라는 금관악기 네 대를 추가 편성하여 그에 대한 존경을 표현하였다.

브루크너는 교향곡이 성공을 거두기 전까지 1869년과 1871년 두 차례에 걸쳐 프랑스와 영국에서 개최된 국제 오르간 콩쿠르에 오스트리아 대표로 참가할 만큼 유럽 음악계에 널리 알려진 오르가니스트였다. 또

성 플로리안 성당 파이프 오르간

한 교육자로서, 특히 대위법에 관한 권위자로서도 명성이 자자하여 많은 강의 요청을 받기도 하였다. 말년에 접어든 1891년에는 빈 대학에서 명예박사 학위를 받았으며, 1894년 마지막 강연을 끝으로 황제가 제공한 벨베데레 궁전의 주택과 종신연금을 받으며 생활하였다. 평생을 어린아이 같은 믿음과 신에 대한 경건함으로 살아온 브루크너는 1896년 숨을 거두고 신에게 다가갔으며, 유언에 따라 플로리안 대성당의 지하 오르간 아래에 안치되었다.

교향곡 4번(로맨틱)

이 교향곡은 브루크너가 쉰여섯 살인 1874년에 시작해 1880년까지 6년에 걸쳐 완성한 곡으로, 혹평을 받았던 전작들과는 다르게 1881년 한스 리히터의 지휘로 빈에서 초연되어 꽤나 호평을 받은 곡이다. 순수(순진)했던 브루크너는 성공적인 리허설 후에 지휘자에게 동전 한 닢을 주며 맥주 한 잔 마시라고 했다는 일화도 가지고 있다. 이러한 순수함과 또 종교적 심성이 이 곡을 감상하는 데 도움이 된다. 어제는 잊고 내일을 고민하지 않으며 오직 지금만을 느끼고 즐기는 어린아이 같은 티 없이 맑은 순수함과 항상 어디서나 엄마가 나를 지켜보며 보호하고 있다는 한 치의 의심도 없는 믿음 같은 종교적 심성으로 브루크너 음악의 순간순간을 즐기며 감상하다 보면, 도화지 위에 무지개 색채가 흘러내리는 수채화 물감 같은 그의 맑고 순수하며 풍성한 울림이 있는 음향의 폭포수 속으로 빨려 들어간다.

이 곡도 브루크너의 다른 교향곡들처럼 트레몰로의 원시적이고 신비스러운 "브루크너의 오프닝"이라고 불리는 독특한 선율로 시작한다. 동트는 소리가 있다면 이럴 것이다. 여명으로부터 뿌연 안개가 걷히며 서서히 밝음이 드러나는 그런 신비스럽고 몽환적인 분위기가 잘 드러나는 중세의 새벽 같은 서주이다. 숲속 탐험을 나선 소년이 든 등불에 대자연의 신비로움과 경이로움이 하나씩 드러나는 것 같다.

숲의 싱그러운 교향악을 들으며 한동안 걷다 보니 멀리 산등성이에는 옛 궁정의 비밀을 간직한 고성이 드러나고, 기사들은 사냥을 위해 말등에 올라타고, 망루에서 울리는 나팔 소리에 사냥터를 향하여 출발한다. 울창한 산속에서는 화려하고 아름다운 새들이 지저귀는 소리가 들려오고 담쟁이덩굴을 두른 울창한 원시림이 빽빽하다. 안쪽 깊숙이 더듬어 들어가니 더욱 신비롭고 아름다운 소리가 어디선가 들려오며 마음을 경건하게 한다. 관자놀이를 조여오는 호기심 같은 긴장과 경이로움, 미풍같이 부드럽고 편안한 숲의 속삭임, 광휘로운 음의 향연이 펼쳐지며 다양한 대자연의 아름다움을 풀어낸다.

2악장은 경이로우면서도 엄마 품처럼 따스하게 안아준 대자연에 대하여 감사의 마음으로 중얼거리듯 노래하며, 놀이하듯이 천천히 숲속을 배회한다. 기분 좋은 쓸쓸함이 서정적인 선율과 함께 더욱 달콤한 애수에 빠져들게 한다. 꿈결 같은 추억을 되새김하며 숲속에서의 낭만에 푹 잠겨본다. 이어 3악장에서 갑자기 사냥꾼들의 나팔 소리와 말발굽 소리가 휘젓고 지나가며, 축제를 벌이는 소리가 들려온다. 기사들의 말발굽 소리와 축제의 소음이 뒤섞여 고즈넉했던 숲이 깨어나며 동요가 일어나고 여기저기 잠들었던 새들과 나무가 깨어나며 자연의 숨소리가 고동친다. 마치 그림 형제의 동화, 숲속 나라를 다녀온 기분이다.

4악장에서는 대자연이 깨어나며 찬가가 울려 퍼진다. 새들과 나무들이 흥겹게 서로 노래를 주고받으며 합창을 하고 높은 산이 화답하는 가운데 아름다운 자연이 파노라마처럼 스쳐 가니 웅대한 대자연에 대한 경이감과 경외감이 고조되어 간다. 피날레에 이르며 웅혼한 대자연이 오르간이 뿌우뿌우 하며 뿜어 올리는 것 같은 소리로 숨을 거칠게 몰아쉬고 피조물들은 창조주의 한량없는 은총을 드높게 찬양한다. 브루크너가 쏘아 올린 화려하고 웅장한 오르간 소리를 타고 오케스트라 총주가 대자연의 거친 숨결과 함께 진동하며 거대한 음표의 향연이 펼쳐지고 형형색색 불꽃이 세상을 아름답게 수 놓으며 마무리한다.

권터 반트, 베를린 필하모닉 오케스트라, 1998
칼 뵘, 빈 필하모닉 오케스트라, 1973
리카르도 샤이, 로열 콘세르트허바우 오케스트라, 1989

교향곡 9번

브루크너도 9라는 숫자의 주술에서 벗어나지 못하였다. 선배 작곡가 베토벤과 슈베르트가 〈9번 교향곡〉을 마지막으로 세상을 떠났던 것처럼. 브루크너는 〈제9번 교향곡 d단조〉(베토벤 〈합창〉도 d단조임)를 미완성으로 남겼다. 1887년에 착수하였으나 건강이 급속도로 악화되어 1894년이 되어서야 3악장을 완성하였다. 그는 이미 1893년에 자신의 삶이 얼마 남지 않음을 깨닫고 자신이 죽으면 시신을 성 플로리안 성당의 지하 오르간 아래쪽에 묻어 달라는 유언을 남긴 상황이었다. 그는 〈교향곡 9번〉이 완성될 때까지 삶을 연장해 달라고 신에게 간절히 기도하며 작곡에 매달렸으나 신은 그의 소원을 외면하였으며 결국 4악장은 스케치만 남기고 1896년에 눈을 감았다.

브루크너는 이미 자신이 4악장을 마무리할 수 없음을 알고 1881년에 작곡한 〈테 데움〉을 3악장에 연결하여 연주할 것을 고려해 이 교향곡과 〈테 데움〉 간의 연결 음악을 스케치하기도 하였다. 이미 4악장의 스케치가 상당히 진척되었고 〈테 데움〉과 연결 음악을 스케치한 것을 감안하면 마지막 4악장의 내용이 짐작이 된다. 그러나 이 교향곡은 슈베르트의 두 악장의 〈미완성 교향곡〉처럼 세 악장만으로도 더할 나위 없이 뛰어난 완성도를 보여준다. 아마 신이 브루크너가 피날레에 약함을 알고 세 악장으로 교향곡을 완성시켜 주었는지도 모를 일이다.

이 교향곡은 브루크너 음악의 결정체이며 신에게 바치는 그의 신앙 고백이다. 1악장은 전형적인 브루크너 스타일의 오프닝이다. 나그네가 머물던 곳을 떠나 먼 길을 떠나는 새벽이다. 어스름한 새벽 좁은 길에는 태초와 같은 짙은 안개가 뒹굴고 길가의 풀섶에 맺힌 이슬은 신발을 적신다. 브루크너가 이 세상에서의 일을 마치고 마지막 여정을 시작한 것인가? 뒷모습이 쓸쓸하다. 가시밭길 같은 삶에 미련도 없을 듯하나 어깨는 처지고 걸음은 무겁다. 수많은 상념이 강물처럼 느릿하게 흐르며 아쉬움과 회한이 교차한다. 이곳에서의 삶을 아름답게 마치고 기쁘게 가려 했던 길이었건만 무슨 미련이 남아 자꾸만 뒤돌아본다. 회한이 커다란 한숨이 되어 밀물처럼 덮쳐온다. 깊은숨을 들이마시고 스스로 마음을 가라앉히며 고요함을 찾으려 애쓰며 가던 길을 재촉한다. 멀리 저녁노을이 유난히 아름답다.

2악장에 들어서니 난폭하고 거친 스케르초가 무시무시하다. 이곳은 어디인가? 스틱스강에 온 것인가? 유령들이 휙휙거리고, 컹컹거리는 저것은 케르베로스인가? 음산하기 그지없다. 여기저기 유령들이 변덕스럽게 날아다니며 희롱하고 거대한 저승의 무시무시함이 협박하고 위협하며 금방이라도 덮칠 기세다. 두려움에 무릎 꿇고 두 손 모아 간절히 주께 기도한다. 항상 주께 드리던 정성스러운 기도다. 주께서 들려주시던 천사의 나팔 소리 같은 오르간 소리가 희미하게 들려오며 마음을 회복하여 준다.

천사가 손을 잡고 이끄는 대로 가자 멀리서 천상의 음악이 들려온다. 항상 그리워하던 아름답고 경이로운 음악이다. 긴 나그네 같은 삶의 여정을 마치고 본향에 온 것 같은 평안함이 밀려온다. 세상에서의 고난과 고통이 사르르 녹아내린다. 모든 것은 다 지나갔고 지나간 것은 헛것일 뿐이다. 마음에는 주에 대한 감동이 뭉클뭉클하다. 간절한 감사의 기도에 이마에는 피땀이 맺힌다.

하늘에서는 주의 광대한 은총이 쏟아져 내린다. 브루크너는 주의 무한한 사랑과 은혜에 두 팔을 들고 목청껏 감사의 기도와 찬양을 드린다. 그의 기도가 장대한 금관과 웅장한 오르간 음향의 맥놀이를 타고 오르며 하늘을 진동시킨다. 슬픔과 외로움, 시련과 고통, 우울과 허망함을 단숨에 쓸어버린 후, 순수함과 영원함으로 무장한 한량없는 은총이 폭포수처럼 쏟아진다. 그는 조용히 고개 숙여 끊임없는 시련과 고난에도 삶을 지탱해준 주께 감사의 기도를 올리고, 생에 대한 작별 인사를 고하며 피안의 세계로 발걸음을 옮긴다. 브루크너의 기도는 음악이 끝난 후에도 한동안 지속된다.

참고 〈테 데움〉은 브루크너가 1881년에 완성한 종교음악으로 주일 예배, 축일이나 축하 행사 때 사용하는 음악이다. 공연 시간은 25분 정도로 길지 않지만 종교음악의 걸작으로 평가되는 작품으로, 가사에 따라 다섯 부분(주여, 저희는 당신을 찬양하나이다 / 저희는 당신께 갈구하나이다 / 저희도 성인들과 함께 / 당신의 백성을 구하소서 / 주여, 당신께 구하오니)으로 구분된다. 이 중 첫 가사 '주여, 당신을 찬양하나이다'의 라틴어 가사 Te Deum laudamus의 앞부분을 따서 '테 데움'이라 부른다.

카를로 마리아 줄리니, 빈 필하모닉 오케스트라, 1988
세르주 첼리비다케, 뮌헨 필하모닉 오케스트라, 1995

티 없는 마음

오토 뵐러, 『천국에 도착한 브루크너』

브루크너를 떠올릴 때마다 그와 조금이라도 닮고 싶다는 생각을 한다. 인간의 여정은 죽음을 향하는 과정이다. 시간이 흐름에 따라 나 자신이 변하며 죽음에 가까워지지만, 스스로 인식하지 못하는 가운데 변화에 저항하며 괴로워한다. 인간은 영원불멸한 행복을 추구하지만 이것은 불가능하다. 시간을 초월하여 존재하는 신이 될 수는 없기 때문이다. 그러나 브루크너는 알았던 것 같다. 초월자인 신에 기대어 그의 은총으로 그를 닮아가는 것만이 시간을 초월할 수 있는 것임을. 그리하여 브루크너는 순결한 마음으로 그의 마음속에 거하는 신을 찬양하고 경배하는 마음으로 장엄하고 성스러운 음악을 지었을 것이다. 천국 문 앞에 서 있는 브루크너를 위하여 베드로가 천국 열쇠를 돌리는 소리가 들리는 것 같다.

또한 그의 음악을 들을 때면 떠오르는 성스러운 내용이 있다. 「황금

카스파르 프리드리히, 『바닷가의 월출』

전설」(보라기네의 야코부스 저)에서 전해주는 "거룩한 십자가의 발견"이다. 이 내용은 여호와의 아들 예수가 골고다 언덕으로 지고 올라간 십자가에 대한 것이다. 아담이 늙어 허약해지자 아들 셋이 낙원 문으로 가서 자비의 나무에서 나는 기름을 달라고 애원하였다. 천사가 셋에게 나뭇가지를 주며 레바논 산에 심어 그 열매가 맺힐 때면 아담이 건강해질 것이라고 말하였다. 셋이 돌아와 아담이 이미 죽은 것을 발견하고 그 가지를 아담의 무덤 위에 심었다.

시간이 지나 솔로몬이 집을 짓기 위하여 그 나무를 베어 사용하려 하였으나 딱 맞는 곳을 찾지 못하였다. 항상 너무 길든지 아니면 너무 짧았기 때문이었다. 그리하여 그 나무는 연못을 건너는 다리로 사용되도록 연못에 던져졌다. 시바 여왕이 솔로몬의 지혜를 듣기 위하여 연못 앞에 당도하여 건너려 할 때, 세상의 구세주가 이와 똑같은 나무에 매달리게 되는 환상을 보았다. 그녀는 즉시 무릎을 꿇어 나무에 경배하고 솔로몬에게 그 내용을 알렸다. 솔로몬은 그 나무를 가져다 땅속 깊은 곳에 파묻어 버렸으나, 후에 그곳에서 연못이 솟아올라 사람들이 희생제물을 씻기도 하고 병자들은 그 물로 고침을 받았다.
300년이 지나고 막센티우스와 전쟁 중이던 콘스탄티누스 황제의 꿈속에 천사가 나타나 그를 깨우며 위를 쳐다보라고 재촉하였다. 황제가 하늘을 올려다보니 이글이글 타오르는 빛이 십자가 형상을 이루고 "이 표지로 승리하리라"라는 금빛 글씨가 보였다. 황제는 십자가를 앞세우고 전쟁에서 승리하였다. 황제는 거룩한 십자가로 승리한 것을 기념하여 평민(하인?) 출신의 어머니 헬레나를 예루살렘으로 보내어 예수가 매달렸던 십자가를 찾도록 하였다.

믿음이 신실하였던 헬레나는 예루살렘에 도착하여 유대 현자들에게 예수가 못 박힌 곳을 물어 알아내고, 그곳을 파내어 세 개의 십자가를 발견하였다. 그중 어떤 것이 주님의 십자가인지 주께서 영광을 드러내시기를 기다렸다. 그런데 오! 보라. 9시경 젊은 사람의 시신이 지나가는 것을 보고 첫 번째와 두 번째 십자가를 시신 위에 얹었으나 아무런 반응이 없더니 세 번째 십자가를 시신 위에 내밀자 바로 죽은 자가 살아났다(황금 전설 내용).
이후 헬레나는 주님께서 3일간 머문 그곳에 예수 성묘교회를 건축하여 지금까지 전해오고 있다. 물론 현재의 교회는 십자군 전쟁 시기에 다시 지어졌지만, 주님의 무덤 주변은 초기의 모습을 간

성묘교회

직하고 순례객을 맞이하고 있다. 암브로시우스 성인의 말에 의하면 "헬레나는 주님의 구유를 부지런히 준비하고, 강도를 만나 쓰러진 사람의 상처를 치료한 여관집 여주인이었으며, 그녀는 그리스도를 얻기 위하여 모든 것을 배설물로 여기는 착한 종이었으며, 주께서 그녀를 쓰레기더미에서 보좌로 끌어 올리셨다"고 주장했다.

헬레나가 무덤 위에 교회를 건축하여 주를 높이신 것처럼 브루크너는 음악으로 주를 찬양하고 신의 은총에 의지하였던 것은 아닐까?

요하네스 브람스

요하네스 브람스

브람스는 1833년 북독일 함부르크에서 태어났다. 그의 아버지는 시립극장의 콘트라베이스 연주자였으며 어머니는 아버지보다 열일곱 살이나 많았다. 브람스의 첫 번째 음악 선생님은 아버지였으나 그는 가정 형편으로 열세 살부터 술집과 극장을 전전하며 피아노 연주를 해야만 하였다. 마침내 스무 살이 되던 1853년 브람스에게 기회가 찾아왔다. 헝가리 출신의 바이올리니스트 레메니와 함께한 연주 여행에서 당대의 명 바이올리니스트 요아힘을 만났으며, 그가 브람스를 슈만에게 소개하였다. 브람스가 뒤셀도르프로 슈만을 찾아가 자신이 쓴 피아노 소나타 연주를 마치자, 감탄한 슈만은 아내 클라라를 불러 함께 들었으며, 그녀 역시 감동하였다. 그리고 슈만이 자신이 창간한 음악평론지 「음악신보」에 "새로운 길"이라는 글을 게재함으로써, 브람스는 독일 음악계에 샛별로 떠올랐다. 이것은 슈만이 이 잡지에 절필을 선언한 후, 10년 만에 쓴 글이었다.

한 달 동안 슈만의 집에 머무른 브람스는 평생 그 은혜를 잊지 않았다. 슈만이 자살을 시도하고 난 후 2년 만에 죽자 브람스는 비슷한 시기에 세상을 떠난 어머니와 슈만을 위하여 〈독일 진혼곡〉을 작곡하였다. 이 곡이 호평을 받으며 브람스는 널리 이름을 알리는 계기가 되었다. 〈독일 진혼곡〉은 라틴어로 쓰인 다른 진혼곡과는 달리 독일어로 쓰였으며, 죽은 자보다는 산 자를 위로하기 위한 곡이라는 평가를 받고 있다. 무엇보다 남편의 죽음으로 슬픔에 빠진 클라라를 위한 곡으로 여겨지기도 하였다. 슈만이 죽은 후 브람스는 열네 살이나 연상인 클라라에게 연정을 느꼈으나 평생 자세를 흐트러뜨리지 않고 우정을 지켰으며, 그녀를 위한 일편단심은 평생 흔들리지 않았다. 그는 자신의 주위에 몰려드는 여인들을 쫓아버리기 위해 담배를 계속 피워댔으며, 여자들이 불평하면 "천사들이 있는 곳에 구름이 없을 수 있겠소." 하고 대꾸하였다고 한다.

한편 브람스는 체질적으로 혁신을 좋아하지 않는 보수주의자였으며 도덕적으로 엄격한 북부 독일 사람이었다. 그는 당시에 인기를 얻고 있던 바그너의 현란함이나 화려함에 매혹되지도 않았고, 바흐, 베토벤 같은 과거 거장들을 지향하였다. 그의 음악은 충동적이고 파격적인 표현은 찾아볼 수 없으며 전체적인 조화와 균형미를 갖추고 있다. 후세의 사람들은 그를 "내면으로 침잠과 성찰이라는 음악적 길을 걸어왔다"고 평가했다.

브람스가 얼마나 내성적이었는지를 보여주는 일화가 있다. 브람스가 방문객들을 피해 집을 나서는데 한 사나이가 와서 물었다. "브람스 선생 댁이 어디입니까?" 그러자 브람스는 "브람스라고요? 이 집이 그분 집입니다. 3층으로 올라가 보세요." 하고 도망쳤다. 이처럼 내성적이었던 브람스가 작곡한 음악은 외향적인 바그너의 음악과 구별되어 "브람스파"와 "바그너파"로 나뉘었다. 당대의 음악평론가이자 피아니스트이며 명지휘자였던 한스 폰 뷜로와 요아힘이 전자의 지지자였으며 니체나 쇼펜하우어가 후자 편에 섰다. 특히 니체는 브람스를 디오니소스적인 창조적 열정이나 철학적 사유가 빈곤한 감상주의자라고 몰아붙였다. 한편 브람스의 지지자였던 한스 폰 뷜로는 20년이라는 각고의 노력 끝에 나온 브람스 〈교향곡 1번〉을 베토벤의 10번이라고 평하였으며, 바흐, 베토벤, 브람스를 묶어 "독일 음악의 3B"라고 칭하였다.

고목처럼 흔들림이 없고 외길을 걸어간 이 작곡가에게 따라붙는 생각은 "베토벤의 그림자"일 것이다. 브람스는 평생 베토벤의 발걸음 소리가 뒤따라오는 것을 느끼며 쫓기는 기분으로 작곡하였으며, 베토벤을 능가해야 한다는 사명감에 짓눌려 있었다. 그런 그의 음악에는 베토벤의 향기가 가득하다. 그의 〈교향곡 1번〉은 베토벤의 교향곡 〈운명〉과 〈합창〉이 떠오르며, 〈교향곡 2번〉은 베토벤의 〈전원〉으로, 〈3번〉은 베토벤의 〈영웅〉으로 해석하는 경향이 있다. 19세기 낭만의 끝자락에서 고전주의의 전통을 계승하며, 자신의 길을 잃지 않고 묵묵히 외길을 걸어온 브람스. 그의 음악에서는 그러한 그의 고독과 내적 성찰이 깊게 묻어난다. 브람스는 한평생 사모해 온 클라라가 세상을 떠난 다음 해인 1897년 봄에 눈을 감았다. 그의 장례식은 고향 함부르크에서 배들이 조기를 게양하고 시민의 배웅을 받으며 성대히 치러졌으며, 빈 중앙묘지에 영원히 잠들었다.

교향곡 2번

브람스는 모두 4곡의 교향곡을 작곡하였다. 그는 친구 헤르만 레비에게 "거인이 뒤에서 뚜벅뚜벅 쫓아오는 소리를 항상 듣는다고 생각해

보게"라는 편지를 보낸 적이 있다. 유럽의 많은 음악가가 베토벤에 필적할 만한 교향곡에 도전했으나 좀처럼 나타나지 않았다. 베버나 멘델스존, 슈만 같은 작곡가가 기대를 모으기는 하였으나 그들은 뜻을 이루기도 전에 세상을 떠나고 말았다. 특히 바그너는 베토벤이 기악 부문에서는 모든 것을 이루어 그를 능가하는 것은 불가능하다고 판단하고 음악극Music Drama 분야를 개척해 나갔다.

브람스도 베토벤을 의식하고 교향곡 작곡에 착수하였으나 20여 년이 지난 1876년에야 〈교향곡 1번〉을 완성하였으며, 당대 최고 지휘자 한스 폰 뷜로는 이 교향곡을 베토벤 교향곡 10번이라고 일컫기도 하였다. 브람스 〈교향곡 1번〉은 지나치게 베토벤을 의식해 브람스 특유의 개성이 드러나지 않는 작품으로 여겨지기도 하지만 '베토벤의 적자'로서 자리매김하게 만들었다. 1악장은 〈운명 교향곡〉의 1악장을, 4악장은 〈합창 교향곡〉의 〈환희의 주제〉를 연상시킨다. 그러나 이 교향곡은 전통을 계승하고 이후 등장할 새로운 교향곡의 산파 역할을 했다는 점에서 중요한 위치를 차지하고 있다.

첫 번째 교향곡에서 자신감을 얻은 브람스는 알프스산맥으로 둘러싸인 오스트리아 남부의 휴양지 푀르트샤흐Poertschach에 2년 동안 머물며 밝고 사랑스러운 〈2번 교향곡〉과 〈바이올린 협주곡〉, 〈바이올린 소나타 1번〉을 작곡하였다. 모두 푀르트샤흐의 아름다운 풍광처럼 부드럽고 온화하며, 눈부신 자연의 숨결이 느껴지는 곡들이다.

베토벤의 〈전원 교향곡〉이라 불리는 브람스의 〈교향곡 2번〉을 들을 때면 가벼운 차림으로 길을 나서는 상상을 한다. 하늘은 맑고 밝으며, 태양은 투명한 빛을 던지고 있다. 즐거운 마음으로 개울을 건너고 산의 초입을 걸으며 자연과 반갑게 눈인사한다. 부드러운 햇빛은 푸르른 나뭇잎에 반짝이고, 천천히 발걸음을 오솔길로 옮긴다. 능선과 계곡의 아름다움에 반해 한참을 오르자 등은 땀으로 축축해진다. 아름다운 새 지저귀는 소리와 졸졸 흐르는 물소리가 들려오는 가운데 나무 사이로는 맑은 하늘이 보여 즐겁고 경쾌한 나의 발걸음을 더욱 가볍게 한다. 정상 부근에 이르자 숨이 차오르지만, 자연의 숭고하고 경이로움에 경외감이 밀려들며 나는 숲과 하나가 되어 녹아든다.

능선을 걸으며 사방을 둘러보니 자연의 위대함 앞에 숙연해진다. 점 하나에 지나지 않는 왜소한 나를 돌아보며 고독과 사색의 세계로 빠져든다. 발버둥 치며 살아온 나 자신이 부끄러워진다. 산길을 걷듯이 가벼운 마음으로 감사하는 마음으로 살아야 하는 것을. 어쩐지 외롭고 쓸쓸함이 어깨 위에 내려앉는다. 고개를 들어 보니 자연이 나를 바라보고 미소 지으며, 어깨를 토닥이며, 힘내라고 용기를 북돋아 주며 꼭 안아준다.

정화된 마음으로 내려오는 발걸음이 가볍고 경쾌하다. 날아갈 것 같은 기분이다. 오솔길의 나뭇가지에서 들려오는 바람 소리, 개울을 흐르는 물소리에 맞추어 춤추듯이 발걸음을 옮긴다. 사방으로 감미롭고 아름다운 자연의 선율이 퍼져나가고, 나무와 풀들은 어깨동무한 채 사랑스럽고 즐거운 춤을 추며 나를 위무하는 것 같다. 마음이 풍선같이 가벼워지며 하늘로 떠오른다.

소름 돋는 기쁨의 환희가 엄습한다. 주체할 수 없는 기쁨에 두 팔 벌려 하늘을 향해 만세를 불러본다. 무한한 기쁨과 행복으로 가슴은 터질 듯이 벅차오른다.

헤르베르트 폰 카라얀, 베를린 필하모닉 오케스트라, 1964

브루노 발터, 뉴욕 필하모닉 오케스트라, 1951

길

나는 브람스의 〈교향곡 2번〉을 들을 때마다 길이 떠오른다. 들길, 숲길을 걷는 생각만으로도 기분이 맑아지고 가슴이 자유로워진다. 길옆의 조그마한 들꽃에게서 위로를 받으며, 맑은 개울 물이 마음을 깨끗하게 씻어 주는 것을 느낀다. 등 뒤를 촉촉이 적시는 땀은 내 안에 고여 있는 찌꺼기를 모두 배출시켜 새로운 나로 다시 태어나게 한다. 자연과 하나 되는 물아일체物我一體를 경험하며, 영혼이 정화되고, 진정한 나와 만나는 듯한 체험을 한다.

우리는 분주하고 복잡한 세상을 살아가고 있다. 아침에 일어나면 세상에 나갈 준비를 하고, 낮에는 관계 속에서 그리고 일과 속에서 하루를 보내며, 저녁에는 파김치가 되어 귀가한다. 그러는 와중에 알게 모르게 피로와 스트레스라는 독이 내 안에 쌓여서 몸과 마음이 피폐해져 본래의 나는 어디론가 사라져버리고 분노와 불만이 마음을 지배하고 시간이 흐를수록 확대 재생산되어가는 스노볼을 경험한다. 그러나 사실은 누구도, 어느 것도 나에게 그렇게 강요한 적이 없다. 단지 내가 그렇게 보고 느낄 뿐이다. 이제는 편견의 프레임을 버리고 나를 찾아야 한다.

그러나 일상의 단단한 껍질 속에서는 나 자신을 들여다볼 틈이 없다.

나 혼자만의 고독한 시간이 필요하다. 그래서 길을 떠난다. 그림으로 불을 끌 수 없듯이, 어둠을 몰아내기 위해서는 길을 나서야 한다. 길 위에서는 혼자가 되어 나 자신을 들여다볼 수가 있다. 자연에는 선과 악이 없다. 선과 악도 인간이 만들어 냈을 뿐이다. 자연은 나를 구분하지 않고 있는 그대로의 나를 포용해 줄 뿐, 고독 속에 나 혼자 내버려 둔다. 그곳에서 자연을 바라보며, 들꽃을 보며 나 자신을 잊어 간다. 어느 순간 내 안을 꽉 채우고 있던 세상의 찌꺼기가 사라지면서 있는 그대로의 자연이 보이고, 자연의 모습에 감탄하며 자연과 공명한다. 자연과 내가 하나가 되어간다. 불현듯 본래의 내가 회복됨을 느낀다. 길 위에 깨달음이 있다. 이제야 보인다.

마쓰오 바쇼(1644~1694)의 하이쿠

오래된 연못, 개구리 뛰어드는 젖은 물소리.

산길 걷다가 나도 몰래 끌렸네, 제비꽃이여.

사카이 호이츠, 『연못의 개구리』

이철수, 「배꽃 하얗게 지던 밤에」 - '화두' 빨래를 널면서 (©문학동네)

피아노 협주곡 2번

브람스는 2곡의 피아노 협주곡을 작곡하였으며, 첫 번째 협주곡이 진지하고도 열정적이어서 폭풍우를 연상시키는 듯한 다이나미즘을 띤다면, 두 번째 협주곡은 격랑을 지나 여유로움과 사색을 담은 노대가의 관조적인 모습을 담고 있다. 비르투오소 피아니스트였던 브람스가 단 두 곡의 피아노 협주곡만을 남겼다는 사실은 완벽주의자인 그가 얼마나 철저하게 검토하고 수정하면서 완성했는가를 단적으로 말해준다. 특히 두 번째 협주곡은 첫 번째 협주곡이 작곡되고 난 후 20여 년이 지나서야 나왔으며, 일반적인 세 악장의 협주곡과는 달리 네 악장으로 구성하였다. 특히 세 번째 악장 Andante는 아름다운 첼로 독주로 시작하며, 전 악장에 걸쳐 오케스트라와 피아노는 서로 으르렁대지 않고 조화를 이루며 대화를 나누는 듯하다.

멀리서 울려오는 듯한 나른하고 서정적인 호른의 선율이 퍼지고 피아노가 아르페지오를 펼치며 시작한다. 이어 갑자기 피아노가 분출하며 영혼을 울리는 것처럼 오케스트라의 장중한 음향을 타고 피아노의 초절기교가 화려하게 폭풍우 같은 에너지를 발산한다. 거대한 토네이도가 하늘로 오르는 듯하다. 모든 것이 휩쓸려 사라지고, 세상은 신음하고, 숨이 막힌다. 땅은 갈라져 벌겋게 불같은 혀를 날름거리고, 세상은 전율한다. 사방을 둘러봐도 풀 한 포기 돌멩이 하나 보이지 않아 처참하기 이를 데가 없다.

한동안 휘몰아치며 요동하던 폭풍우가 잠잠해지고 땅 위에는 고요함만이 깔린다. 사방은 신음 소리만이 가득하다. 생명이라고는 흔적조차 없고 절망만이 가득하던 폐허 위에 멀리서 한 가닥 희망이 불어온다. 첼로가 그지없이 부드럽고 온화한 선율로 희망을 노래하자, 피아노가 희망의 싹을 틔운다. 희망의 싹이 희미한 클라리넷의 선율을 타고 번져 나가기 시작하고, 숨 막힐 듯한 정적 속에 감사의 기도 소리가 첼로의 선율을 따라 느릿하게 점차 커지며 다가온다. 머금었던 눈물이 응축되어 툭 하고 무릎 위로 떨어진다.

절망과 탄식만이 가득하던 세상에 한 방울 빛이 영롱하게 빛나고, 벅찬 감사의 기도가 가슴속에 맺혀 어깨를 들썩이게 한다. 여기저기 생명이 싹트고 자라나며, 빛이 방울이 되어 영롱하게 쏟아지고, 공기는 가볍다. 지금까지 짓눌렸던 모든 것은 사라지고 이제는 생명만이 충만하다. 이제는 오로지 감사의 기도와 함께 깊게 숨을 들이마시며, 닫힌 문을 박차고 날아오르자. 경쾌하고 웅장하게 삶을 열어 나가자. 눈부신 햇살을 가슴에 담고, 어깨를 당당히 펴고, 신께 감사 찬송하며, 삶의 환희를 소리 높여 노래 부르자.

마우리치오 폴리니, 피아노, 클라우디오 아바도, 빈 필하모닉 오케스트라, 1976

에밀 길렐스, 피아노, 오이겐 요훔, 베를린 필하모닉 오케스트라, 1972

빌헬름 박하우스, 피아노, 칼 뵘, 빈 필하모닉 오케스트라, 1956

산문에 들다

삶에는 누구나 피할 수 없이 겪어야만 하는 생로병사生老病死의 고통이 있다. 이 네 가지 고통, 즉 사고四苦는 중생이라면 벗어날 수 없어 그대로 받아들여야 한다. 이러한 고통에 대한 마음의 번뇌에서 벗어나 자유로움을 얻기 위하여 무수한 철학과 종교가 가르침을 주면서 생성과 소멸을 계속해 오고 있다. 그러나 인생의 여정에서는 멀게만 느껴지는 그러한 근원적인 고통보다 하루하루 살아가며 부딪치는 삶이 더 버겁게 느껴진다.

삶의 여정에서 묻은 먼지를 털어내고 깨끗하고 가벼운 마음을 회복하기 위해 산사山寺를 찾기도 한다. 그러나 진리의 세계, 즉 자유로움의 세계에 드는 길은 길게 뻗어 있는 세 개의 문을 통과해야만 한다. 삼문三門이라 일컫는 산문山門이다. 이들 문은 이름과는 달리 문이 없다. 문이 없으니 문턱이 있을 리도 없다. 오는 중생은 누구든지 받아들인다. 첫 번째 문인 일주문一柱門은 양쪽 하나씩의 기둥처럼 마음을 모으고, 세속의 번뇌는 문 밖에 두고 들어서야 한다. 두 번째 만나는 금강문金剛門 또는 사천왕문四天王門을 지키는 금강역사나 사천왕은 내게 묻어온 나쁜 기운들을 쫓아내고 나의 목욕재계를 돕는 듯하다. 이러한 수행의 과정을 지나 마지막 세 번째 문인 해탈문解脫門 또는 불이문不二門에 들어서면 색과 공이 하나이고, 유와 무가 하나이며, 미와 추가 하나인 절대 경지에 들어서는 듯, 그물에도 걸리지 않는 바람 같은 절대 자유를 체험하는 듯하다.

카스파르 다비드 프리드리히,
『안개 바다위의 방랑자』

바로 그곳 산문에 프리드리히(1774~1840)가 서 있다. 그의 그림은 새벽이나 황혼, 바다나 바위 같은 자연에 신성함을 부여함으로써 종교적 분위기를 자아낸다. 그는 어려서 어머니를 잃고, 얼음 호수에 빠진 그를 구하려다 형마저 익사하였으며, 누나마저 병으로 잃는 슬픔을 겪었다. 불행한 가족사는 그의 영혼에 깊은 상처를 남겼고, 심한 우울증으로 자살을 시도하기도 하였다. 그가 지금 작센주의 카이저크로네 언덕에 서 있다. 그가 여기를 떠나 저기로 들어서려 하고 있다.

지금까지 겪어온 폭풍의 흔적이 그의 뒷모습에서 느껴진다. 산산이 부서져 버린 삶을 이끌고 여기까지 왔다. 그러나 어쩌면 앞으로 가야 할 길은 지나온 길보다 더 큰 고난일 수도 있다. 앞에 보이는 안개 바다를 헤쳐 가기가 쉬워 보이지 않는다. 자칫 그 속에서 길을 잃을 수 있다. 더구나 그 길은 평탄대로가 아니다. 험준한 산과 깊은 계곡이 안개에 감추어져 있다. 그러나 그의 자세는 단호하다. 한 걸음도 물러설 기세가 아니다. 그는 이제 걸음걸음마다 할퀸 마음을 회복하고 영혼을 치유하며 나아갈 것이다. 그는 실날같은 희망을 등대 삼아 산문을 지나 절대 자유와 삶의 환희가 충만한 세계에 도달할 것이다. 그가 무사히 안개 바다를 건너 "창가의 여인"에게 이를 수 있기를 간절히 기도해 본다.

카스파르 다비드 프리드리히, 『창가의 여인』

바이올린 협주곡

브람스의 바이올린 협주곡은 그가 〈교향곡 1번〉의 호평으로 자신감을 얻은 후, 풍경이 아름답기로 유명한 오스트리아 남부 휴양 도시 푀르트샤흐Poertschach에 머물던 시기에 작곡하였으며 1879년 1월 자신이 지휘하는 라이프치히 게반트하우스 오케스트라와 친구 요아힘의 바이올린 연주로 초연되었다. 이 곡은 베토벤, 멘델스존의 바이올린 협주곡과 함께 세계 3대 바이올린 협주곡으로 평가받고 있다.

이 곡은 브람스가 1877년 막스 브루흐Max Bruch의 〈바이올린 협주곡 2번〉을 스페인의 비르투오소 바이올리니스트 파블로 데 사라사테가 연주하는 것을 듣고 넋이 나가, 자신도 바이올린 협주곡을 써야겠다는 열망을 품은 후에 나온 결과물이다. 브람스는 이 곡을 무명이었던 자신을 슈만에게 소개시켜 준 친구이자 명바이올리니스트 요아힘에게 헌정하였으며, 함께 초연하여 성공을 거두기도 하였다. 이 곡도 베토벤의 바이올린 협주곡처럼 첫 악장이 전체 연주 시간의 절반을 차지할 만큼 비중이 높다. 베토벤의 협주곡이 남성적이고 숭고함을, 멘델스존의 협주곡이 여성적이고 우아함을 지녔다면, 브람스의 이 곡은 고독하고 사색적이며 우수에 잠긴 듯한 특징을 지녔다.

멀리서 들려오는 듯한 첼로와 바순의 주제 선율에 이어 현의 틈 사이로 오보에가 목가적인 노래를 하며 시작된다. 이어 풍성하고 활기찬 오케스트라가 넉넉한 마음으로 이끌며 바이올린이 화려하게 수를 놓는다. 바이올린과 오케스트라, 관악이 서로 이어받고 어우러지며 아득하게 아름다운 풍경화를 그려 나간다. 큰 산맥에 둘러싸인 잔잔한 호숫가에 갈대가 흔들리고 원앙이 헤엄치는 평화로운 정경이 눈앞에 펼쳐진다. 호수 선착장에 걸터앉아 아스라이 펼쳐진 아름다운 광경에 푹 빠져본다.

아름다운 바이올린 선율이 귓가를 간질이더니 나팔 소리처럼 퍼지며 멀리 사라져간다. 마음에는 사랑스러운 느낌이 아지랑이처럼 간질간질 피어오른다.

소름이 돋을 만큼 서정적이고 아름다운 선율에 정신이 멍해진다. 오보에가 이끄는 관악기의 부드러움이 아름다운 수채화에 색칠을 한다. 호수같이 잔잔한 오케스트라의 너울거림 위에 바이올린이 우아하고 애수 어린 선율을 펼쳐 나간다. 고독함과 쓸쓸함이 몰려든다. 호수 너머로 넓게 펼쳐진 큰 산을 멍하니 바라보며, 고요함과 평화로움 속으로 빠져들어 간다. 눈이 감기며 아름다운 선율에 몸을 기대어 본다.

눈을 감고 꿈속을 자유롭게 활보한다. 젊은 소녀의 호기심처럼 여기저기 방황하며 껑충껑충 걸어도 보고, 정열적으로 춤도 추어 보고, 다채로운 즐거움을 만끽해 본다. 호접몽으로 들어가 찬란한 기쁨을 맘껏 누리며, 화려한 환희와 함께 마무리한다.

요한나 마르치, 바이올린, 귄터 반트, 슈투트가르트 서독일 방송 교향악단, 1964

다비드 오이스트라흐, 바이올린, 오토 클렘페러, 프랑스 국립 라디오방송 교향악단, 1960

수채화 같은

브람스의 서정적이고 수채화 같은 바이올린 협주곡을 들을 때면 꿈속에 머무는 것 같은 기분이 들며 번잡한 도시를 벗어나고 싶어진다. 그러나 키티라 섬(『키티라 섬으로의 순례』, 와토)으로는 아니다. 브람스가 멀리 만년설이 쌓인 알프스를 등받이 삼아 뵈르트 호수의 잔잔한 물결 위에 반짝이는 태양 빛을 보며 악상을 그려보던 그런 곳으로 말이다. 그러나 마땅한 곳이 떠오르지 않아, 조용히 혼자서만 고독에 빠져 볼 수 있는 카페라도 더듬거려 보지만 마땅치가 않다. 아쉽지만 마지막 방법으로 인상파 화가의 그림이 실려 있는 도록으로 손이 간다. 도록을 뒤적이며 푀르트샤흐의 느낌이 나는 그림을 찾아본다. 빛이 번지는 점묘화가 시냑이나 리셀베르그의 그림을 본다. 시냑의 『생 브리악의 풍경』이나 리셀베르그의 『돛단배와 강 하구』 그림을 보며 몽상에 빠져 본다.

호숫가 선착장에 앉으니 마음이 느긋해지고 몸의 긴장이 풀린다. 넓은 호수의 잔물결 위로 햇빛이 부유하며 반짝

폴 시냑, 『생 브리악의 풍경』

이고, 작은 돛단배 몇 척이 점처럼 물 위에 떠 있으며, 호수 너머 멀리 에는 산들이 희미하게 소 잔등처럼 이어지며 펼쳐진다. 초점 없는 눈은 먼 곳을 바라보고 있다. 수채화 같은 풍경이 스쳐간다. 이어 『해돋이』로 인상주의 그림의 문을 연 모네의 『앙티브의 풍경』 연작 그림들로 옮겨간다. 앙티브 특유의, 싱그럽고 투명한 지중해의 아침햇살이 호수 위에 찰랑거리고, 멀리는 알프스의 새하얀 만년설이 마음을 상쾌하게 한다.

눈을 옮기자 바람마저 숨을 죽이는 정적과 고요함이 감돌고, 해 질 녘 붉은 태양 빛은 앙티브의 대지를 황토색으로 물들이고 있다. 멀리 알프스의 만년설은 태양 빛을 받아 오렌지빛으로 물들고, 빙하에서 흘러든 호수의 수면은 투명한 에메랄드빛으로 물결친다. 빛은 호수와 산을 형형색색으로 물들이고 주위는 정적 속에 잠기어 있다. 마음은 호수를 건너고 산을 넘어 어디론가 향한다. 브람스가 푀르트샤흐에서 느낀 고독과 애상이 이와 같지 않았을까?

클로드 모네, 『앙티브의 풍경』

제주도에 여행 갈 때마다 들르는 곳이 있다. 성산 삼달리에 자리 잡은 “김영갑 갤러리 두모악”이다. 갤러리는 자신이 직접 루게릭병과 싸우면서 폐교를 활용하여 만들었으며, 구석구석 그의 손때가 묻어있다. 그는 지독한 가난과 외로움과 싸우며 제주의 자연을 사진으로 옮겼다. 그는 제주의 신비한 자연을 20여 년 동안 카메라에 담았으며, 루게릭병에 걸린 후에는 굳어가는 몸으로 지금의 갤러리를 완성하였다. 그의 사진을 보면 제주의 오름과 바다, 구름과 하늘, 억새와 바람, 돌과 사람 등, 그의 발길이 닿지 않은 곳이 없음을 실감하게 된다.

두모악에 들어설 때 맞이하는 정원은 그를 닮았다. 화려하거나 야단스럽지 않다. 조용히 다가와 맞이할 뿐이다. 안으로 들어서면 그의 사진들을 볼 수가 있다. 그는 순간을 포착하기 위하여 수많은 시간을 기다리며 외로움과 싸웠을 것이다. 그의 사진에서는 근원적인 적막감과 고독감이 느껴지며, 바람 소리가 들리는 듯하다. 지독한 고독 속에서 오직 바람만이 그의 동반자가 되었을 것이다. 김영갑의 사진 속 바람 소리가 아름다운 음악이 되어 들린다.

김영갑 갤러리 사진 (©한국관광공사 김지호)

리하르트 슈트라우스

리하르트 슈트라우스

후기 낭만주의를 대표하는 작곡가. 누구도 자신에 견줄 수 없다고 자신만만했던 작곡가. 리하르트 슈트라우스는 맥주 축제 옥토버페스트Oktoberfest로 유명한 남부 독일의 바이에른주 뮌헨에서 궁정 오케스트라의 호른 연주자 프란츠 슈트라우스의 아들로 태어났다.

그는 작곡 초기에는 슈만이나 브람스의 영향을 받아 고전적 낭만주의 작품을 썼으나 리스트의 교향시나 바그너의 악극을 접한 후부터는 방향을 전환하여 교향시 작곡에 몰두하였다. 〈돈 주앙(1888)〉으로 하루아침에 유명해진 슈트라우스는 차츰 대담하고 규모가 큰 교향시들을 발표하였다. 14세기 실존했다는 희대의 사기꾼을 묘사한 〈오일렌슈피겔의 유쾌한 장난(1895)〉, 니체의 초인사상에 바탕을 둔 〈자라투스트라는 이렇게 말했다(1896)〉, 셰익스피어와 동시대 작가이자 같은 날인 1616년 4월 23일에 사망하여 4월 23일을 "세계 책의 날"이 되게 한, 스페인 최고의 소설가 미겔 데 세르반테스의 소설에 바탕을 둔 〈돈키호테(1898)〉, 온갖 비판에도 불구하고 최고의 작곡가로 우뚝 선 자신의 생애를 노래한 자전적인 〈영웅의 생애(1898)〉까지 교향시의 걸작들을 발표하였다.

이후부터는 오페라와 교향시 같은 교향곡으로 전환하여 의붓아버지 헤롯왕 앞에서 춤을 추고 사도 요한의 목을 요구한 '살로메'를 주제로 한 오페라 〈살로메(1905)〉, 마초 같았던 아버지와 지낸 어릴 적 경험을 바탕으로 행복한 가정을 묘사한 〈가정 교향곡(1904)〉 그리고 고향 마을 뒤로 우뚝 솟은 알프스를 열두 대의 호른으로 웅장하게 묘사하는 〈알프스 교향곡(1915)〉을 작곡하였다. 그는 음악을 자유자재로 빚어내는 마술사이자 독일 음악을 짊어진 거대한 초인이었다.

슈트라우스는 말러와 함께 한스 폰 뷜로를 잇는 명지휘자였다. 동시에 슈트라우스와 말러는 당대의 라이벌이기도 했다. 말러가 "언젠가 나의 시대가 올 것이다"라고 곱씹은 것도 아마 슈트라우스의 승승장구를 보며 자신의 현재 처지를 비관한 것일 수 있다. 그러나 슈트라우스는 말러를 경쟁자라고 생각하지 않았다. 자신이 독일 음악협회장으로 재임 시 협회의 축제 프로그램에 말러의 작품을 넣도록 하였다.

슈트라우스는 자신을 음악의 영웅이라고 생각하였다. 그는 나치 시절 제국음악원의 초대 총재였는데, 히틀러나 그의 선전상 괴벨스도 그에게 찬사를 보냈다. 당시 그는 이미 히틀러도 함부로 할 수 없는 국제적 명성을 얻고 있었다. 때로는 나치에 협력하고 때로는 거부하며 음악의 독립성을 강조하였지만, 조국 독일에 대한 애정만큼은 드러냈

리하르트 슈트라우스(우측)와
나치 선전장관 요제프 괴벨스(좌측),
1930년대초 베를린

다. 베를린 올림픽 개막식을 위해 〈올림픽 찬가〉를 작곡하였으며, 독일의 동맹국 일본을 위하여 〈일본 건국 축제 음악〉을 작곡하기도 하였다.

그는 제2차 세계대전 직후 미군이 그의 별장에 들이닥쳐 위험에 봉착하였으나 뒤이어 들어온 장교가 그를 알아보았다. 그 장교는 필라델피아 오케스트라 오보에 수석 연주자 존 드 랜시John de Lancie였으며 슈트라우스에게 오보에 곡 작곡을 부탁하고 물러났다. 슈트라우스는 거절하였으나 마음에 두고 있었으며 나중에 오보에 협주곡을 작곡하여 그 장교에게 미국 초연을 부탁할 생각이었다. 그러나 그는 이미 수석직에서 물러나 다른 연주자가 초연하였다. 이 오보에 협주곡은 슈트라우스의 작품 중 마지막에서 두 번째 협주곡이다. 이후 비평가들은 이 오보에 협주곡을 위대한 작곡가의 Indian Summer(늦가을에 잠시 나타나는 따뜻하고 화창한 날씨)라고 비유하였다.

슈트라우스는 전쟁이 끝나고 전범 재판에 출석을 요구받았으나 이에 응하지 않았으며 최종 무혐의 판결이 내려지고 자신의 고향인 알프스 고원에 자리한 가르미슈로 거처를 옮겼다. 그곳에서 그는 서서히 자신에게 다가오는 죽음의 그림자를 느꼈다. 슈트라우스는 마지막으로 의미 있는 작품을 남기기를 원하는 아들의 설득과 자신이 가장 사랑하는 악기인 인간의 목소리를 위한 작품을 써야겠다는, 희미하지만 강한 의지의 불꽃을 태웠다. 그는 1946년부터 헤세와 아이헨도르프의 시에 곡을 붙이기 시작하여 1948년 9월에 생애의 마지막 작품인 연가곡 같은 〈네 개의 마지막 노래(봄/9월/잠들기 전에/저녁노을)〉를 완성하였다. 어루만지고 쓰다듬으며 아름다운 과거를 회상하는 듯한 마지막 노래처럼, 마지막 낭만주의 작곡가 리하르트 슈트라우스는 저녁노을 같은 아름다운 이별을 고하며 1949년 눈을 감았다.

알프스 교향곡

슈트라우스는 열네살에 고향 근처 무르나우에서 알프스를 오른 적이 있었다. 그는 한밤중인 2시에 출발하여 5시간쯤 산을 오르다가 길을 잃고 말았다. 길조차 없는 산을 풀과 나뭇가지를 헤치며 3시간 정도 내려온 후에도 몇 시간을 더 걷고서야 겨우 농가를 발견하였고 그곳에 머물 수 있게 되어 사고를 모면하였다. 그때 그는 고생스러웠던 산행을 음악으로 그려보고 싶다는 생각을 하게 되었으며 그 경험을 〈알프스 교향곡 *Eine Alpensinfonie*〉에 반영하여 1915년에 완성하였다.

이 작품은 교향곡이란 제목이 붙어 있지만 22개의 장면이 등반의 시작부터 하산까지 이어지며 쉬지 않고 연주되는 교향시 형태를 취하고 있다. 음악을 들으면 22개의 각 음악이 등산 과정에서 겪고 느끼는 기분을 생생하게 묘사하여 직접 등산하는 듯한 착각에 빠지게 하고, 듣고 난 후에는 하루 종일 기분 좋은 등산과 운동을 하였다는 상큼하고 뿌듯한 기분이 들게 한다. 이 작품은 12개의 호른에 각 두 대의 트럼펫과 트롬본, 튜바 등의 관악기와 오르간, 탐탐, 첼레스타, 헤켈폰 등의 다양하고 엄청난 규모의 악기를 편성하여 음향효과를 극대화하였다. 때문에 웅장한 산세와 구룡폭포같이 땅을 흔드는 수직 낙하의 폭포 소리, 하늘을 찢는 천둥번개 소리는 실제를 방불케 한다.

이 곡의 초연 리허설과 관련된 일화가 전해 내려오고 있다. 작곡가 자신이 지휘하고 있을 때, 천둥번개 치는 장면에서 악장이 바이올린 활을 떨어뜨렸다. 그러자 슈트라우스는 "지금 쉬어야겠소. 이제 막 비가 내리기 시작하였는데 악장이 그만 우산을 떨어뜨렸으니 말이오" 하고 휴식 시간을 가졌다고 한다.

〈알프스 교향곡〉은 5부 22곡으로 구성되어 있다. 그러나 연주는 쉼 없이 진행된다. 등산 중의 달콤한 휴식도 없이 진행되지만, 이 곡은 피로하지 않고 오히려 충전되는 기분을 느끼게 한다.

단악장의 5부 22곡은 1부: 〈밤〉, 〈일출〉 / 2부: 〈초입〉, 〈산행의 시작〉, 〈계곡을 따라서〉, 〈폭포에서〉, 〈환상〉, 〈들꽃 만발한 초원을 걸으며〉, 〈양 떼와 요들송〉, 〈종소리가 들리는 목장길을 걸으며〉, 〈등산로를 벗어나 길을 잃고〉, 〈빙하를 만나고〉, 〈아찔한 순간〉 / 3부: 〈정상에서〉, 〈대자연 앞에서의 상상의 나래를 펴고〉, 〈안개가 피어오르고〉, 〈해가 먹구름에 가려 어둑해지고〉, 〈쓸쓸한 마음〉, 〈폭풍 전의 고요함〉 / 4부: 〈천둥번개와 폭풍우〉, 〈하산〉 / 5부: 〈일몰〉, 〈여운〉, 〈밤〉으로 구성되어 등산객의 발걸음을 재촉하는 듯하다.

걸어보자. 기억에 남는 등산이면 더욱 좋겠다. 새벽 등산을 준비하기 위하여 불을 켠다. 조용히 주섬주섬 등산복과 양말을 챙기고 산행 중에 먹고 마실 간단한 음식과 물을 준비한다. 잠들기 전에 미리 챙겨 두어 어렵지 않게 준비를 마친다. 그리고 오늘 날씨는 어떤지 확인해보니 청명하다. 그러나 산에서는 꼭 그렇지만은 않으니 우의를 넣을까 망설이다 그냥 두고 가기로 한다. 밖을 내다보니 동트기 전의 어둠이다. 이제 곧 날이 밝겠지. 한숨 돌리고 나니 어느새 멀리 산 능선 너머로 햇살이 비치기 시작하더니 성큼 영봉의 위로 해가 불끈 솟구쳐오르며 날이 밝아온다. 등산화 끈을 묶고 배낭을 메고 집을 나서자 초봄의 냉기가 피부를 자극하며 기분이 상쾌해진다.

산에 도착하여 어느 루트로 갈까 망설인다. 그래, 오늘은 날씨도 좋으니 좀 긴 코스로 가 보자. 와, 이제 진짜 등산 시작이다. 두근두근 가슴이 설렌다. 발걸음도 마음만큼이나 가볍다. 고개를 이리저리 돌리며 보이는 모든 것에 눈인사한다. 싱글벙글이다. 초입을 지나자 계곡물 소리가 들려온다. 길을 따라 작은 폭포를 이루며 흐르는 투명한 물소리를 들으며 가볍게 발걸음을 옮긴다. 물소리를 들으며, 풍경을 즐기며 걷다 보니 갑자기 우레와 같은 물소리가 땅을 울린다. 고개를 들어보니 거대한 폭포에서 물줄기가 수직 낙하하고 있고, 아래 연못에서는 환상의 무지갯빛 물보라가 흩어지며 옷을 적신다.

폭포를 뒤로하고 걸으니 들꽃 만발한 초원이다. 샤스타데이지, 만병초, 오랑캐꽃, 기린초, 산구름 국화, 플록스, 이질풀과 이름 모를 풀꽃이 지천이고 뒤돌아보니 확 트인 초원 너머로 산 능선이 음악의 선율처럼 겹겹으로 펼쳐져 있다. 멀리에서는 새소리가 들려오고 목동의 뿔피리와 요들 선율이 들려오며 양 떼 목장이 가까워졌음을 알린다.

아름다움에 취했나? 길을 잘못 들어 당황하자 머릿속이 혼란스럽다. 이리저리 헤매다가 거대한 빙벽을 맞닥뜨린다. 혼란스러운 와중에 엄청난 규모의 빙벽이 나타나 두려움을 느끼게 한다. 갈팡질팡하다가 위험에 직면하기도 하고, 팔을 다리 삼아 네 발로 살금살금 발걸음을 옮기며 겨우 위험을 벗어나자 장엄한 영봉들이 파노라마처럼 펼쳐진다. 자연의 위대함에 주체할 수 없는 환희가 밀려온다. 가슴과 머릿속이 확 트이고, 터질듯한 벅찬 감동이 용솟음치며 전율한다. 차츰 감동은 대자연 앞에서 감사와 겸손함이 뒤엉킨 숙연함으로 바뀌고 마음을 가라앉히며 무엇을 향하는지 알 수 없는 간절한 기도로 변해간다. 위대한 자연만이 줄 수 있는 초월의 환상과 산정에서의 정화되는 것 같은 강렬한 카타르시스를 맛보며 몽환의 세계로 빠져든다.

갑자기 구름이 산 너머에서 몰려오며 해를 가리더니 세상이 어둑어둑해진다. 너무 벅찬 감동이었나. 감동을 넘어 왠지 모를 쓸쓸함이 밀려와 마음이 허전해진다. 멀리서 천의무봉한 선녀의 옷자락 같은 아름다

마터호른

운 선율이 바람을 타고 와 허전한 마음을 위무한다. 이어 숲에서는 폭풍 전의 정적을 뚫고 습기 먹은 새소리만 들려온다. 느닷없이 번개가 하늘을 찢고 천둥이 대지를 진동하며 폭풍우를 몰고 온다. 급한 마음에 서둘러 종종걸음으로 하산길을 재촉한다.

어디가 어디인지도 모르게 길을 따라 내려오다 보니 이윽고 해가 저물기 시작한다. 한 자락 바람이 마지막 빗방울을 휙 하고 씻어 가더니 멀리 아름다운 붉은 저녁놀이 산을 물들인다. 남은 길을 천천히 걸으며 하루를 더듬어 본다. 설레던 등산 준비와 산 아래에서 위를 향해 내딛던 첫 발걸음, 시원한 계곡물 소리와 경쾌한 발걸음, 들판과 목장의 아름다움, 위험했던 순간, 정상에서의 감동과 대자연의 외경, 하루의 감정선들이 쓸쓸하고 애잔한 선율을 타고 가슴에 밀려오며 오늘 하루 함께한 알프스와의 작별을 고한다.

이 곡은 또한 역사적 기록을 가지고 있다. 카라얀이 1980년 12월 베를린 필하모닉 오케스트라를 지휘하여 녹음하고, 1981년 초에 최초로 발매한 CD 음반(DG)이기도 하다.

헤르베르트 폰 카라얀, 베를린 필하모닉 오케스트라, 1980
베르나르트 하이팅크, 런던 심포니 오케스트라, 2008

자라투스트라는 이렇게 말했다

〈자라투스트라는 이렇게 말했다*Also sprach Zarathustra*〉는 표제를 가진 교향시로, 페르시아 조로아스터교의 창시자 자라투스트라의 생애와 연관지어 볼 수 있다. 물론 이것은 한 인간의 생애와 겹치며, 작곡자 본인도 "철학자 니체의 저작을 음악으로 나타낸 것이 아니라 인간이 여러 단계를 걸쳐 초인에 이르는 과정을 표현하고자 하였다"고 말하였다. 자라투스트라는 개인의 메타포 같다. 즉 인간이 삶의 과정에서 겪는 꿈과 현실의 고난들이 씨줄과 날줄로 엮이며 이를 극복하고 초인이 되어가는 과정을 묘사한 음악이라고 할 수 있다.

이 작품은 〈일출〉이라 불리는 서주에 이어 8개의 에피소드로 구성되어 있으며 각각 부제를 가지고 있다. 각 에피소드의 부제는 '세상 저편에 대하여 / 위대한 동경에 대하여 / 환희와 열정에 대하여 / 만가 / 학문에 대하여 / 치유받고 있는 자에 대하여 / 춤의 노래 / 밤 나그네의 노래'로 구성되어 있다.

음악을 듣다 보면 서주 일출이 결론인 듯한 강한 인상을 받는다. 어둠의 장막이 걷히며 웅장하고 거대한 초인이 등장하는 듯하다. 큰 발걸음 소리를 쾅쾅 울리며 세상을 구하러 온 우뚝 선 초인의 모습이 떠오른다. 이어 시간은 과거로 돌아가 에피소드로 들어서는데, 초인이 세상의 구원을 위하여 깊은 사색에 빠진다. 세상의 원리는 무엇이기에 왜 사람들이 불안과 공포, 폭력과 전쟁에 휘둘려야 하는가? 인간에 대해 깊은 연민과 구원에 대한 간절함이 가슴속에 솟아오른다. 이러한 혼란을 그치게 하고 평화로운 세상을 회복하기 위한 선함은 어디에서 구해야 하는가. 악은 물리칠 수 있는 것인가. 왜 인간은 영겁회귀 하는 것인가. 진리는 어디에서 구해야 하는가. 초인은 깊은 생각에 잠겨 번뇌와 번민 속에 몸부림친다.

오랜 번민 끝에 희망이 싹트고 가슴이 부풀어 오른다. 이제 희망이 피어오르고 용기가 솟아난다. 환희와 열정이 넘쳐난다. 그러나 다시 어둠이 내려와 초인을 절망의 나락으로 밀어버린다. 애절한 선율이 더욱 안타깝기만 하다. 몸부림치며 저항해 보지만 소용이 없다. 슬픔으로 망연자실해 있던 초인은 가슴 한쪽에 희망과 용기가 다시 조그만 틈으로 비집고 들어와 꿈틀거리는 것을 느낀다. 다시 희망을 붙잡고 초인은 세상의 비밀과 씨름하며 고뇌하고 번민하는 가운데 희미하던 진리가 점점 밝아지며 하나둘씩 깨달아간다. 돈오頓悟인가. 진리의 문이 활짝 열리며 광명의 빛이 쏟아진다. 가슴에는 희열이 물결치며 온 세상으로 흘러넘친다. 가슴 저리는 환희와 기쁨의 선율이 끝없이 이어지며 초인의 깨달음을 축하한다.

이제 세상으로 나아가야 할 시간. 그는 어둠을 뚫고 세상으로 나아간다. 그의 얼굴은 빛이 나며 가슴은 부풀어 있다. 그의 힘찬 발걸음에 어둠이 물러가고 빛이 밝아온다. 다시 서주로 가야 하나? 영겁회귀인가?

이 작품은 그의 〈영웅의 생애〉와 비슷한 플롯을 가지고 있다. 〈영웅의 생애〉는 자신의 삶을 표현한 여섯 악장의 자전적 음악으로 1악장, 영웅의 출현에 이어 2악장, 영웅을 시기하고 공격하는 적의 대두 3악장, 영웅의 반려자가 나타난다. 4악장, 힘을 얻은 영웅은 전장으로 향하여 적들을 물리치고 5악장, 전쟁을 끝낸 영웅은 차분하게 자신의 업적을 차례차례 회고하며 6악장, 조용한 전원생활로 돌아가 과거를 기분 좋게 회상하며 평안함과 안락함 속으로 잠긴다.

헤르베르트 폰 카라얀, 베를린 필하모닉 오케스트라, 1973

마리스 얀손스, 로열 콘세르트허바우 오케스트라, 유튜브

초인

조로아스터는 기원전 1200년대 혼란의 페르시아를 구원한 초인으로 조로아스터교의 창시자이다. 〈자라투스트라(조로아스터의 독일식 관용 발음)는 이렇게 말했다〉는 철학자 니체의 초인사상을 음악으로 표현한 교향시의 걸작이다. 물론 딱딱한 니체의 저작을 음악으로 표현했다기보다는 그의 초인 철학 사상을 음악 속에 담아낸 것이다. 유대에는 여호와가, 바빌로니아에는 마르두크가, 페르시아에는 아후라 마즈다(지혜의 주)가 존재한다. 지혜와 정의의 신인 마즈다를 주신(아후라)으로 믿으며 평화롭게 정착하여 살던 페르시아 지역에 기원전 15세기경 청동기 문화가 유입되며 페르시아인(아리안)들이 전차와 갑옷 같은 무기 만드는 법을 배워, 가축을 죽이고 약탈이 일어나며 전쟁과 공포가 지배하게 되었다. 세상이 아수라장으로 변해갔다.

아후라 마즈다

기원전 1200년경 폭력과 약탈만이 횡행하는 무법천지 세상을 목격하고, 절망에 빠져 괴로워하며 문제를 해결할 방법을 찾기 위해 고민하는 조로아스터 앞에 여섯 천사장 중 하나인 보후 마나(선한 목적)가 나타나 그를 아후라 마즈다 앞으로 데려갔다. 일곱 광채에 둘러싸여 있던 마즈다가 조로아스터에게 백성에 대한 폭압에 대항하여 성전을 펼칠 것을 명령하였다. 그 후 8년 동안 다섯 천사장이 조로아스터에게 진리를 전해주었다.

조로아스터는 마흔이 되어 진리를 전하기 시작하였으나 성공하지 못하고 괴로워한다. 이때 광야에서 기도하던 그에게 악령 앙그라 마이뉴가 나타나 아후라 마즈다를 숭배하지 않으면 세상의 권세를 주겠다고 유혹하였으나 거부하고 다시 믿음의 전도를 떠나 온갖 어려움을 견디며 전도 활동을 계속해 나갔다. 그는 세상을 파괴한 폭력을 끝장내기 위하여 필사적으로 노력하였다. 그의 눈에 보인 세상은 선한 신(스펜타 마이뉴)과 악한 신(앙그라 마이뉴)의 싸움판이었다. 조로아스터는 스스로 초인이 되어 어둠의 세력과 처절한 전쟁을 벌여야 했다. 그는 악한 자들을 지상에서 쓸어내고 그들의 영혼을 불로 태워 재로 만들 것이다. 그는 무시무시한 전투를 끝내고 세상을 원래의 상태로 회복시켜 인간들이 아후라 마즈다를 섬기며 영원히 평화롭게 살아가도록 할 것이다.

조로아스터

그의 가르침을 받아들인 비슈타스파왕은 소 1만 2천 마리의 가죽을 주어 그 위에 아베스타 경전을 쓰도록 하였으며 그 뒤로 조로아스터교는 급속히 전파되어 나갔다. 배화교라 불리는 조로아스터교의 사상과 교리는 이후 브라만교, 유대교, 기독교 등에 많은 영향을 주며 번성하였으나 이후에 쇠퇴하였다. 세상은 돌고 도는 법. 개인의 삶도 마찬가지이다. 세상은 나에게 친절하지 않고, 나의 삶은 좌절의 연속이다. 끝없는 반복이다. 영겁회귀다. 니체는 주장한다. 이처럼 영겁회귀 하는 현실의 고통을 있는 그대로 인정하고 자신의 '힘에의 의지'를 발휘하라. 어떤 어려움에도 등 돌리지 않고 견디며 운명을 사랑하라. 자라투스트라처럼 현실을 인정하고 초인 같은 삶을 통하여 삶의 황홀함을 맛볼 것을 주문한다.

칼 오르프

칼 오르프

1895년 뮌헨에서 태어난 칼 오르프는 현대 독일의 대표적인 작곡가 중 한 명이다. 열여섯 살에 이미 50곡 이상의 작품을 작곡하였으며 고등학교를 졸업한 후에는 제1차 세계대전에 참전하였다. 독일의 바로크 음악의 권위자 카민스키에게 가르침을 받으며 르네상스 음악을 깊이 연구하였으나 무대 음악에도 관심을 보였다. 그는 기존의 고전주의나 낭만주의 음악은 종말을 고해야 하며, 새로운 형식과 표현의 영역으로 나아가야 한다고 믿었다. 특히 무대 음악이야말로 진정으로 새로운 예술이 나아가야 할 길이라고 보았다. 마침 무용가 도로시 권터가 음악과 무용 교육을 위해 창립한 음악학교에서 교편을 잡으면서 교육자로 출발하였다.

그는 출세작이 된 〈카르미나 부라나(1937)〉를 시작으로 〈카툴리 카르미나(1943)〉, 〈아프로디테의 승리(1953)〉를 작곡하여 무대 형식의 칸타타 3부작 〈승리〉를 완성하며 작곡가로서의 위치를 확고히 하였다. 1943년의 오페라 〈재치 여인〉, 1949년의 오페라 〈안티고네〉 또한 그에게 성공을 안겨주었다. 그의 음악은 단순한 화성 구조와 대담하고 강렬한 리듬을 기초로 원시적 생명력과 결합한 자신만의 독자적인 작곡 양식을 확립함으로써 현대음악의 한 분야를 개척하였다. 그는 1954년 「생의 한가운데」의 작가 루이제 린저와 결혼하였으나 1959년에 이혼 후, 만년에는 작곡에만 전념하였으며, 1982년 고향 뮌헨에서 타계하였다.

루이제 린저

카르미나 부라나

오르프가 "이전의 작품은 모두 의미가 없다"고 말하였다는 〈카르미나 부라나〉. 이는 자신이 추구하던 리듬과 무대 음악을 이루었다는 환희와 작품 자체에 대한 만족감을 표현한 것이다. 〈카르미나 부라나〉는 1803년 바이에른의 베네딕트 보이렌 수도원에서 발견된 중세의 음유시 필사본에 포함된 1,000여 편의 시 중에서 슈멜러Johann Andreas Schmeller가 1847년 250여 편을 선별하여 새롭게 편찬한 「카르미나 부라나(라틴어로는 "보이렌의 노래"라는 의미)」에서 24곡을 선별한 후 곡을 붙인 것으로, 1936에 완성되었다. 오르프는 1934년 뷔르츠부르크의 헌책방에서 슈멜러가 편찬한 「카르미나 부라나」를 발견하였는데, 그가 추구하던 무대 음악에 딱 어울리는 내용이었다. 운명의 여신이 그에게 미소지었던 것이다.

이 음유시 필사본은 10~13세기경에 쓰인 것으로 추정된다. 수도사들의 작품이지만 내용은 대단히 외설적이고 세속적인 감정을 다루고 있으며 야만적이고 원시적인 생명력을 느끼게 한다. 텍스트의 언어가 고대 독일어, 프랑스어, 라틴어를 사용하고 있어 이 서정시가 농노를 위한 음유시로써 중세 유럽 하층민의 일상적인 감정과 생활상을 추정해 볼 수 있는 소중한 자료임을 알 수 있다. 당시 성직자나 귀족은 중요 행사나 문서에 라틴어를 사용하였기 때문이다.

이 작품은 오르프 자신이 추구했던 무대 형식의 칸타타이다. 현란한 무대에는 의상을 갖춘 세 명의 가수와 합창단이 노래를 부르고 무용수는 노래의 내용에 맞추어 발레를 추며 진행되는 종합예술이다. 마치 중세 마을 공터에서 열린 음유시인의 공연과 모여든 관객을 보는 듯하다. 작품은 〈서주〉(2곡), 1부 〈봄날〉(8곡), 2부 〈선술집에서〉(4곡), 3부 〈사랑의 정원〉(10곡) 그리고 마지막은 첫 번째 곡 〈오, 운명의 여신이여〉를 반복하며 끝맺는다.

베토벤의 운명이 가슴을 쿵쿵거리며 다가온다면 오르프의 운명은 피가 머리로 솟구치게 하며 몰려오는 듯하다. 베토벤의 운명은 견디며 극복하고 승리에 이를 것을 노래하지만, 오르프의 운명은 복종하고 따를 것을 강요하는 듯한 충격을 준다. 가사처럼 운명은 달이 차면 이울 듯 수레바퀴에 매달려 멋대로 굴러가니 평안한 날이 없다. 얄궂은 운명은 트로이의 마지막 여왕 헤카베처럼 여왕 자리에서 영화를 누리다가 남편과 자식을 잃는 나락으로 떨어지기도 하지. 운명이란 수레바퀴와 같은 것이라며 서주를 시작한다.

1부

〈봄날〉에서는 노래를 한다. 서풍의 신 제피로스가 부드러운 바람결로 꽃의 여신 플로라를 깨우고, 아폴론은 플로라의 무릎에 눕는다. 따뜻한 태양은 만물을 깨우고, 기다리던 봄의 기쁨이 찾아왔다. 겨울은 도망치고 오랑캐꽃은 풀밭을 뒤덮으며 달콤한 꿀맛 속에 큐피드의 사랑을 위해 비너스처럼 빛나자. 파라다이스처럼 드넓은 초원은 푸르고 숲은 움트며 향기를 내뿜는데 나의 옛사랑은 어디에서 찾을꼬. 아저씨 연지를 주세요. 젊은이가 나를 사랑하도록. 날 봐요. 젊은이, 나 그대를 기쁘게 해줄게요. / 오, 여자들은 춤을 출 뿐 남자를 원하지 않네. 오세요, 여인들이여, 달콤한 장밋빛 입술로 나를 열뜨게 해주오. 당신만 내 품에 안겨준다면 온 세상을 다 버려도 후회하지 않으리.

2부

〈선술집에서〉에서는 세태와 자신의 처지를 한탄하며 세상을 희롱한다. 불처럼 솟아오르는 분노는 내 마음을 쓰라리게 하네. 나는 바람에 흔들리는 잎새, 구불구불 흐르는 강처럼 비참하다네. 한 줌의 재로 돌아갈 몸, 악에 몸을 내주고 환락에 목마른 내 영혼은 죽었다네. 나는 한 마리 백조였다네. 지금은 운명의 수레바퀴에 매달려 까맣게 볶아지고 접시 위에서 하얀 이빨을 기다리는 처지라네. / 나는야 환락의 땅의 수도원장, 내 밑엔 온통 술꾼과 노름꾼뿐이지. 여인숙으로 아침에 날 찾아오는 사람은 나갈 때는 맨몸이 되지. 나는야 고상한 수도원장. 돈이 주인인 여인숙에서 홀딱 벗은 노름꾼, 술 마시는 노름꾼이 외친다. 그들은 죽음도 두려워하지 않으며 바쿠스의 이름으로 주사위를 던진다.

농부를 위해 건배하고 다음 잔은 죄수를 위해, 그다음은 산 자를 위해, 다다음은 크리스천을 위해, … 헤픈 누이를 위해… 빗나간 형제를 위해… 파계한 수사를 위해… 뱃놈, 싸움꾼을 위해… 교황을 위해, 왕을 위해… 부어라 부어, 남자도 계집도, 군바리도 땡초도, 종놈도 하녀도… 애도 어른도 붓고 부어. 모든 놈이 다 마셔라, 끝없이 마셔라. 세상은 돌고 도는 노름판이고 니나노 판이다.

3부

〈사랑의 정원〉에서는 애타는 청년과 밀고 당기는 처녀의 사랑이 펼쳐진다. 여자들이여, 남녀가 짝짓는 것이 옳으니 연인이 없는 여자는 쾌락을 놓치는 쓰라린 운명이라네, 친구들이여 나를 위로해다오, 나의 슬픔을 멈추게 해다오, 빨간 튜닉에 장미처럼 빛나는 얼굴, 꽃처럼 열린 입술의 저기 서 있는 저 여인의 입맞춤이 필요하다오, 그러나 그녀는 오지를 않네, 오, 나를 죽게 두지 마오. / 오, 그대여, 흔들리는 내 마음이여, 사랑과 순결에서 보이는 것을 택하리, 그대의 멍에에 걸린 내 목이여, 그대의 달콤한 멍에에 순종하리. 나의 마음은 첫사랑에 불타버리고 가슴은 터질 것만 같다네. 나의 순결함이 나를 억제하고 나의 사랑이 동요하게 하네. 오라, 연인이여, 나는 죽어가고 있다오. 달콤한 사람아, 내 모든 것 그대에게 바치리. 아폴론과 비너스 같은 그대들이여, 그대들의 아름다운 사랑을 찬양하리.

「카르미나 부라나」,
포르투나의 바퀴 삽화

마지막 종결부에서는 제멋대로인 운명의 수레바퀴처럼 모든 것은 헛되고 공허하며 아름다운 것은 물처럼 녹아 버리고, 돌아가는 수레바퀴 아래서 눈물 흘릴 수밖에 없음을 노래하며 마무리한다. (가사를 임의로 개역하였음)

오이겐 요훔, 베를린 도이치 오페라 오케스트라와 합창단 외, 1968

앙드레 프레빈, 런던 심포니 오케스트라와 합창단 외, 1975

음유시인

우리는 보통 중세 천년이라고 말한다. 일반적으로 게르만족 오도아케르의 침공으로 서로마 제국이 멸망한 476년에서 오스만 제국에 의해 동로마가 멸망한 1453년까지의 기간 또는 콜럼버스가 신대륙을 발견(1492년)한 때까지의 기간을 말한다. 중세를 지배하고 유지해온 근간은 사상적으로는 기독교이고 정치적으로는 봉건제라고 할 수 있다.

우리는 대개 중세 하면 흑사병, 마녀사냥, 잔혹한 십자군 전쟁, 문화의 암흑기 같은 부정적 측면을 많이 떠올린다. 그러나 모든 것에는 긍정적인 면과 부정적인 면이 공존한다. 중세에도 아우구스티누스나 토마스 아퀴나스 같은 철학자가 사상을 이끌었으며, 교회 건축은 건축술의 발전을 가져왔고, 십자군 전쟁은 교역을 활성화시켜 도시의 발달과 평민의 부의 축적을 도와 새로운 사회로의 기초를 닦았으며, 문학과 회화 등 예술 분야에서 르네상스를 부추겼다. 부를 소유한 시민계급이 문화의 소비층으로 등장함에 따라 다양한 문화 예술이 꽃피울 수 있는 토양을 제공하기도 하였다.
서로마 제국이 멸망하고 유럽은 게르만족의 이동이라는 대혼란으로 수많은 인구가 유랑생활을 하며 신의 구원을 갈망하였다. 교황 그레고리우스 1세(540~604)는 유랑민을 구휼하는 한편 그들이 부르는 신에 대한 노래를 체계적으로 정리하여 서양 클래식 음악의 출발이 되는 〈그레고리오 성가〉로 체계화하였다. 당시의 교회는 높이 솟은 고딕식(고트식) 교회로,

피터르 브뤼헐, 『농부의 결혼식』

내부에 높고 큰 궁륭을 갖추고 있어 빠른 선율과 다성음악은 반사되는 음향의 뒤섞임으로 인하여 맞지 않았다. 느린 단선율 음악은 웅장한 궁륭에 반향되며 스테인드글라스와 조화를 이루어 예배를 더욱 장엄하고 숭고하게 하였기 때문에 종교음악으로서 알맞았다. 그러나 이런 종교음악은 성직자나 귀족의 전유물이었다.

종교가 지배하는 시기였지만, 교회 밖은 사람들이 일하고 사랑하며 살아가는 세속의 세상이었다. 교회 밖에서는 사람들이 다양한 세속음악을 즐겼다. 영주의 궁정에는 사랑을 노래하는 트루바두르나 트루베르가 있었으며, 평민들 속에서 종글뢰르, 민스트럴이라 불리는 노래하는 음유시인들이 활동하였다. 중세 종교 시대에 세속음악은 악마의 음악으로 간주되어 철저히 배척되었지만, 교회나 수도원에서도 은밀하게 세속음악을 즐기며 억압된 감정과 욕구를 해소했던 것으로 알려져 있다.

〈카르미나 부라나〉의 텍스트 역시 1803년 바바리아 남부 바이에른의 베네딕트 보이렌 수도원에서 발견되었다. 음유시인은 중세의 신분제 사회에서 영역 밖에 존재하는 사람들이었다. 물론 음유시인은 그리

스 로마 시대에도 존재하였다. 그러나 중세에 음유시인이 많았던 것은 그리스 로마 시대에는 주로 궁전에서 활동하였으나 중세의 봉건제 하에서는 왕권이 약화되어 많은 궁정 가인을 유지하기가 어렵게 되자 그들이 자신의 재능을 알아줄 곳을 찾아 유랑하게 되었기 때문이다. 유랑하는 음유시인들은 일부는 영주에 소속되고 또는 장터나 전쟁터를 떠돌며 생계를 이어갔을 것이다. 한편으로는 영주에 소속된 재능 있는 농노가 이동이 자유로운 음유시인을 따라나서기도 했으며, 십자군 전쟁에 참전한 후 돌아올 곳을 잃은 기사들도 음유시인의 대열에 참여하며 음유시인의 수는 늘어났다.

음유시인들은 세상을 떠돌며 세상 소식을 전해주고 사람들의 환상을 해소해 주는 한편, 현실에 대한 불만이나 사랑을 토로할 수 없던 농노들에게는 음유시를 통해 대리만족을 제공하였다. 음유시는 대부분 희망, 좌절, 음탕한 사랑, 방황, 쾌락, 방탕, 덧없음, 세태와 상류사회의 풍자 등을 소재로 유머를 곁들인 매혹적인 선율로 관객을 매료시키며 무료하고 고된 생활에 청량감을 제공하였다.

피터르 브뤼헐, 『웨딩댄스』

그러나 중세가 끝나가면서 성장한 시민계급과 인쇄술의 발전은 음유시인을 쇠퇴의 길로 접어들게 했다. 교육받은 시민계급이 스스로 책을 통하여 예술적 욕구를 충족시켜 나가기 시작하면서 음유시인에 대한 수요가 줄어들어 그들은 쇠퇴의 길로 접어든 것이다. 음유시인 하면 장터의 품바가 떠오른다. 중세 유럽 음유시인의 모습과 노래는 어떠했을까? 〈카르미나 부라나〉가 조금이나마 그 궁금증을 달래준다.

중세 음유시인

PART 2

서부 유럽

프랑스 · 스페인 · 이탈리아 · 그리스

헥토르 베를리오즈

헥토르 베를리오즈

1803년 프랑스 리옹 근교 라 코트 생 앙드레에서 태어난 베를리오즈는 의사인 아버지의 바람대로 의학을 공부하였으나 음악에 대한 열정을 버리지 못하고 스물세 살의 늦은 나이에 파리 음악원에 입학하였다. 그는 열 살 연상의 영국 여배우 해리엇 스미스슨을 향한 짝사랑이 마음처럼 되지 않자 이에 대한 분노로 〈환상 교향곡〉을 작곡하였다. 그런데도 끈질긴 구애 끝에 자신을 모델로 한 작품에 감동한 한물간 그녀와 1833년에 결혼에 성공하여 아이도 하나 얻었지만 결국 파경에 이르렀다.

그는 플루트와 클라리넷은 연주하였으나 정작 피아노는 칠 줄 모르는 작곡가였으며, 보수적인 프랑스 음악계로부터 이방인으로 취급받았으나, 이에 굴복하지 않고 대작곡가의 반열에 올라섰다. 1830년에는 칸타타 〈사르다나팔의 죽음〉을 작곡하여 프랑스 작곡가들의 열망인 "로마 대상"을 받고 로마에 유학하기도 하였으며, 악마의 바이올리니스트라 불린 파가니니로부터 인정받고 곡을 의뢰받아 〈이탈리아의 헤롤드〉를 작곡하여 2만 프랑이라는 많은 작곡료를 받으면서 경제적 궁핍에서 어느 정도 벗어나기도 하였다.

그는 슈베르트와 멘델스존, 슈만을 잇는 낭만주의의 중간에 위치하나 음악은 어디에도 속하지 않는 작곡가이다. 베를리오즈 역시 여느 작곡가와 마찬가지로 베토벤에 깊은 감명을 받고 그가 이미 예술이 도달할 수 있는 최고봉에 도달하였음을 간파하였다. 그도 바그너처럼 베토벤과는 다른 방향의 새로운 길이 있을 것을 믿고 그 방향을 모색하였다. 베를리오즈는 셰익스피어의 연극과 괴테의 「파우스트」에 감명을 받고 음악에 그러한 분위기를 녹여냈다.

또한 기존의 소나타나 교향곡 형식을 깨뜨리고 자기만의 방식으로 음악을 전개하였기에 거칠고 조악한 맛도 있지만 그의 작품에서는 그만의 독창성이 물씬 풍겨난다. 무소르그스키가 정식 음악 교육을 받지 못해 자기만의 독특하고 창의적인 음악을 창조해 낸 것처럼, 베를리오즈도 늦게 시작한 음악 교육으로 인한 열등감과 함께 주류에서 벗어나 있었기 때문에 오히려 자유롭고 독창적인 음악을 창작할 수 있었다. 또한 베를리오즈는 표제음악의 창시자이다. 이전에도 표제음악이 있었지만 단지 전통 음악에 걸맞은 표제를 붙였던 데 반해, 베를리오즈는 음악 자체를 표제에 종속시켰다는 인상을 지울 수가 없다.

그의 음악은 거대하다. 그는 엄청난 규모의 오케스트라 편성, 화려한 색채감, 갑작스러운 조바꿈, 예상치 못한 리듬과 울림 등 모든 것이 버무려진 거대한 음향을 만들어 냈다. 아마 당시 프랑스 혁명과 산업혁명 등의 자유롭고 혁명적이었던, 분출되는 사회적 분위기가 반영되어 있을 것이다. 그는 〈환상 교향곡〉 이후 유럽 연주 여행에서 작곡자와 지휘자로서 큰 환영을 받았지만, 오페라와 칸타타 등에서의 실패로 어려움을 겪게 되었으며, 들라크루아, 쇼팽, 리스트 등이 물심양면으로 도와주었으나 옛 명성을 회복하지 못하고 파리에서 쓸쓸히 숨을 거두었다.

환상 교향곡

한눈에 반해버린 여인, 당시 영국 최고의 여배우였던 해리엇 스미스슨Harriet Smithson에 대한 욕망과 연민이 말할 수 없는 분노와 미움으로 변해가는 자신의 마음을 표현한 음악이다. 1828년 파리의 오데옹 극장에서 공연 중이던 〈로미오와 줄리엣〉에서 줄리엣 역을, 〈햄릿〉에서 오필리아 역을 맡은 그녀에게 반하여 일방적으로 구애를 보냈지만, 그녀는 무명의 그를 거들떠보지도 않았다. 〈환상 교향곡〉은 그가 짝사랑의 실패로 실의에 빠진 감정을 1930년 짧은 기간에 전광석화처럼 오선지에 그려낸 음악이다. 베토벤의 형식에 셰익스피어의 복수와 살인 등 상상적 스토리와 파우스트가 겪는 음산하고 그로테스크한 과정을 버무려 놓음으로써 실연에 빠진 광기를 표현하고 있다. 그 자신도 "사랑에 지치고 미친 예술가가 자살을 시도하고 치사량에 미치지 못한 독약으로 인해 몽롱한 꿈속에서 기이한 환상을 본다"고 적고 있다.

다섯 악장으로 구성된 〈환상 교향곡〉은 악장마다 표제가 붙어 있으며, 자신의 생각을 드러내고 있다. 1악장 〈꿈, 정열*Reveries, Passions*〉에서는 연인에 대한 사랑, 가눌 길 없는 연정을, 2악장 〈무도회*Un Bal*〉에서는 무도회에 등장하는 연인의 이미지, 3악장 〈들의 풍경*Scene Aux Champs*〉에서는 산들바람에 실려 오는 희망과 이어지는 실연에 대한 두려움, 4악장 〈단두대로의 행진*Marche Au Supplice*〉에서는 질투로 살인을 저지르고 단두대로 끌려가며 느끼는 사랑의 추억과 최후, 5악장 〈사바의 밤의 꿈*Songe D'Une*

Nuit Du Sabbat(일명 '마녀의 론도')〉에서는 마녀가 되어 나타난 연인의 잔치에 참여하고, 괴기한 외침, 조종 소리, 우스꽝스러운 마녀들의 움직임, 마녀의 론도가 한데 어울려 그로테스크한 장면을 만들어 낸다.

이것이 베를리오즈가 상상하며 그려낸 영상들이고 일반적인 감상의 흐름으로 표현되고 있다. 그러나 음악은 작곡가의 손을 떠나는 순간 자유를 얻으며, 그 내용은 감상자의 몫으로 남는다. 나는 이 곡을 들을 때마다 어린 시절이 생각난다. 어려서 함께 놀던 동무들, 흔들리며 하늘로 피어오르는 하얀 굴뚝 연기, 저녁 밥상을 차렸다고 부르는 엄마의 목소리. 고향 마을의 풍경이 잔잔히 흐르던 어린 시절 추억으로 안내하는 선율을 따라 미소와 함께 눈은 촉촉해지고, 마음은 따뜻해지며 수채화 같은 그리움이 밀려든다.

목관악기와 현악기가 꼬리에 꼬리를 물며 나지막하고 고요하게 과거로 손을 내민다. 애절한 선율을 따라가니 막이 열리며 옛 추억이 펼쳐진다. 한 명 또 한 명, 동무들의 얼굴이 천천히 나타난다. 이어 우리들은 기다렸다는 듯이 반갑게 손을 잡고 놀이를 시작한다. 무엇을 할까? 괜한 고민이다. 그냥 해오던 대로 할 거면서. 순서도 없다. 모두 한마음처럼 자연스럽게 각자의 역할을 시작한다. 천사의 소리 같은 앳된 소리가 여기저기 들려온다. 놀이에만 집중해서 양 볼이 붉어지고 시끌벅적하다. 서로 이거, 저거, 하며 외치지만 모두 뒤섞여 무슨 말인지 도무지 알 수가 없다. 듣는 아이가 없어 보이지만 각자의 역할이 척척 맞아간다.

신나게 떠들며 놀다가 지쳐 무릎을 세우고 앉아 있다. 앞으로는 너른 들판 너머 논두렁 밭두렁이 보이고 그 너머 멀리에는 숲이 보인다. 아지랑이가 왈츠를 추듯이 피어오르고 부드러운 바람이 숲에서 나와 들판을 쓰다듬고 지나온다. 바람이 지난 자리에는 파릇파릇한 새싹이 고개를

이청운, 『귀가』

내밀고, 없는 듯한 이름 모를 들꽃이 다소곳이 고개를 든다. 나비는 너울너울 춤추고 들풀은 바람에 누웠다 일어섰다를 반복하며 응답한다. 숲에서는 바람에 소나무들이 흔들리고 바람 소리가 들판을 향하여 서두른다. 햇빛은 들판을 쓸어오며 운율을 맞춘다.

시끄럽게 떠드는 놀이 소리가 햇빛만큼 깊어지건만 아이들은 시간을 잊고 아직도 놀이에 빠져있다. 내려오는 땅거미에 하루의 요란함이 잠기고 마을은 어스름 속으로 스며든다. 멀리 농사일 나갔던 어른들이 돌아오고 있다. 고삐를 잡고 쟁기를 멘 아저씨와 머리에 무거운 짐을 이고 오는 이웃집 아주머니의 긴 그림자가 논바닥에 비치고, 마을 우물에서 물지게를 지고 야트막한 언덕을 오르는 형, 누나들이 보이며, 집집마다 하얀 연기가 피어오르며 밥 익는 냄새가 퍼진다.

고된 농사일이지만 마음은 따뜻하고 애틋한 정과 아름답고 평화로움이 가득한 고향 풍경이다. 세상에 이상향이 있다면 여기일 것 같다. 회상에 잠겨있는 가운데 어두움이 내려오고 희미하게 어머니의 목소리가 들려온다. 어머니의 부르는 소리가 점점 커지고 이제는 아쉬움을 뒤로 하고 친구들과 헤어질 시간이다. 하루의 순간순간이, 옛 추억이 주마등처럼 스쳐간다. 나의 〈환상 교향곡〉은 촉촉한 눈과 애틋한 그리움과 함께 3악장에서 끝을 맺는다. 여기에 영원히 머물고 싶다.

현실로 돌아오라고 재촉하며, 때로는 힘차게, 때로는 달콤하게 유혹하는 단두대 4악장과 그로테스크한 축제도 열어주고, 조종을 울리며 겁도 주는 5악장으로 발길을 옮기기가 머뭇거려지며 두렵기만 하다.

헤르베르트 폰 카라얀, 베를린 필하모닉 오케스트라, 1964

아타울포 아르헨타, 파리음악원 오케스트라, 1958

샤를 뮌슈, 파리 관현악단, 1967

그곳이 차마 꿈엔들 잊힐 리야

넓은 벌 동쪽 끝으로
옛이야기 지줄대는 실개천이 휘돌아 나가고,
얼룩백이 황소가
해설피 금빛 게으른 울음을 우는 곳,
그곳이 차마 꿈엔들 잊힐 리야.

– 중략 –

하늘에는 성근 별
알 수도 없는 모래성으로 발을 옮기고,
서리 까마귀 우지짖고 지나가는 초라한 지붕,
흐릿한 불빛에 돌아앉아 도란도란거리는 곳,
그곳이 차마 꿈엔들 잊힐 리야.

_정지용, 「향수」

카미유 생상스

카미유 생상스

1835년 파리에서 태어난 생상스는 어려서 아버지를 여의고 홀어머니에게서 자랐으며 세 살 때 고모에게 피아노를 배우기 시작하였다. 열 세 살에 파리음악원에 입학하고 열여섯 살에 교향곡을 작곡한 천재 생상스는 "프랑스의 모차르트"라고 불렸다.

생상스는 베를리오즈와 세자르 프랑크로부터 포레, 드뷔시, 라벨로 이어지는 프랑스 음악 계보의 중간을 굳건하게 떠받치고 있는 거목이다. 또한 음악뿐만이 아니라 철학, 미술, 천문학에 이르기까지 많은 분야에 박식한 전방위적인 르네상스인이었다. 심지어 천문학회 회원으로서 천체망원경을 제작하기도 하였으며, 음악에서도 교향곡, 협주곡, 독주곡, 실내악곡, 오페라 등 모든 장르를 작곡하였을 뿐만 아니라 음악 관련 이론 및 평론서, 시집, 희곡집까지 발간할 정도로 박식하였다. 피아노와 오르간 연주에서도 뛰어나 마들렌 성당의 오르가니스트를 20년간 역임하고, 그의 제자 포레에게 물려주기도 하였다.

그의 방대한 음악 중 익숙한 곡으로는 교향곡 3번 〈오르간〉, 〈서주와 론도 카프리치오소〉, 오페라 〈삼손과 데릴라〉 외에도 연주 여행 중 잠시 휴식을 위해 오스트리아 소도시 크루딤에 머무르며 작곡한 〈동물의 사육제〉, 김연아 선수가 사용한 교향시 〈죽음의 무도〉 그리고 〈피아노 협주곡 2번〉 등이 있다. 특히 〈동물의 사육제〉 14곡 중 13번째 곡 〈백조*Le Cygne*〉는 개별적으로도 자주 연주되며, 러시아 발레리나 안나 파블로바의 "빈사의 백조" 연기는 숨을 멈추게 한다.

발렌틴 세로프,
『라 실피드에서 안나 파블로바』

생상스는 늦은 나이인 마흔 살에 결혼하여 두 아들을 얻었으나 불의의 사고로 잃는 아픔을 겪었으며 그 후유증으로 아내와도 이별하였다. 이러한 슬픔 때문이었는지 그는 말년에 염세주의자가 되어 후배 작곡가들의 작품에 "인간이 좌절하는 이유는 애초에 존재하지 않는 삶의 목적을 찾기 때문"이라는 철학자다운 비판을 가하기도 했다. 또한 슬픔을 극복하고자 아프리카, 아시아, 중남미, 북유럽 등을 자주 여행하였으며, 여행 중 루스벨트 대통령 앞에서 연주를 하기도 하였다.

낭만주의에서 현대음악으로 이어지는 과도기에 프랑스 음악의 징검다리로서 중추를 튼튼하게 받쳤던 그는 노년을 심한 고독 속에서 보낸 후 1921년 알제리에서 눈을 감았다. 그의 유해는 그곳 총독 주관으로 파리로 운구되었으며, 크리스마스를 하루 앞둔 혹한의 추위 속에서 프랑스 정부의 국장으로 치러졌고, 수많은 파리 시민의 애도 속에 몽파르나스의 묘지에 안장되었다.

교향곡 3번(오르간)

오르가니스트 중에서 최고의 실력과 지위를 증명하는 프랑스 제국 공식 교회 마들렌 성당의 오르가니스트였던 생상스가 1886년 자신의 연주로 런던에서 초연하여 성공하고 그해 사망한 친구 프란츠 리스트의 영전에 바친 그의 대표적인 교향곡이다. 이 교향곡을 들은 스승 샤를 구노는 생상스를 "프랑스의 베토벤"이라며 극찬하였다. 〈오르간 교향곡〉도 〈운명 교향곡〉처럼 어둡고 무겁게 시작하여 장엄하고 찬란하게 마무리되지만, 그 과정은 사뭇 다르다. 오히려 화려하고 산뜻한 프랑스적인 색채가 느껴진다.

이 교향곡은 두 개의 악장으로 구성되어 있으며 각 악장이 두 부분으로 나뉘어 실질적으로는 네 악장으로 구성된 고전 교향곡의 형식이다. 오르간이 자주 연주되지는 않고 각 악장 후반부의 작은 소악장 정도에서만 연주된다. 악기 편성에 있어 피아노 두 대가 동행하며 더 웅장한 음향을 연출하는데, 피아노가 음향을 밀어 올리면 오르간은 히말라야산맥의 산봉우리를 향해 솟아오른다. 이때 장엄함이 극에 달하며 전율하고 산 정상을 넘어 천상으로 오르는 듯한 느낌을 받는다.

웅장한 산을 오르는 과정인가? 천상에 오르는 길인가? 거대한 건축물을 쌓아가는 것인가? 초입은 약간 긴장과 불안이 한동안 반복되지만 조심스레 길을 잘 찾아들자 여기저기에서 개울물 소리가 들리고 새소리도 들려오며 맑은 공기와 햇빛에 반짝이는 싱그런 나뭇잎 사이를 걷는 기분이다. 한참을 걷고 땀이 살짝 몸에서 배어날 즈음 바위 위에 앉으니 높은 곳에서 울리는 성스럽고 아름다운 유려한 칸타빌레 선율이 골짜기를 타고 들려오고, 마음은 차분하고 숙연해지며, 어지럽던 세상을 털어버리고 자연에 몸을 맡기니 정화되는 느낌이다. 숲이 나를 품어주고 나무와 모든 동식물의 숨소리가 느껴지며 하나가 된 기분이다.

이제 가벼운 마음으로 다시 오르자. 발걸음도 가볍다. 크고 작은 계곡을 넘고 가파른 산길도 오르지만 마음은 날아갈 듯하다. 빠른 걸음으로, 옆걸음으로, 뒷걸음으로도 걸어보고 가볍게 뛰어도 보며 기쁨을 드러내 본다. 오르던 길을 멈추어 사방으로 펼쳐진 영봉들도 보고, 다시 길을 재촉한다. 아직은 정상이 보이지 않지만 지치지 않고 오히려 힘이 솟는다.

이제 잠시 쉬며 숨을 고르고 마음을 다지고 우뚝 솟은 정상을 향해 성큼성큼 오르자. 마지막 힘을 모아 급경사를 오른다. 바로 저기가 그곳이다. 뿜어져 나오는 박진감 넘치고 압도적인 음향만큼이나 가슴이 벅차다. 봉우리마다에서 들려오는 신비한 소리를 들으며 정상에 올라 사방을 둘러본다. 눈앞에 다가온 영봉들의 모습이 장대하게 파노라마처럼 펼쳐진다. 천상에서는 장렬한 음악이 폭포수처럼 쏟아지며 메아리가 들려오고 멀리 무지개가 펼쳐진다. 숨을 깊게 들이마시고 두 팔을 크게 벌려 목청이 터져라 외쳐본다.

피에르 코슈로, 오르간, 카라얀, 베를린 필하모닉 오케스트라, 1982

가스통 리테즈, 오르간, 다니엘 바렌보임, 시카고 심포니 오케스트라, 1976

서주와 론도 카프리치오소

바이올린이 표현할 수 있는 모든 고도의 테크닉과 우아함을 요구하는 〈서주와 론도 카프리치오소*Introduction et Rondo Capriccioso*〉는 악기의 특성을 한껏 끌어올린 곡이다. 당대의 바이올린 거장인 스페인의 파블로 데 사라사테에게 헌정된 곡으로 현재에도 많은 바이올린 비르투오소들이 자주 연주하는 명곡이다. 귀에 익숙한 멜로디와 선율로, 들으면 "아하, 이 곡이었구나" 하게 된다.

사라사테의 생상스 콘서트(파리, 1896)

절제된 슬픔을 머금은 느리고 호소하는 듯한 음악이 시작되고 집시 여인은 우아하게 발을 끌며 간절한 눈빛으로 춤을 추기 시작한다. 춤이 깊어지며 슬픔은 옅어지고, 화려하고 우아한 선율에 몸을 맡긴 그녀의 춤은 매혹적이며 관능적이다. 멋진 카프리치오소의 자유자재로 변화하는 황홀하고 관능적인 선율과 톡톡 튀는 리듬이 꼬리에 꼬리를 물며 꽃처럼 피어오르고, 칠흑같이 깊은 눈동자가 빛나는 그녀의 춤은 무아지경으로 빠져든다. 이내 화려한 선율, 극도로 강렬하고 격정적인 리듬과 함께 춤은 클라이맥스에 오르며 불꽃놀이처럼 황홀한 대미를 장식한다.

파블로 데 사라사테

사라사테도 헝가리의 춤곡 차르다시의 리듬을 바탕으로 한 〈치고이네르바이젠(집시의 노래)〉을 작곡하였다. 이 2곡을 함께 감상해보면 바이올린이라는 악기의 현란함과 표현의 극치를 만끽할 수 있다.

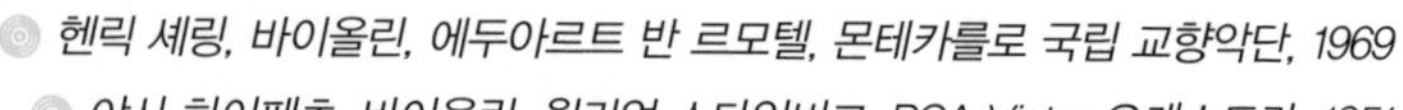

헨릭 셰링, 바이올린, 에두아르트 반 르모텔, 몬테카를로 국립 교향악단, 1969
야사 하이페츠, 바이올린, 윌리엄 스타인버그, RCA Victor 오케스트라, 1951

바카날

루카스 크라나흐, 『삼손과 데릴라』

〈삼손과 데릴라*Samson and Delilah*〉는 생상스가 구약성경에 나오는 유대인의 영웅 삼손과 블레셋의 팜므파탈 데릴라의 이야기를 오페라로 옮긴 작품이다. 특히 2막에서 데릴라가 삼손을 유혹하는 아리아 〈그대 음성에 내 마음 열리고〉와 3막의 블레셋 사람들이 삼손의 눈을 멀게 하고 옥에 가둔 후 승전을 축하하며 다곤 신전 앞에서 바쿠스 축제를 벌이는 〈바카날〉이 유명하다. 엘리나 가랑차가 부르는 〈그대 음성에 내 마음 열리고〉를 듣노라면 그 시절 데릴라의 매혹적인 노래를 듣는 것 같다.

그대 음성에 내 마음 열리고: 엘리나 가랑차, 메조소프라노, 55th Vienna Opera Ball 2011, 유튜브

바카날: 유진 오르먼디, 필라델피아 오케스트라 모음집 중에서

블레셋과 마이나스

성경에 나오는 블레셋 사람들은 이방신을 섬기는 사람들이었으며 유일신 여호와를 섬기는 히브리인들과 적대 관계였다. 블레셋의 위치는 현재까지도 정확하게 밝혀지지는 않았지만, 지금의 팔레스타인 지역으로 추정된다. 생상스가 블레셋 사람들이 신전에서 추는 춤으로 로마의 신 바쿠스(그리스 신화의 디오니소스)의 여신도들인 마이나스가 바쿠스 축제에서 술을 마시고 난교하며 추었던 춤 '바카날'을 배치한 것은, 블레셋인의 폭력성을 나타낸 것인가? 심지어 마이나스들은 에우리디케를 잃고 방랑하는 가인 오르페우스마저 돌멩이로 죽이지 않았던가!

존 윌리엄 워터하우스,
『오르페우스의 머리를 발견한 요정들』

카미유 코로,
『지하세계에서 에우리디케를 이끄는 오르페우스』

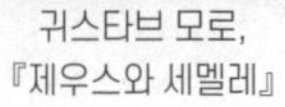

귀스타브 모로,
『제우스와 세멜레』

카라바조, 『바쿠스』

생상스는 블레셋인들을 마이나스에, 삼손을 오르페우스에 대입한 것 같다는 생각이 든다.

바쿠스가 누구인가? 바쿠스는 어머니인 세멜레가 연인이자 바쿠스의 아버지인 제우스의 번개와 벼락에 불타 죽은 후, 제우스의 넓적다리에서 달이 차기를 기다려 태어났다. 그는 이모 이노의 보살핌 아래 니사산 요정들의 젖을 먹고 자라며, 호색한 사티로스인 실레노스의 가르침을 받으며 성장한 술 즉 포도주의 신이다. 포도주는 무엇인가? 악마가 농부에게 물을 얻어 마시고 목을 축인 후, 답례로 포도나무에 풍성하고 맛있는 열매를 맺게 하는 비법을 알려 주었으니, 양과 사자, 원숭이와 돼지의 피를 뿌리는 것이었다. 그래서 포도주를 마시면 처음에는 양처럼 순하다가 점차 사나워지고, 말이 많아진 후 지저분해지는 것이다. 즉 광란의 미치광이가 되는 것이다.
항상 포도를 머리에 달고 다니는 술의 신과 그 추종자 즉 마이나스들은 어떠하겠는가? 곤드레만드레 주정꾼처럼 제정신이 아니었을 것이다. 바쿠스는 자신의 신전에 경배하지 않은 사촌 펜테우스와 레아르코스 등 다른 사촌들은 물론 자신의 말에 복종하지 않는 튀레노이 선원 등을 죽음으로 내던져버린 잔인한 신이다. 추종자인 마이나스들도 그의 신전에서 술에 취해 광란의 춤을 추며 경배해야만 했다. 블레셋 사람들도 삼손을 옥에 가둔 후 미치광이처럼 바쿠스를 경배하며 춤을 추었으리라.

티치아노 베첼리오, 『바쿠스와 아리아드네』

그러나 바쿠스도 가끔 술에서 깨어나 제정신일 때가 있나 보다. 바쿠스는 이카로스의 아버지 다이달로스가 만든 미로에서 미노타우로스를 피해 빠져나올 수 있도록 테세우스를 도와준 아리아드네(미노스 왕과 부인 파시파에의 딸)를 낙소스섬에서 지극히 보살피고, 그녀가 죽자 하늘에 왕관을 던져 왕관 별자리를 만들어 주는 순정을 보이기도 하였다.

조르주 비제

조르주 비제

프랑스 오페라의 새로운 길을 개척하고 요절한 천재. 음악 교사 아버지와 피아니스트 어머니 사이에 1838년 파리에서 태어났다. 나이 제한 때문에 우여곡절 끝에 아홉 살에 파리음악원에 입학한 비제는 베토벤, 체르니, 리스트로 이어지는 피아노 계보에 이름을 올릴 수 있을 정도로 뛰어난 연주자였다. 리스트가 사교모임에서 자신의 곡을 연주한 후, 이 곡을 연주할 수 있는 사람은 본인과 베를린 필하모닉 지휘자를 역임한 한스 폰 뷜로뿐이라고 말하자, 스물 살의 젊은 비제가 리스트의 허락을 받고 피아노 앞에 앉더니 훌륭하게 연주해냈다. 리스트는 감명을 받고 "이제 이 곡을 연주할 수 있는 피아니스트는 세 사람이 되었고, 그중 자네가 가장 뛰어나네"라고 칭찬하였다.

그러나 비제는 보장된 피아니스트의 길을 걷지 않고 작곡가의 길을 택하였다. 1857년 칸타타 〈클로비스와 클로틸드〉로 로마 대상을 수상한 비제는 3년 동안 로마에 유학한 후 파리로 돌아와 당시 가장 인기 있던 장르인 오페라 작곡에 전념하였다. 그러나 최초의 오페라 작품인 실론 섬을 배경으로 작곡한 〈진주 조개잡이〉가 실패로 끝나자, 경제적 어려움을 모면하기 위하여 출판사에서 일하기도 하였다. 그의 음악이 인정받은 것은「별」의 작가 알퐁스 도데의 작품「아를의 여인」부수음악 27곡을 작곡하고서부터이다. 비제는 그중 4곡을 발췌하여 관현악 모음곡으로 만들었으며 연주회에서 청중을 사로잡아 대중의 머릿속에 각인되었다.

비제의 최고 성공작은 오페라 〈카르멘〉이다. 프로스페르 메리메의 소설을 원작으로 한 〈카르멘〉이 1875년 초연되었을 때 관객의 반응은 싸늘했다. 이후 프랑스에서는 한동안 공연되지 않다가 세계를 한 바퀴 순회하고 난 후 10년 뒤에 다시 파리 공연무대에 올려졌다. 너무 리얼하고 스페인적인 내용이 달달한 것에 익숙한 프랑스인들에게는 받아들이기 어려웠던 것이다. 이후 빈과 상트페테르부르크에서 〈카르멘〉 공연을 관람한 바그너, 브람스, 차이콥스키는 이 작품이 반드시 성공할 것이라고 예언하였으며, 그 예상은 적중하여 유럽과 미국 등지에서 폭발적인 인기를 누렸다.

그러나 비제는 〈카르멘〉의 성공을 보지 못하고 초연 3개월 후 눈을 감았다. 지금은 베르디의 〈라 트라비아타〉, 푸치니의 〈라 보엠〉과 함께 세계 3대 오페라로 일컬어지며, 지금 이 순간에도 어느 오페라극장에서 상연되고 있을 것이다. 〈카르멘〉, 〈진주 조개잡이〉 등 비제의 오페라에 나오는 주옥같은 아리아들은 현재에도 전 세계 많은 음악 애호가의 사랑을 받고 있다.

카르멘

운명의 여자, 팜므파탈은 성경에서는 이브와 살로메, 신화에서는 백조로 변한 제우스와 레다 사이에 태어나 트로이 전쟁의 원인이 되는 헬레네와 미의 여신 아프로디테(비너스), 역사에서는 양귀비와 클레오파트라, 오페라에서는 카르멘이 아닐까 싶다. 모두 치명적인 아름다움으로 남자를 유혹하여 파멸에 이르게 하는 요부들이다. 〈카르멘〉은 4막으로 구성되어 있으며 원작 소설을 사회적 분위기와 청중의 입맛에 맞게 각색하여 작곡되었다. 대략의 내용을 요약하면 다음과 같다.

1막

순정파 호세는 그가 근무하는 위병소 맞은편 연초공장의 여공인 집시 여인 카르멘의 유혹에 넘어가고.

2막

호세는 카르멘의 설득으로 사랑의 증표를 보이기 위해 밀수업자들과 함께 행동할 것을 맹세한다.

3막

호세는 카르멘을 사이에 두고 투우사 에스카미요와 삼각관계의 갈등을 빚으며.

4막

에스카미요가 팔짱을 끼고 있던 카르멘을 투우장 입구에 남겨두고 입장한 후, 카르멘에게 옛날로 돌아가자고 애원하던 호세는 그녀의 냉담함에 분노하며 칼로 찌르고 자책감에 통곡한다.

누구나 들으면 알 만한, 집시 여인 카르멘이 호세를 유혹하며 부르는 하바네라. "사랑은 자유로운 새, 당신이 잡을 수 있다고 생각하면 날아가 버리고, 당신이 피할 수 있다고 믿으면 당신을 꽉 붙잡지요. 방법에 대해서 아는 바가 없어요…. 내가 당신을 사랑하면 조심하세요"라고 노래하며 호세를 유혹한다.

〈카르멘〉에는 전주곡, 간주곡 그리고 1막에 나오는 관능적이고 매혹적인 하바네라부터 이어지는 수많은 아리아 등 명곡들이 오페라의 스토리 전개와 어우러지며 관객을 잠시도 숨돌릴 틈이 없이 오페라 속으로 빠져들게 한다. 또한 음악 그 자체로도 색채감과 리듬감이 풍부하여 오페라와 따로 떼어내어 모음곡으로 연주되며 큰 인기를 누리고 있다.

〈카르멘〉은 후대의 많은 작곡가에게 영감을 주었는데, 스페인 명바이올리니스트 파블로 데 사라사테와 할리우드의 영화음악 작곡가 프란츠 왁스만도 〈카르멘 환상곡〉을 작곡했고, 걷기의 철학자 니체도 "이렇게 명랑하고 참혹하고 비극적인 완전무결한 음악은 듣지 못했다"고 극찬하였으며, 로맹 롤랑도 명작이라 평가할 정도로 많은 예술가들의 사랑을 받았다.

앙드레 클뤼탕스, 파리 오페라 가극장, 1964
헤르베르트 폰 카라얀, 필하모니아 오케스트라, 1958

아를의 여인 모음곡 1, 2번

알퐁스 도데의 희곡에 곡을 붙인 부수음악으로, 전체 27곡 중 4곡을 비제가 관현악으로 편곡한 〈1번〉과 나중에 에르네스트 기로가 4곡을 모은 것이 〈2번〉이다. 희곡의 내용을 몰라도 음악 자체로도 힐링할 수 있는 서정적이고 아름다운 음악으로, 잔잔하게 파문을 일으키며 감동을 선사한다. 누구나 젊었을 적 상상해 본 이야기 아니겠는가! 제목만큼이나 사랑스럽고 아름다움이 스며 나온다. 원작과 관계없이 개인적 느낌을 적어 보자면 이러하다.

1번

프로방스 민요 〈세 왕의 행진〉의 리듬으로 막을 열며 얘기가 시작된다. 사랑의 고뇌가 이어지며, 아름다운 과거의 회상에 잠기고, 눈가가 촉촉이 젖어 든다. 높고 투명한 하늘 아래 가득한 설렘으로 손잡고 걸으며 즐겁게 보냈던 시간들이 떠오르고 뒤이어 낭만적이고 따뜻했던 시절이 주마등처럼 스쳐 간다. 사랑스러운 그녀의 얼굴이 어른거리고 함께 속삭이던 밀어가 생각나며, 두근거리던 가슴을 감추던 기억들, 왜 조금 더 잘하지 못했을까 하는 후회도 밀려든다. 사랑스러운 그녀를 위해 나를 감추고, 축복의 마음을 보내주자. 참사랑은 그녀가 가장 행복할 수 있게 기도하고 그녀의 행복을 바라보는 것 아니겠는가! 사랑이여, 영원히 행복하기를!

2번

멀리 눈 덮인 산봉우리들에 둘러싸인 널따란 프로방스 초원에 피리 소리가 들려오고 메아리가 울려 퍼진다. 경쾌한 민요에 맞추어 소녀들이 빙글빙글 춤을 추며 멀어진다. 그러나 뭔가 심상치 않음을 알리는 장중하고 진지한 분위기가 엄습하며 비극이 일어났음을 얘기하는 듯하다. 슬픔에 잠긴 애잔한 플루트 소리가 들려오고 슬픔은 점점 더 커지며 가슴에 사무친다. 슬픔을 감추고 어깨를 들썩이며 속울음을 삼키는 느낌이 전해온다. 이제는 마음을 숨기고 세상에 웃음을 지어야 한다. 빠른 파랑돌의 선율 속에서 손을 잡고 활기차게 춤추며 클라이맥스를 향해 나아간다.

알프스초원

에르네스트 앙세르메, 스위스 로망드 오케스트라, 1954
헤르베르트 폰 카라얀, 베를린 필하모닉 오케스트라, 1983

로마 대상과 그랜드 투어

프랑스 작곡가를 언급할 때마다 "로마 대상"이란 단어를 언급하는 것을 보게 된다. "로마 대상"은 프랑스 예술원이 당시 주변 국가에 비해 상대적으로 빈약한 문화를 극복하고자 고대와 중세에 걸쳐 당대까지도 문화의 중심이었던 로마에 유학을 보내어 프랑스 문화 예술을 발전시키기 위하여 제정한 제도로써, 1803년에 도입되어 1968년까지 시행되었다. 르네상스 3대 부문인 회화, 조각, 건축 이외에 판화, 작곡 5개 부문에 대해 매년 콩쿠르를 개최하여 1위 입상자에게 수여하고, 수상자는 정부의 후원으로 로마에 소재한 메디치 별장에 4년간 머물며 공부할 수 있었다. 베를리오즈, 구노, 마스네, 비제가 수상자들이며 훗

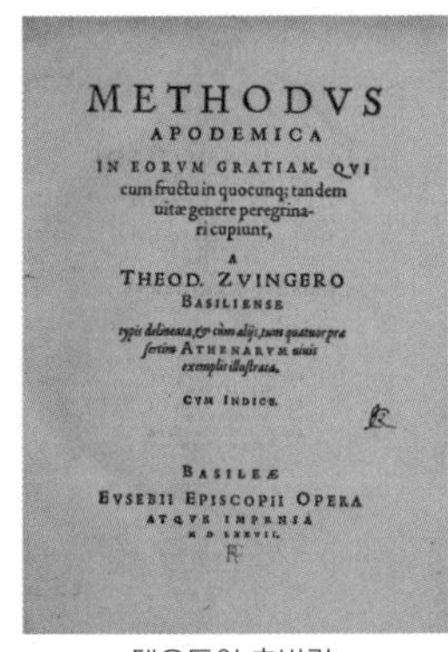

METHODVS
APODEMICA
IN EORVM GRATIAM, QVI
cum fructu in quocunq; tandem
uitæ genere peregrina-
ri cupiunt,
A
THEOD. ZVINGERO
BASILIENSE
typis delineata, & cùm alijs, tum quatuor præ
sertim ATHENARVM uiuis
exemplis illustrata.
CVM INDICE.
BASILEÆ
EVSEBII EPISCOPII OPERA
ATQVE IMPENSA
M D LXXVII.

테오도어 츠빙거,
「여행 방법」 표지, 1577

(1)

THE
VOYAGE
OF
ITALY.

PART. I.

BEfore I come to a particular deſcription of *Italy*, as I found it in my Five ſeveral voyages through it, I think it not amiſs to ſpeak ſomething in General of the Country it ſelf, its Inhabitants, their Humours, Manners, Cuſtoms, Riches, and Religion.

For the Country it ſelf, it ſeemed to me to be *Nature's Darling*, and the *Eldeſt Siſter* of all other Countries; carrying away from them all the greateſt bleſſings and favours, and receiving ſuch gracious looks from the *Sun* and *Heaven*, that if there be any fault in *Italy*, it is, that her Mother *Nature* hath cockered her too much, even to make her become Wanton: Witneſs luxuriant

The Fertility of Italy.

B

리차드 러셀스,
「이탈리아 여행」 표지, 1670

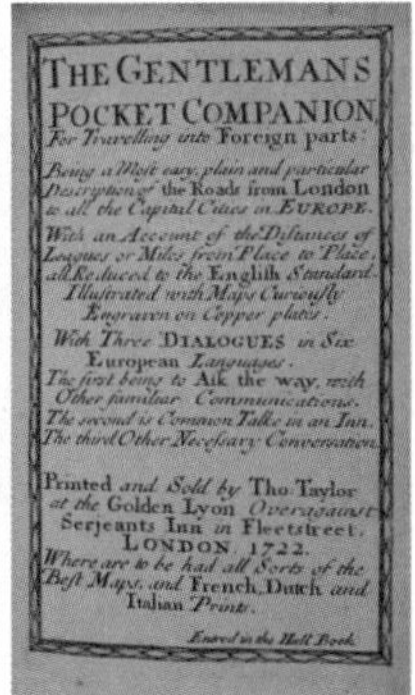

THE GENTLEMANS
POCKET COMPANION,
For Travelling into Foreign parts:
Being a Most easy, plain and particular Description of the Roads from London *to all the Capital Cities in* EUROPE.
With an Account of the Distances of Leagues or Miles from Place to Place, all Reduced to the English *Standard. Illustrated with Maps Curiously Engraven on Copper plates.*
With Three DIALOGUES *in Six* European *Languages.*
The first being to Ask the way, *with Other familiar Communications.*
The second is Common Talke in an Inn.
The third Other Necessary Conversation.
Printed *and Sold by* Tho. Taylor *at the* Golden Lyon *Overagainst* Serjeants Inn *in* Fleetstreet.
LONDON. 1722.
Where are to be had all Sorts of the Best Maps, and French, Dutch *and* Italian *Prints.*
Entred in the Hall Book.

토마스 테일러,
「외국여행을 위한 신사용
휴대 가이드」 표지, 1722

날 세계적인 작곡가가 되어 프랑스 문화를 세계에 알리는 데 기여하게 되었다.

이렇게 선진 문화를 배우고 익히는 방식은, 16세기 후반부터 19세기 전반까지 유럽에서 유행한 그랜드 투어라고 하는 프로그램과 유사성이 있는 것 같다. 당시 유럽, 특히 영국의 상류층 자제들에게는 가정교사와 승마 교사, 하인을 동반하고 짧게는 몇 달, 길게는 몇 년에 걸쳐 로마를 방문하여 문화유산을 돌아보고, 피렌체나 베네치아에서 르네상스와 고전예술을 공부하고, 고대 로마시대 유적지인 폼페이와 베수비오 화산을 둘러본 후, 독일어권 도시들인 인스부르크, 베를린, 하이델베르크, 뮌헨, 암스테르담을 거쳐 돌아오는 순례 코스가 일반적이었다.
그랜드 투어가 세계의 정치, 사회, 문화, 역사를 체험하고 이해하는 통로이자 품격을 갖춘 지성인이 되기 위한 수단으로 활용되었던 것이다. 귀로에는 책이나 그림, 조각 등 추억이 담긴 물건을 구입했으며, 당시에는 특별히 초상화와 풍경화 그리고 골동품이 인기여서 특수가 일어나기도 하였다. 그러나 1830년 맨체스터와 리버풀 사이에 철도가 놓이고 대륙으로의 철도여행이 대중화되면서 비용이 많이 드는 탓에 상류층 전유물이던 그랜드 투어는 퇴색되어 갔다.

클로드 드뷔시

클로드 드뷔시

인상주의 음악의 창시자. 드뷔시는 1862년 파리 근교의 생 제르맹 앙레에서 태어났다. 그가 태어난 지 얼마 안 되어 도자기 가게를 그만두고 파리로 이사한 아버지는 지중해 연안의 칸에 사는 숙모에게 드뷔시를 맡겼다. 그곳에서 고모에게 피아노 교습을 받던 드뷔시는 음악적 재능을 보이며 주위를 놀라게 하였다. 무슨 일인지 투옥되어 있던 아버지는 유명한 피아니스트이자 작곡가의 아들인 시블리를 감옥에서 만나고 출소 후 그의 어머니에게 드뷔시를 데려가 피아노 교육을 받게 하였다. 그리고 그 피아니스트의 권유로 열한 살에 파리 음악원에 입학하여 피아노와 작곡을 공부하였다.

파리 음악원 시절 우연한 기회에 차이콥스키의 후원자였던 폰 메크 부인의 초청으로 러시아에 간 드뷔시는 부인의 아들을 가르치며 작곡가들도 만나고 유럽 여러 나라를 여행할 기회를 얻었다. 이 여행에서 바그너의 〈트리스탄과 이졸데〉를 접한 드뷔시는 바그너리안이 되었으며, 스물두 살에는 칸타타 〈방탕한 아들〉을 작곡하여 로마 대상을 받고 로마로 유학을 떠났다.

그러나 그곳의 틀에 박힌 교육환경에 거부감을 느끼고 파리로 돌아와 시인 말라르메가 자신의 집에서 주최하는 “화요모임”에 참여하며 상징주의 예술가와 인상주의 화가들과 교류하였다. 이전까지만 해도 바그너에 심취했었고, 독일 낭만주의 전통인 서정적 선율과 주제, 전개, 발전, 종결로 이어지는 소나타적 음악을 따르고 있었으나, 화요모임을 계기로 이런 음악 전통에서 벗어나 새로운 시도를 모색하게 되었다.

인상주의라는 단어 자체가 의미하는 것처럼 드뷔시는 모두가 느끼는 공통적인 사고와 생각에서 벗어나 각 개인이 느낀 개별적이고 개성이 살아 있는 감각적인 느낌과 색채를 담아내고자 하였다. 즉 인상주의 화가들이 고전적이고 르네상스적인 구성과 색채를 버리고, 사물의 본질이 아닌 빛에 의해 드러나는 순간을 포착하여 보이는 대로 표현하는 새로운 회화를 창조한 것처럼, 드뷔시도 기존의 조성이나 대위법 등을 버리고 자유로운 선율과 화성을 사용하여 다양한 빛과 색채, 소리를 만들어 냄으로써 개별적 즐거움을 위한 인상주의 음악을 창조하였다.

앙투안 와토, 『키테라섬의 순례』

인상주의 음악의 시작을 알리는 〈목신의 오후에의 전주곡〉, 파리 만국박람회 당시 일본의 우키요에에서 영감을 얻어 작곡한 〈파고다(탑)〉, 〈달빛〉으로 유명한 〈베르가마스크 모음곡〉, 셀 수 없이 복잡한 연애와 결혼으로 심지어 아내 가브리엘 뒤퐁이 자살소동까지 일으키며 파리를 떠들썩하게 하였음에도 유부녀 엠마 바르닥과 줄행랑친 후 낳은 딸 클로드 엠마(애칭 슈슈(귀염둥이))를 위해 작곡한 〈어린이 차지〉, 엠마와 사랑에 빠져 시테르섬으로 도피한 것 같은 기분을 노래한 〈사랑의 기쁨〉, 스스로 자신의 화성을 표현했다고 얘기한 그의 대표작 〈바다*La Mer*〉 등 그는 인상주의를 대표하는 많은 작품을 쏟아 냈다. 드뷔시는 이렇게 과거의 전통과 형식에 얽매이지 않고 자신만의 자유로운 음악을 추구함으로써, 자기만의 음악 세계를 창조해내고, 각 개인의 독창성을 일깨우며 현대음악의 여명을 열었다.

가쓰시카 호쿠사이, 『가나가와 해변의 높은 파도아래』

목신의 오후에의 전주곡

인상주의 시작의 타종을 울린 곡. 보들레르를 잇는 상징주의 시인 말라르메의 시 「목신의 오후(삽화: 마네)」를 읽고 그 느낌을 묘사한 회화 같은 작품이다. 원래는 전주곡과 간주곡, 종지로 구성하여 브뤼셀의 "이자이 연주회"에서 연주할 계획이었으나, 전주곡만으로도 충분히 시의 내용을 그려냈다고 생각하여 전주곡만으로 마무리하고, 1894년에 초연하였으며, 초연이 성공한 드뷔시의 유일한 작품이 되었다.

여름날 오후는 나른하고 몽상적이다. 꿈인지 현실인지 분간할 수 없

카미유 코로, 『아침 요정들의 춤』

클로드 모네, 『인상_해돋이』

는 나지막한 시링크스의 피리 소리가 나른하다. 보랏빛 햇빛은 나무 사이로 쏟아지고 바람도 없이 고요하기만 한 가운데, 여름날 오후의 적막 속에 저만치 은빛 호수에서 물결이 소리 없이 출렁이고, 물방울이 수면 위로 올라와 톡 터지기도 하며, 환상적인 소리가 귓가에 맴돈다. 숲에는 여름 낮의 나른함 속에 띄엄띄엄 나무에 앉아 노래하는 새들과 곤충들의 낮잠 자는 숨소리까지도 뒤섞여 있다.

목신의 몽롱하게 반쯤 열린 눈에는 투명한 요정들이 나뭇가지 사이로, 물에서 나무로 팔짝팔짝 뛰어다니는 움직임이 들어온다. 에코가 숲 속에서 나르키소스를 바라보는 듯하다. 보랏빛 햇빛이 목신의 욕정을 부채질한다. 얼른 다가가 포옹하고 싶지만 아직도 잠에 취해 있다. 몸을 반쯤 일으키며 일어서려고 해보나 이내 다시 잠이 몰려온다. 시링크스의 피리 소리가 들려오자 힘없이 푹 쓰러지고 다시 잠 속으로 빠져든다. 관능적이고 몽환적인 한여름 오후의 스케치를 보는 듯하다.

장 마르티농, 프랑스 국립 방송 교향악단, 1974
에르네스트 앙세르메, 스위스 로망드 오케스트라, 1957

베르가마스크 모음곡 중 3곡(달빛)

베르가마스크의 어원은 알프스 자락에 위치한 도시 베르가모에서 유래한다. 이 곡은 드뷔시가 베르가모를 여행한 후 그곳의 인상을 바탕으로, 프랑스 시인 폴 베를렌의 시 「하얀 달」에서 영감을 얻어 작곡한 곡이다. 모두 네 개의 소품으로 구성되어 있으며 그중 제3곡 〈달빛*Clair de Lune*〉은 세계에서 가장 아름다운 음악이란 평을 받으며 앙코르곡 등으로 자주 연주되는 인기 있는 곡이다.

어두운 밤하늘에 달빛이 부드럽게 퍼지며 떨어진다. 무심한 달빛은 고요한 호수의 수면 위에 떨어지며 잔물결 위에 반짝인다. 은실 같은 달빛과 반짝이는 물결이 밤의 정취에 흠뻑 빠져들게 한다. 나는 서정적이고 감미로운 음악의 신비한 분위기 속으로 사라지고 달빛 비치는 호수만이 남는다.

타마스 바사리, 1969 · *상송 프랑수아, 1968*

어린이 차지

드뷔시가 그의 연인 엠마 바르닥과의 사이에 태어난 세 살 된 딸 클로드 엠마(슈슈)를 위해 1908년에 작곡한 곡이다. 6곡으로 이루어져 있으며 각 곡의 제목을 영어로 붙인 것은 보모가 영국인이었던 슈슈가 영어에 익숙했기 때문이라고 한다. 이 곡은 평범한 아빠가 사랑하는 딸을 위해서 작곡한 곡이다. 그러나 안타깝게도 슈슈는 10년 뒤 드뷔시가 세상을 떠난 1년 후 디프테리아로 사망하였다.

제1곡 〈파르나숨에 오르는 그라두스 박사Dr. Gradus ad Parnassum〉, 제2곡 〈짐보(코끼리)의 자장가*Jimbo's Lullaby*〉, 제3곡 〈인형의 세레나데*Serenade* *of the Doll*〉, 제4곡 〈춤추는 눈송이*The Snow is Dancing*〉, 제5곡 〈작은 양치기 *The Little Shepherd*〉, 제6곡 〈골리워그의 케이크워크*Golliwog's Cakewalk*〉로 구성되어 있다. 첫 곡은 클레멘티의 피아노 운지 연습 교재인 「Gradus ad Parnassum(파르나소스산으로의 계단)」을 '그라두스 박사'라고 의인화해 피아노 연습을 지겨워하는 어린이의 모습을 표현했고, 이후 5곡은 어린이가 인형을 가지고 노는 모습이다.

제1곡에서는 아이가 선생님의 시범대로 하지 않고 심드렁하니 제멋대로 피아노 건반을 두드린다.

제2곡부터는 귀여운 인형과 함께하는 어린이 세상이 펼쳐진다. 덩치가 큰 코끼리 짐보가 육중하게 걸어서 아이에게 온다. 아이는 짐보를 걸음마 시키며 놀다가 팔베개를 해주고 자장가를 부르며 가만가만 토닥거리기도 하고, "어서 자라니까" 하고 재촉하기도 한다. 살짝 고개를 들어 짐보가 잠들었나 살펴보지만 어느 사이에 아이가 먼저 꿈속으로 빠져들어 버린다.

골리워그 인형

귀여운 인형을 고사리손으로 이리저리 만져보고 부드럽게 쓰다듬기도 하고 볼에도 대어보며 얘기도 주고받는다. 이 옷 저 옷 입혀보고 "어느 것이 더 예쁘지?" 하고 "그래, 이것으로 하자" 하며 소꿉놀이를 한다. 볼수록 예쁘고 사랑스러운 뽀삐 뽀미 인형이다.

인형들과 놀다가 창밖을 바라보니 눈이 흩날린다. 유리창 너머로 보이는 눈꽃송이는 펄펄 날리며 춤을 추고 있다. 바람에 흩날리는 눈이 차창으로 스치듯이 앞을 가린다. 아이가 무심하게 어두침침한 하늘과 눈송이를 한참 바라보며 "빨리 다시 화창해지면 좋을 텐데, 그러면 친구들이랑 밖에서 놀 수도 있고" 하면서 다시 인형 놀이에 몰두하는 모습이 창을 통해 보인다.

작은 양치기 인형이 등장한다. 넓은 초원에는 푸른 하늘과 뭉게구름만이 외로이 높게 떠 있다. 목동은 하늘을 보며 풀밭 위에 팔을 괴고 누워 상념에 잠겨 있다. 미풍은 살랑거리고 구름은 흘러가고 양 떼는 저만치서 한가로이 풀을 뜯고 있다. 목동이 부는 뿔피리 소리가 흩어져 사라져간다.

마지막으로 검은색 인형이 빨간 바지에 파랑 넥타이를 매고 요란스럽고 우스꽝스럽게 등장하여 뒤뚱거리며 무대를 한 바퀴 돈다. 곱슬머리, 두꺼운 입술에 재미있는 몸짓으로 재즈풍의 리듬에 몸 따로 음악 따로 흔들흔들, 으쓱으쓱 춤을 추며 함께하자고 손짓을 한다. 익살스러운 춤과 행동에 저절로 웃음이 나온다.

파스칼 로제, 2007 *상송 프랑수아, 1968*
아르투로 베네데티 미켈란젤리, 1975

드뷔시의 선배인 포레도 엠마 바르닥과 연인 사이였던 적이 있으며 그녀의 딸 엘렌 바르닥(애칭 돌리)을 위하여 네 손을 위한 피아노 연탄곡 〈돌리 모음곡〉을 작곡하였다. 2곡은 비슷한 6곡의 모음곡 구조로 되어 있는데, 어린이가 인형놀이를 하는 모습을 그린 드뷔시

엠마 바르닥

의 곡과 사랑의 마음을 표현한 포레의 곡을 이어 듣다 보면 2곡에 나타나는 어린이에 대한 다른 느낌의 사랑 표현이 흥미롭다.

루카스 유센과 아서 유센 형제, 유튜브

카티아 라베크와 마리엘 라베크 자매, 1987 음반, 유튜브

남자의 변신은 무죄?

시링크스의 피리 소리가 들린다. 태양신 아폴론의 동생이며 순결을 최고의 선으로 여기는 사냥의 신 아르테미스로 여길 만큼이나 아름다운 나무의 요정 시링크스. 그녀가 호색한 판(사티로스, 켄타우로스)에게 쫓기던 중 강물에 가로막혀 갈대가 되었고, 판은 바람에 스치며 나는 가느다랗고 감미로운 갈대의 탄식 소리에 감동하여 갈대를 꺾어 피리를 만들고 시링크스라 이름 붙였다는 피리. 그 피리 소리가 얼마나 나른하고 아름다운지 백 개의 눈을 가진 아르고스마저 잠들게 하였다.

제우스가 먹구름으로 변하여 이나코스의 딸 이오를 범하고 아내 헤라의 눈을 피하기 위하여 그녀를 하얀 암소로 변신시켰다. 남편 제우스의 바람기만을 쫓아다니며 감시하느라 평생을 바친 아내 헤라는 백 개의 눈을 가진 아르고스에게 하얀 암소를 감시하게 하였다. 제우스가 아틀라스의 딸 마이아를 범하여 얻은 헤르메스를 시켜 아르고스를 죽이도록 명령하자, 헤르메스는 잠들게 하는 지팡이를 들고 모자를 쓰고 날개 달린 샌들을 신고 아르고스에게 휘이익 날아갔다.
목동으로 변신한 헤르메스가 시링크스 피리를 불어 아르고스를 잠재우고 목을 베자 백 개의 빛은 꺼져버리고 하얀 암소는 풀려나며 사람으로 돌아와 아들 에파포스를 낳았다. 헤라는 아르고스의 눈을 자신

존 호프너,
『제우스와 이오』

오딜롱 르동,
『켄타우로스족에 끌려가는 여인』

의 성조인 공작 깃털에 옮겨 붙여 별 같은 보석들로 빛나게 하고 그를 기념하였다. 제우스를 닮은 드뷔시는 나른하고 몽롱하게 하는 플루트의 진가를 알아보았던 것 같다. 그는 〈갈대가 된 시링크스〉란 곡도 작곡하였다.

모리스 라벨

모리스 라벨

관현악의 마술사. 라벨은 1875년 프랑스 시부르에서 스위스인 아버지와 바스크 출신 어머니 사이에 태어났다. 여느 천재와 마찬가지로 그도 어려서부터 음악적 재능을 보였으며 파리 음악원에서 공부하였다. 다만 베를리오즈나 드뷔시가 받은 작곡계의 등용문이자 로마 유학 기회가 부여되는 로마 대상에 5번이나 도전하였으나 성공하지 못하였다. 이미 많은 곡을 발표하여 유명했던 그의 낙선은 충격이었고 음악원장이 사퇴하는 사건까지 일어났다. 1980년 제10회 쇼팽 콩쿠르에서 이보 포고렐리치의 낙선에 항의하며 심사위원을 거부한 마르타 아르헤리치가 생각나기도 한다.

라벨은 드뷔시와 더불어 프랑스 인상주의의 두 기둥 같은 존재이다. 그는 선배인 드뷔시를 존경하였고 그의 곡 〈목신의 오후에의 전주곡〉을 걸작이라고 칭송하기도 하였다. 그러나 그 둘의 음악적 색채에는 차이가 있으며, 드뷔시가 감각을 중요시한 반면 라벨은 그러한 감각에 고전적인 형식미를 더하여 훨씬 명확하고 균형 잡힌 음악을 표현해냈다. 라벨은 이러한 고전주의적 성격의 음악 이외에도 재즈나 스페인풍의 음악 등 다양한 장르의 음악에 관심을 보였다. 이러한 까닭으로 그의 음악은 고전과 현대가 조화를 이루어 이전의 음악과는 색다르게 유희적이면서도 고풍스러운 면도 내포하고 있다. 그럼에도 불구하고 구성 면에서 빈틈이 없이 잘 녹여내어 듣기에 부드럽고 편안한 느낌을 준다. 스트라빈스키는 그의 음악의 빈틈없는 구성을 보고 스위스 시계공에 비유했다고 한다.

라벨은 특히 관현악의 대가답게 편곡에도 뛰어난 능력을 보여주었는데 무소르그스키의 피아노곡 〈전람회의 그림〉을 관현악 버전으로 편곡하기도 하였으며, 오늘날에는 관현악 버전이 더 자주 연주되고 있다. 그리고 완성되지 못해 아쉬움이 크지만 안나 파블로바와 함께 최고의 발레리나로 평가받는 이다 루빈슈타인의 요청으로 이삭 알베니스의 피아노곡을 발레 버전으로 편곡을 시도하기도 하였다. 만일 완성되었다면 〈전람회의 그림〉과 더불어 쌍벽을 이루었을 것이다. 그는 자주 연주되는 〈볼레로〉, 〈밤의 가스파르〉, 〈전람회의 그림〉을 비롯해 화가들의 화가로 불리는 스페인 화가 벨라스케스의 그림 『마르가리타 테레사 공주』에서 영감을 얻어 작곡한 〈죽은 왕녀를 위한 파반느〉 등 관현악곡, 협주곡, 오페라 등 거의 모든 장르에 걸친 걸작들을 남겼다.

디에고 벨라스케스, 『마르가리타 테레사 공주』

왼손을 위한 피아노 협주곡

라벨 자신도 참전해 전쟁의 참상을 체험한 제1차 세계대전에서 오른팔을 잃은 전우 파울 비트겐슈타인의 요청으로 작곡한 곡이다. 전쟁의 참상과 부상 당한 전우의 고통을 알리고 위로와 용기를 주기 위해, 아직도 남아있는 한 손으로 위대한 일을 할 수 있음을 보여주는 음악이다.

시작부터 어둡고 무거운 검은 구름이 밀려오는 듯하다. 멀리서 적군의 군대가 먼지를 일으키며 진격해오는 듯하다. 피아노가 웅장한 북소리로 적을 막아서며 비장함을 노래한다. 시선은 왼쪽에서 오른쪽으로, 가까운 곳에서 먼 곳으로 전장을 훑으며 분위기를 압도한다. 곧이어 적의 소란스러운 관현악과 아군의 잔잔하고 평화스러운 피아노 소리가 주고받으며 기세 싸움의 합을 겨룬 후, 적의 공격하는 행진 소리가 들려오고 아군도 대응하며 당당하게 전투에 나선다.

육박전과 밀고 밀리는 혼란, 아귀다툼의 전투가 최고조에 달하고 모든 것이 재가 되어 날리며 전쟁은 끝이 난다. 전투가 끝난 전장에는 폐허 위에 고요함만이 남아있다. 피아노가 처연한 음색으로 마음 깊은 곳에서 올라오는 비탄을 노래한다. 무엇을 누구를 위한 것이었나. 라벨은 많은 부분에 피아노 솔로를 배치하고 또 힘찬 연주를 요구함으로써 비트겐슈타인의 건재함과 삶의 의지를 북돋아 주고자 한 것 같다.

◎ *상송 프랑수아, 피아노, 앙드레 클뤼탕스, 파리 음악원 오케스트라, 1960*

볼레로

스페인 춤곡인 볼레로는 러시아의 전설적 발레리나 이다 루빈슈타인의 요청으로 작곡된 발레 음악이다. 음악사에 이렇게 독특한 곡은 찾아

발렌틴 세로프, 『이다 루빈슈테인』

HMV Nipper 상표, 1920

보기 어렵다. 하나의 리듬이 두 개의 주제를 쉼 없이 반복하고, 처음에는 작은 북의 들릴 듯 말 듯한 낮은 음량에서 시작하여 악기를 바꾸어 가며 점차 커다란 음량으로 확대해 간다. HMV 레이블의 Nipper가 듣고 있는 확성기의 아랫부분에서 윗부분으로 음량이 확대되며 움직이는 것 같다. 그러나 철저하고 빈틈없이 직조한 까닭에 단순한 멜로디가 15분에 걸쳐 169회나 쉼 없이 반복돼도 긴장감이 유지되며 음악의 매력에 빠져들게 한다.

붉은 치마에 검정 블라우스를 입은 무용수가 술집 테이블 위에서 스텝을 밟으며 시작한 춤이 점차 고조되며 손님들도 하나둘 자리에서 일어나 스텝을 밟기 시작하더니 모든 사람이 일어서서 무용수와 리듬을 맞추어 춤에 몰입해가는 장면이 상상된다. 곡이 진행되면서 흥분은 고조되고, 끝날 것 같지 않은 춤은 폭발적으로 분출하며 끝을 맺고, 땀에 흠뻑 젖은 손님들은 숨을 헐떡이며 다시 자리한다.

헤르베르트 폰 카라얀, 베를린 필하모닉 오케스트라, 1964

앙드레 클뤼탕스, 파리 음악원 오케스트라, 1961

밤의 가스파르

〈옹딘(물의 요정)〉, 〈교수대〉, 〈스카르보〉, 이렇게 3곡으로 구성된 작품으로, 베르트랑의 산문시에서 영감을 얻어 작곡되었으며 스페인의 비녜스가 초연하였다. 이 곡은 시에 나오는 시상을 묘사한 곡으로, 연주자로 하여금 초인적인 기교와 천재적인 상상력을 요하는 난곡이다. 특히 스카르보는 발라키레프의 〈이슬라메이〉와 더불어 가장 연주하기 어려운 작품으로 알려져 있다.

옹딘*Ondine*

숲속 호수에 달빛이 뿌려지고 비스듬한 버드나무 가지가 물 위로 드리운다. 물결이 조용히 퍼지고 여기저기 물방울 소리가 들려온다. 투명하게 빛나는 물의 요정 옹딘이 물결을 타고 이리저리 미끄러지기도 하고 또 버드나무 가지에서 떨어지기도 하며 약간은 괴기스러운 장난을 치는 소리다. 물가 풀숲에 숨기도 하며 갑자기 나타나 놀라게 하기도 한다. 나는 아무런 움직임도 없이 가만히 누워 창밖 요정의 장난치는 소리며 투정 소리를 듣는다. 아무런 반응이 없자 요정은 투덜거리며 물방울이 되어 나의 창으로 흩어져 버린다.

교수대*Le Gibet*

해 질 녘 종소리가 음산하게 들려온다. 죽은 사람의 한숨 소리인가. 자기의 죽음을 들어 달라고 요청하는 것인가. 손과 발은 늘어져 있고 이마에는 피가 말라붙어 있으며 파리가 입맛을 다시고 있다. 고개는 한쪽으로 젖혀있고 너덜거리는 아마포 옷은 군데군데 먼지와 뒤섞인 피로 물들어 있다. 바람이 불어와 시체가 흔들린다. 오직 종소리만이 댕댕거린다.

스카르보 *Scarbo*

한밤중에 스카르보가 엉금엉금 살살 방으로 들어온다. 조그만 발을 쉴 새 없이 동동거리고, 천장으로 올라가 기괴하게 웃고, 창문과 벽을 긁고 두드리고 방 안을 휘이 휘이 빙빙 돌며 날아다닌다. 파란 옷에 삼각모자를 쓰고 정신이 없다. 창문에 붙어 있을 때는 달빛에 그림자처럼 보이기도 한다. 마녀같이 이를 드러내며 씨~익 웃는 모습이 섬뜩하기도 하다. 사라졌나 했는데 거인처럼 몸을 부풀리고 얼굴 위로 머리를 쑥 내민다. 은종이 울리자 투명해지고 꺼져가는 촛불처럼 창백해지더니 갑자기 사라져 버렸다.

이보 포고렐리치, 1982
마르타 아르헤리치, 1975

노블레스 오블리주

〈왼손을 위한 피아노 협주곡〉은 20세기 가장 위대한 논리 철학자로 유명한 루트비히 비트겐슈타인의 형인 파울 비트겐슈타인을 위한 곡이다. 철강업으로 막대한 부를 축적한 비트겐슈타인 가문에는 당시 거의 모든 예술가가 드나들었으며 많은 예술가를 후원했다. 많은 작품을 그 가문의 저택에서 초연한 요하네스 브람스 이외에도 리하르트 슈트라우스, 구스타프 말러가 단골손님이었으며, 로댕, 클림트 등 수많은 예술가에게 재정적 도움도 제공하였다.

루트비히 비트겐슈타인은 서양 철학사에서 니체를 이어받은 이단아라고 볼 수 있다. 트로피 수집하듯 남자를 수집한 여인 루 살로메로 인하여 정신병원에서 11년이나 고통받은 끝에 사망한 가여운 니체.

(벨 에포크 시대의 비범하며 매혹적인 팜므파탈 루 살로메. 그녀는 1861년 상트페테르부르크에서 태어나 스위스 취리히대학에서 공부하였으며 전성기를 빈에서 보냈다. 그녀의 주변에는 항상 남자들이 머물

파울 비트겐슈타인(좌측), 루트비히 비트겐슈타인(우측) 형제

렀으며 많은 남자가 자살로 생을 마감하는가 하면 또는 미치광이가 되고, 일부는 다행히 그 마력에서 벗어났다. 니체, 파울 레, 타우스크, 길로트 목사, 르네 마리아 릴케에서 라이너 마리아 릴케로 이름까지 바꾼 릴케, 프로이트, 칼 융, 크누트 함순, 톨스토이, 「닥터 지바고」로 노벨문학상에 선정되고도 당국의 압박에 거절해야 했던 파스테르나크 등 수많은 이름이 루 살로메와 연관되어 있다.)

니체가 서양 근대철학에 어퍼컷을 날렸다면 루트비히는 철학 자체를 파괴할 뻔하였다.

(루트비히가 린츠공대에서 공부할 때 아돌프 히틀러를 만났으나 히틀러는 비트겐슈타인을 싫어했다고 한다. 또한 히틀러는 무대예술가 알프레드 롤러의 〈트리스탄과 이졸데〉를 관람하고 롤러의 제자가 되고자 했으나 소심한 성격에 찾아가지도 못했으며 30여 년이 지나 총통이 된 후에 집무실로 불러 만났다 한다. 만일 이 두 만남이 순조로웠다면 세계의 역사가 달라졌을 가능성도 추측해 볼 수 있다.)

루트비히는 영국의 수학자이자 철학자이며 케임브리지대학의 교수인 러셀에게서 수학하였으며, 재정경제학의 최고봉인 케인스는 그가 케임브리지에 도착하자 "저기, 신이 도착했다"라고 표현했다고 한다. 또한 그는 막대한 상속을 거부했음에도 상당한 유산이 주어져 많은 유망 예술가를 후원했으며 그 첫 번째 수혜자가 릴케이다. 그는 제1차 세계대전 참전 중에도 평화, 평등주의자인 톨스토이의 책을 소지할 정도로 박애주의자이기도 하였다.

그는 언어와 세계는 공통된 구조여서 따로 떼어 놓을 수 없고 세계는 언어를 통해 표현된다고 보았다. 즉 세계 자체가 언어라고 보았던 것이다. 이러한 논리체계를 뒷받침해주는 그의 저서 「논리철학논고」의 마지막 문장이 그 유명한 "말할 수 없는 것에 관해서는 침묵해야만 한다"이다. 그러면서 그는 철학계를 떠났다.

그러나 이후 그는 우연한 경험을 통해 지금까지의 핵심 사상을 버리고 "언어의 의미는 사물 즉 세계와의 대응에 의해서"가 아니라 "언어가 촉발시킨 상황에 의해서 결정되는 것이다"라고 그의 저서 「철학적 탐구」에서 주장하며 컴백한다. 그의 이러한 철학적 사상은 철학의 중심 문제를 '인식'에서 '언어'로 전환시키는 대전환을 불러일으켰으며 이를 "언어론적 전회"라 부른다. 루트비히 비트겐슈타인의 이러한 언어론적 분석철학의 선언 이후, 철학은 그의 방법론을 근간으로 전개되는 철학사적 대전환을 이루며 현재에 이르고 있다.

이제 〈왼손을 위한 피아노 협주곡〉 이야기를 해 보자. 루트비히의 형 파울은 제1차 세계대전에 참전해 오른팔을 잃었다. 피아노도 잘 연주하는 파울은 라벨에게 자신이 연주할 수 있는 곡을 써 줄 것을 부탁하였다. 라벨 자신도 운전병으로 참전하여 다리에 부상을 당하며 전쟁의 비극을 체험한 바가 있었던지라 요청을 수락하고 9개월이 지난 1931년 하반기에 완성하였다.

왼손 피아니스트 '파울 비트겐슈인'

그러나 비트겐슈타인은 라벨이 들려주는 곡이 썩 만족스럽지 않았다. 훌륭하다고 생각되지도 않았고, 한 손으로 연주하기에는 너무 어렵다고 생각하였다. 라벨에게 수정해 주기를 바랐으나 작곡가는 그의 요청을 들어주지 않았고 파울은 몇 개월

연습한 후에 그 곡의 진가를 알아보았으며 1931년 11월 27일 로베르트 헤거가 지휘하는 빈 심포니 오케스트라와 협연하여 대성공을 거두었다. 파울은 당시에 라벨 이외에도 파울 힌데미트, 리하르트 슈트라우스, 벤저민 브리튼, 코른골트, 세르게이 프로코피예프에게도 의뢰하였으나 라벨의 곡이 가장 좋았다고 평가하기도 하였다.

〈왼손을 위한 피아노 협주곡〉을 들을 때마다 형 파울과 동생 루트비히가 보여주는 노블레스 오블리주의 정신이 겹쳐지며 무뎌진 가슴을 두드리고 정신 차리라고 경고하는 듯하다.

마누엘 데 파야

마누엘 데 파야

파야는 15세기 후반 대항해시대의 출발지이자 셰리주로 유명한 스페인 남부 안달루시아 지방의 카디즈에서 1876년에 태어났다. 그는 열일곱 살에 교향악단 연주에서 들은 베토벤 교향곡에 감명을 받고 작곡가의 길로 갈 것을 다짐했다고 한다. 스물 살 되던 해에는 마드리드에서 호세 트라고에게 피아노를 배우고, 왕립음악원에 입학하여 정식으로 음악을 공부하였다. 그곳에서 파야는 스페인 민족음악의 대가이며 그의 음악에 지대한 영향을 준 펠리페 페드렐 교수에게 사사하였다. 당시 스페인은 침체된 음악계를 부흥시키기 위해 마드리드 예술원 주관으로 작곡 콩쿠르를 개최하였는데, 파야는 첫 회에 그라나도스가 우승함으로써 수상에 실패하지만, 2회째인 1904년에는 단막 오페라 〈허무한 인생〉으로 수상하였으며, 이듬해에는 피아노 콩쿠르에서도 1위를 차지하며 이름을 알리기 시작하였다.

1907년 엔리케 투리나의 권유로 염원하고 있던 프랑스 방문이 그의 운명을 바꾸어 놓았다. 파리에서 그는 드뷔시, 라벨, 뒤카, 스트라빈스키를 만나고, 고국 출신 피아니스트 비네스, 작곡가 알베니스를 만나 그들에게서 음악적 영향을 받았다. 그의 음악에 인상주의적 색채가 강하게 배어있는 것은 이때 만난 드뷔시, 라벨 같은 프랑스 인상주의 작곡가의 영향으로 보인다. 특히 알베니스는 그의 작품을 보고 칭찬하며 귀국하지 말고 파리에 남아 계속 공부할 것을 권유하기도 하였다. 원래 7일 예정이었던 프랑스 방문은 1914년 1차 세계대전이 일어나기 전까지 7년간을 파리에 머문 후 귀국하였다.

마드리드에 정착한 그는 작곡에 전념하며 작품들을 쏟아내기 시작하였는데 이 시기에 그의 대표작 세 편도 작곡되었다. 스페인을 배경으로 플라멩코의 강렬한 리듬을 부각시킨 발레 음악 〈사랑은 마술사(1915)〉와 디아길레프의 의뢰로 만들어진 코믹 사랑극 〈삼각모자(1919)〉, 피아노 협주곡 같기도 하고 교향시 같기도 한 관현악곡 〈스페인 정원의 밤(1916)〉 등이다. 그는 이들 대표작 외에도 오늘날 사랑 받고 있는 협주곡, 실내악곡, 피아노곡, 가곡, 합창곡 등 장르를 넘나들며 많은 명작을 작곡하였다. 파야는 1939년 스페인 내전과 제2차 세계대전을 피해 연주 여행을 겸해 아르헨티나를 방문하였고, 그곳에 머물며 마지막 역작인 칸타타 〈아틀란티다〉를 작곡하던 중 일흔여섯 살 생일을 앞두고 1946년 11월 심장발작으로 아르헨티나에서 생을 마감하였다.

스페인 정원의 밤

무어인들의 유산 알함브라 헤네랄리페 정원과 코르도바의 시에라 정원을 묘사한 음악으로 제목이 주는 느낌처럼 녹턴 같은 분위기이다. 부유하는 듯하며 세월이 묻어나는 알함브라 궁전을 배회한다. 모퉁이를 돌고 회랑을 걸으며, 궁전의 벽에 손을 스치며 예스러움과 멋스러움도 느껴보고, 옛날의 화려하고 시끌벅적했을 영화도 회상하며 격정에 휩싸여 보기도 한다. 울창한 사이프러스 숲에서는 바람에 실려 무용담이 들려오고 또 회한의 목소리도 들려온다. 옛 시절의 아름다운 선율이 귓가에 들려오며 그 시절로 미끄러져 들어간다. 화려했던 옛 모습에 마음이 울적해지다가도 한편으로는 자랑스러움이 꿈틀거린다.

모리스 드니, 『뮤즈』

멀리서 무어인의 춤 소리가 들려온다. 옛 시절로부터 들려오는 음악인 듯한 착각이 들며 점점 가까이 다가온다. 이제 바로 앞까지 다가와 리드미컬한 음악에 맞추어 우아하면서도 기품 있는 춤을 보여주고 사라진다. 옛 시절의 영화와 화려함을 보여주는 듯하다. 축제의 시간. 우리 모두 어두운 불빛이 켜진 숲속에서 느리지만 정열을 담은 안달루시아 음악에 맞추어 춤을 추어 보자. 어두운 가운데 언뜻언뜻 춤추는 사람들이 불빛에 비치는 듯, 그림자만이 빠르게 느리게를 반복하며 리드미컬하고 부드럽게 애무하며 춤을 춘다. 옛 영화와 더불어 환상과 정열이 함께한 스페인의 밤이다.

곤살로 소리아노, 피아노, 아타울포 아르헨타, 프랑스 라디오 국립 오케스트라, 1957

알리시아 데 라로차,피아노, 라파엘 프뤼베크 데 부르고스, 런던 필하모닉 오케스트라, 1983

엘도라도를 찾아서

파야의 고향 안달루시아의 카디즈 하면 셰익스피어의 「헨리 4세」에서 "인생과 바꾸어도 좋다"고 한 바로 그 셰리주와 대항해시대가 떠오른다. 카디즈는 페니키아어로 "성벽에 둘러싸인 곳"이란 뜻이다. 스페인 남서부 세비야를 품은 안달루시아는 신대륙으로 떠나는 이민의 중심지였다. 현재 중남미에서 사용되는 말이 스페인 표준어인 카스티야어가 아니라 안달루시아 방언인 까닭이기도 하다.

1492년 대서양 횡단에 성공한 콜럼버스가 1493년 17척의 배와 1,500명의 선원과 함께 에스파뇰라섬 즉 오늘의 아이티를 향해 출발한 항구가 카디즈다. 지팡구, 엘도라도. 황금에 대한 환상이 유럽을 뒤덮었지

카디즈

디오스코로 푸에블라, 『콜럼버스의 아메리카 대륙 상륙』

만, 지팡구까지의 항해는 쉽지 않았다. 장기간의 항해에는 날씨와 기후, 전염병의 위험도 있었지만, 식량과 음료가 중요하였다. 식량은 말리거나 소금에 절인 음식으로 해결되었지만, 미생물에 의해 쉽게 부패하는 물의 대용품은 절대적이었다. 와인은 여기에 적합했으며 특히 와인에 주정을 강화하면 부패를 더 늦출 수가 있었다. 와인에 브랜디를 첨가한 셰리주는 대항해시대에 적합한 술로, 포르투갈의 마데이라와 함께 대항해시대의 최전선을 함께한 음료이다.

대항해시대 카디즈의 풍경이 상상이 된다. 북적거리는 거리와 셰리주를 앞에 두고 내일의 희망을 큰 소리로 떠드는 선원과 이민자들로 왁자지껄한 술집들, 항구에는 끝이 없는 함대의 행렬. 지금은 아득한 옛날의 추억이 되고, 셰리주를 담은 글라스에 시끌벅적했을 당시의 영광은 사라지고, 세월의 흔적이 쌓인 희미한 모습만이 아른거리며 애잔하다.

호아킨 로드리고

호아킨 로드리고

우리에게 가장 익숙한 스페인 음악가는 호아킨 로드리고와 안드레스 세고비아일 것이다. 로드리고는 음량이 작아서 어렵다던 기타Guitar와 오케스트라와의 협주곡을 작곡하여 기타 협주곡이라는 새로운 장르를 개척하였으며, 세고비아는 우리에게 최고의 기타리스트로 또 기타 브랜드로 잘 알려져 있다.

로드리고는 1902년 발렌시아 지방 사군토에서 와인 거래상의 아들로 건강하게 태어났다. 그가 세 살 때 디프테리아가 전염병처럼 휩쓸었으며, 로드리고도 병에 걸려 거의 실명 상태였으나 다행히 명암과 색 구별 정도는 가능하였다. 성인이 되어 다시 수술을 시도하였으나 녹내장이 심해지면서 완전히 실명하고 말았다. 실명은 그의 청각을 예민하게 하였으며 특히 음악에 더욱 관심을 집중하게 하였다.

발렌시아로 이주한 로드리고는 일곱 살에 시각장애학교에 입학하여 교육을 받던 중 교사들이 그의 재능을 알아보고 격려할 정도였으며, 자신 또한 공연 관람을 즐겨 열여섯 살에 베르디의 오페라 〈리골레토〉를 보고 음악가의 길을 결심하였다. 이후 발렌시아 음악원에서 피아노와 작곡을 공부하던 중 스페인의 전통 기타 음악의 아름다움에 매료되었다. 1927년 프랑스로 유학을 떠나 파리 에콜 노르말에 입학하고, "마법사의 제자"로 유명한 폴 뒤카의 제자가 되어 작곡을 공부하였으며, 스승 뒤카는 아버지의 파산으로 어려웠던 로드리고의 경제적 문제도 해결할 수 있도록 지원해 주기도 하였다.

파리에서 라벨, 스트라빈스키 등과 교류하던 중 고국의 작곡가 마누엘 데 파야를 만나 그에게서 큰 영향을 받았다. 음악동호회에서 나중에 그의 아내가 되는 터키계 피아니스트 빅토리아 카미와 1933년에 잠시 스페인에 돌아왔으나 다시 파리로 유학을 떠나고, 이후 피카소가 『게르니카』에 그린 스페인 내전 기간(1836~1939)에는 파야의 도움으로 프랑스에 머물며 내전을 피할 수 있었다. 로드리고는 이 시기에 파야가 아니었으면 내전 중 살아남지 못하였을 것이라고 회상하였다.

1939년 다시 스페인으로 돌아온 로드리고는 〈아란후에스 협주곡〉을 작곡하여 그에게 도움을 준 기타리스트이자 친구인 레히노 사인스 데 라 마사에게 헌정하였다. 로드리고는 피아노 연주는 잘했으나 기타는 잘 연주하지 못하였기 때문이었다. 로드리고가 그의 친구에게 〈아란후에스 협주곡〉을 헌정하자 이에 마음이 상한 세고비아는 이 곡을 연주하지 않겠다고 선언하였다. 이에 로드리고는 세고비아를 달래기 위하여 〈어느 귀인을 위한 환상곡〉을 작곡하여 헌정하였다. 이 곡의 귀인은 17세기 스페인의 바로크 음악가이자 기타리스트인 가스파르 산스로 알려져 있다. 이후 세고비아는 〈아란후에스 협주곡〉은 연주하지 않고 이 곡만 줄기차게 연주했다고 한다.

로드리고는 이외에도 로스 로메로스(셀레도니오 로메로와 그의 세 아들이 결성한 기타 사중주단)에게 헌정한 〈4대의 기타를 위한 안달루시아 협주곡〉, 기타와 음색이 조금 비슷한 하프를 위한 곡과 관현악곡, 첼로 협주곡, 오페레타 등 많은 작품을 남겼다. 그러나 그의 가장 큰 업적은 스페인의 민속음악을 클래식에 담아내어 기타 음악의 아름다움과 스페인의 정취를 세계에 알린 것이다. 로드리고가 모든 악보를 점자로 찍으면 그가 '눈을 빌려준 사람'이라 불렀던 라파엘 이바네스가 악보로 옮겼다. 로드리고는 프랑스에서는 레지옹 도뇌르 훈장을, 스페인에서는 아란후에스 정원 후작 작위를 받았고, 마드리드 대학 교수를 역임하였다.

아란후에스 협주곡

토요명화의 시그널 음악으로 익숙한 기타 음악. 아란후에스는 마드리드에서 멀지 않은 곳에 있으며 아름다운 산악으로 둘러싸인 왕가의 마을이다. 16세기에 세워진 휘황하고 사치스러운 스페인 왕의 여름궁전과 광대한 정원, 시원하게 물줄기를 뿜어 올리는 분수, 산들바람이 부는 숲 등은 과거 스페인의 영화를 한껏 드높였으리라. 프랑코 정권의 내전으로 혼란스러운 시기에 로드리고는 과거의 아름다운 시대를 회상하며 황폐해져 버린 마음을 달래고자 했을 것이다.

지그시 눈을 감는 로드리고. 어지럽고 폭력적인 세상의 혼란과 파괴로부터 마음을 위로하듯이 아름답고 평화로운 과거로 옮겨간다. 씁쓸함이 어리지만 그래도 항상 들어왔던 고향의 선율에 마음은 아란후에스를 향한다. 들뜬 마음으로 걷는 쭉 뻗은 길을 따라 늘어선 마을과 해안 카페에서는 익숙한 선율이 새어 나와 귓가를 간지럽히고, 붉은 치마에 검정 블라우스를 입은 댄서가 정열적이고 현란하게 플라멩코를 추는 모습이 어른거리며, 가는 곳마다 흐르는 이국적인 음악이 마음에 기쁨과 열정을 불러일으킨다. 어깨가 들썩이면서 함께 신나고 멋들어지게 춤을 추고 싶어진다.

알함브라 궁전 헤네랄리페 정원

멀리 옛 왕가 마을이 보이며 잉글리시 호른과 기타가 쓸쓸한 분위기의 선율을 노래하고 눈앞에는 세월의 흔적이 묻어나는 궁전과 힘없이 뿜어져 나오는 분수, 쓸쓸한 정원이 펼쳐지는 가운데 숲에서 불어오는 기타 선율이 그를 아름다운 추억의 세계로 옮겨준다. 눈을 감고 옛 영화를 떠올려 본다. 사랑과 아름다움이 깃든 곳. 아름답고 황홀하며, 정열적이고 나른함과 게으름이 있던 시절이 떠오른다. 집시 여인이 광장에서 구경꾼에 둘러싸여 춤을 추고, 울창한 숲에서는 카나리아가 지저귀고, 꽃들은 속삭이고, 분수가 은빛 진주탄 같은 물줄기를 힘차게 뿜어 올리며, 궁정의 회랑 앞에는 사냥을 준비하는 왕족과 기사들이 말에 올라타고, 우아한 음악 선율이 들려오고…. 화려하고 영화로웠던 시절을 상상하니 가슴이 벅차오른다. 얼마나 아름다운 시절이었던가! 회상만으로도 큰 위로가 된다. 문틈으로 무도회 음악 소리가 들려온다. 기쁜 마음에 빠른 발걸음으로 회랑을 지나 무도회장에 들어서서 경쾌하고 멋스러운 음악과 화려하게 차려입고 춤추는 무리에 어울려 하나가 되며 화려했던 시절로 돌아가 본다.

페페 로메로, 기타, 네빌 마리너, 아카데미 오브 세인트 마틴 인 더 필즈, 1978

나르시소 예페스, 기타, 가르시아 나바로, 필하모니아 오케스트라, 1980

어느 귀인을 위한 환상곡

기타 거장 안드레스 세고비아를 위한 협주곡. 로드리고가 안드레스 세고비아를 달래기 위해 작곡한 곡으로 알려져 있다. 로드리고가 〈아란후에스 협주곡〉을 다른 친구에게 헌정하고 초연하자 세고비아가 아쉬워했는데, 이에 그를 위해 작곡하여 헌정하였다. 로드리고는 17세기 가스파르 산스의 곡을 완전히 바꾸다시피 해서 재탄생시켰으며, 제목의 "귀인"으로 가스파르 산스와 세고비아를 염두에 두었던 듯하다.

고풍스러운 무곡 같은 선율의 시작이 인상적이다. 이탈리아의 작곡가 레스피기의 〈고풍스러운 무곡〉이 연상된다. 기타와 오케스트라가 서로 조화롭게 주고받으며 친근하고 편안하게 마음의 긴장을 풀게 해 준다. 숲속에서는 나이팅게일의 노랫소리가 들려오고, 이어 여인들이 가볍게 서로 손을 잡고 부드러운 리듬에 맞추어 빙글빙글 원을 그리며 우아하게 춤을 추며, 어느 귀인을 기다리는 듯하다. 올림포스에서 뮤즈들이 춤을 추는 모습 같다.

클로드 로랭, 『춤추는 사튀르와 님피와 함께하는 풍경』

서정적이고 낭만적인 음악이 반복되는 가운데 조용하고 기품 있는 자태와 온화한 모습의 귀인이 자리한다. 산스와 세고비아의 모습이 겹쳐진다. 이어 축제가 벌어지고 서로 가벼운 눈인사를 주고받으며 다양한 리듬의 춤을 즐긴다. 카나리아섬의 아름다운 풍경이 펼쳐지고, 숲에서는 아름다운 바람 소리와 새소리와 꽃향기가 전해오고, 잔잔한 물결이 햇빛에 반짝이고, 바닷바람에 실려 온 민속음악이 이국적이고 정겹다. 훈훈한 정경이다.

안드레스 세고비아, 기타, 엔리케 호르다, 심포니 오브 더 에어, 1958

페페 로메로, 기타, 네빌 마리너, 아카데미 오브 세인트 마틴 인 더 필즈, 1975

전쟁은 누구를 위한 것인가?

제2차 세계대전의 예고편이라 평가받고 있는 스페인 내전. 1936년 총선에서 불과 15만 표의 박빙으로 좌파연합의 인민전선이 승리하자 파시스트 프랑코 장군이 이끄는 군부가 쿠데타를 일으켰다. 제1차 세계대전처럼 유럽 규모로 확대되는 것을 우려한 영국과 프랑스 등은 불간섭 정책을 취하고 소련과 각국의 민간인들로 조직된 민병대만이 인민전선을 도왔다. 반면 독일과 이탈리아는 대량의 무기와 8만이 넘는 군대를 스페인에 보내어 프랑코를 지원하였다. 결국 내전은 1939년 프랑코의 승리로 끝나고 이를 계기로 나치스는 유럽의 새로운 질서 재편을 꿈꾸게 되었다.

조지 오웰(본명 에릭 블레어)은 민병대로 자원하여 전투에 나갔으며, 헤밍웨이는 종군기자가 되어 전황을 취재하였다. 그러나 민주주의 수호라는 대의를 지키겠다는 명분으로 바다를 건너온 오웰에게 적은 파시스트가 아니라 똥과 쓰레기 냄새, 뼛속 깊이 파고드는 추위뿐이었다. 전투다운 전투도 없었다. 자신은 적이 쏜 총알에 목에 총상을 입고 부상을 당하였으나, 혁명의 목표를 가로막는 진짜 적은 오히려 인민전선 내부의 권력투쟁임을 목격하였다. 오웰은 이 전쟁에서 느꼈던 이데올로기에 대한 환멸과 당시 목격한 부조리함을 바탕으로 계급의식

어니스트 헤밍웨이,
「누구를 위하여
종을 울리나」, 1940

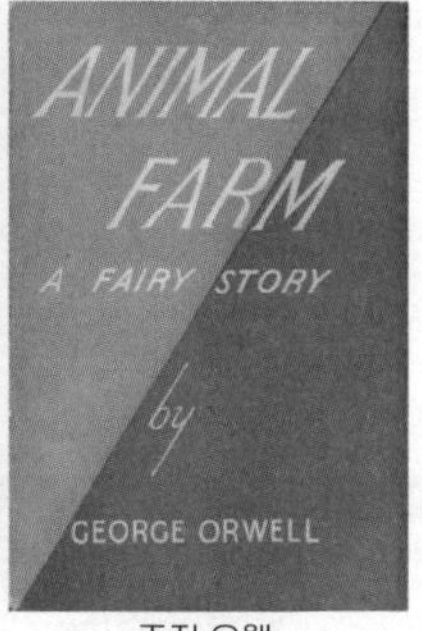

조지 오웰,
「동물농장」,
1945

과 스탈리니즘을 풍자하고 비판하며, 극복의 길을 제시한 명저 「동물농장」을 쓰게 되었다.

전쟁은 누구를 위한 것인가? 전장에서도 삶은 계속되고 사랑은 싹튼다. 전쟁의 화염은 누구를 화장하는 불꽃인가? 좌파인가? 우파인가? 잔혹한 전쟁은 모든 무죄한 사람을 죽음으로 내몰고, 이를 알리는 교회의 종소리는 색깔이 없이 울릴 뿐이다.
헤밍웨이가 스페인 내전을 배경으로 한 「누구를 위하여 종을 울리나」에서 정의와 사랑을 묻는다. 또 한 명의 스페인 내전을 고발한 화가 파블로 피카소. 스페인이 내전에 휩싸이고 1937년 독일군이 바스크 지방의 게르니카 마을을 맹폭하여 2,000여 명의 시민이 사망한 사건이 일어났다.
프랑스에서 이 비극적 소식을 접한 피카소는 2개월이라는 단기간에 대작 〈게르니카(349cm×777cm)〉를 완성하여 파리 만국박람회 스페인관에 전시하여 그 참상을 고발하였다. 이때 로드리고를 비롯한 많은 스페인 예술인들이 피난길에 오르며 고난의 시기를 보내야만 했다. 로드리고는 과거 평화로웠던 시대를 생각하며 자신과 함께 그 참상을 견뎌온 사람들과 같이 위로받고자 한 것은 아니었을까?

파블로 피카소, 『게르니카』

이삭 알베니즈

이삭 알베니스

1860년 카탈루냐 캄프로돈에서 태어난 알베니스는 다섯 살에 연주회에서 연주할 만큼 신동이었다. 욕심 많은 세무관리인 아버지의 손에 이끌려 연주 여행을 해야 했던 그는 10대 후반이 되어서야 체계적인 음악 공부를 할 수 있었다. 무어인 기질의 그는 모험심이 강해 젊어서부터 남미와 미국, 유럽을 전전하며 연주회를 가졌고 어느 정도 성공도 거두었다. 유럽에 돌아와 1880년부터는 그의 피아노 솜씨를 알아본 리스트의 가르침을 받는 기회를 얻었다. 그리고 이때 주로 살롱용 소품이나 피아노 솜씨 과시용 작품에서 벗어나 더 큰 가능성의 세계가 있음을 깨달았다.

그에게 결정적인 영향을 준 스승은 그라나도스나 파야에게도 영향을 준 스페인 민족 작곡가 펠리페 페드렐이었다. 페드렐은 그의 음악적 성향을 알아보고 스페인 민족 스타일의 음악을 작곡해 보도록 조언하였다. 알베니스는 페드렐의 권유에 고무되어 본격적으로 스페인 음악 작곡에 매진하여 〈이베리아〉, 〈스페인〉, 〈스페인의 노래〉 등 다수의 스페인적 작품을 남겼으며, 1909년 눈을 감고 바르셀로나의 몬주익 공동묘지에 매장되었다.

이베리아 모음곡

낭만과 이국적 풍경의 아르카디아, 스페인의 안달루시아를 여행하는 꿈에 빠져든다. 멀리 오른편 언덕에는 얼었던 얼음이 녹고 물기가 올라오며 헐거워진 적벽돌 같은 황토밭에 햇살이 넘실거리고, 농가마다 농사일을 준비하느라 분주하고, 달구지를 끌고 가는 나귀의 방울 소리와 농부의 발걸음 소리도 들려온다. 언덕 아래 어촌에서는 이미 출어가 시작되었나 보다. 낚싯배에 그물을 싣느라 시끌벅적하고 활기찬 어부들의 소음, 출항하는 통통배의 엔진 소리도 간간이 들려오며 멀어져 간다.

장난치고 떠들며 학교로 향하는 아이들이 모퉁이를 돌아 나타난다. 그러다 늦지나 않을까 걱정스럽다. 아이들도 알아채고 늦지 않기 위해 장난스럽게 행진하듯이 하나 둘 소리 맞추어 서두르지만, 아이들은 아이들이다. 그래도 소리가 멀어지며 교문에 들어서는 아이들의 모습이 떠오른다. 아침을 준비하는 소음이 잦아든 가운데 교회의 종소리가 들려오고 느긋하게 몽상에 빠져본다. 번거롭고 바쁘기만 한 쫓기는 것 같은 일상이 물러가고 마음의 평화가 밀려오며 스르르 눈이 감기고 입가에는 미소가 떠오른다.

이제 옷을 주섬주섬 주워 입고 여기저기 기웃거리며 모험을 시작한다. 바닷가 해안도로를 걸으며 로맨틱하고 정감 넘치는 음악에 이끌려 조심조심 따라가 보기도 하고, 저쪽에서 들려오는 조용하고 우아하고 때로는 리드미컬한 음악에 이끌려 보기도 한다. 마음에 감사와 기쁨이 솟아오르며 두 팔을 벌려 날아갈 듯한 기분을 발산하고 싶다.

저녁이 내리기 시작하고 종종걸음으로 포석이 깔린 길을 올라 언덕

꼭대기에 자리한 여관으로 돌아와 창가에 앉는다. 길거리에 켜진 가로등은 멜랑콜리한 기분에 빠져들게 한다. 하루의 시간들을 흐릿한 수채화처럼 떠올려 본다. 아래쪽 카페에서 들려오는 느리고 애수에 잠긴 듯한 왈츠풍의 리듬에 몸을 가만히 맡겨본다. 한참을 계속되던 리듬이 점점 커지더니 조용히 처음으로 되돌아간다. 이제 가라앉은 기분을 북돋우기 위해 좀 더 경쾌한 리듬으로 힘차게 마무리해본다.

에두아르 마네, 『스페인 발레』

뒤로는 높은 산맥에 둘러싸이고 앞으로는 지중해와 대서양의 냄새를 흠뻑 머금은 바닷바람이 안달루시아의 플라멩코 같은 이국적 정취를 싣고 온다. 거리에는 뜨거운 태양 아래 활보하는 사람들과 양쪽으로 늘어선 화려한 상점들, 가까이에는 무어인들이 세운 섬세하고 우아한 아라베스크 문양과 트레이서리로 장식된 교회가 서 있고, 멀리 언덕으로는 화려하고 웅장한 궁전이 위용을 드러내니, 회랑에 서서 옛 영화를 회상하며 술탄과 궁정인의 말소리에 귀 기울여 본다. 올리브 숲에서 들려오는 새의 맑은 지저귐 소리와 지중해의 반짝이는 잔물결이 회상에서 깨어나 안달루시아에 있음을 일깨워준다.

스페인 인상주의 음악의 완성으로 알려진 〈이베리아 모음곡*Iberia*〉은 알베니스가 그의 말년 파리 체류 시기인 1905~1908년에 작곡했으며, 4

권에 3곡씩 묶어서 총 12곡으로 구성되어 있다. 서정적이고 소용돌이치는 색채, 기타의 트레몰로 기법과 낭만적인 리듬, 전통 춤곡 플라멩코와 판당고 같은 스페인적 이미지와 강렬한 색채를 혼합하여 안달루시아의 정취를 가장 잘 묘사한 곡으로 알려져 있다. 후에 러시아의 전설적인 발레리나 이다 루빈슈타인이 라벨에게 발레곡으로 편곡을 요청할 정도로 유명한 곡이었으나 라벨이 〈볼레로〉에 열중하느라 완성하지는 못하였다고 한다.

알리시아 데 라로차, 1972

몬주익

몬주익. "유대인의 산"을 뜻하는 213m 높이의 몬주익은 오스만튀르크 시대에 박해를 피해 서아시아에서 이베리아반도로 이주한 유대인들이 많이 거주하면서 생겨난 이름일 것이다. 17세기 펠리페 4세와 반란군 사이에 전투가 일어난 곳으로, 반란군이 지은 그곳의 성은 프랑코 정권이 공산주의자를 수용하는 감옥으로, 지금은 무기박물관으로 사용되고 있다.

우리에게는 아주 친숙한 이름. 1992년 8월 9일, 바르셀로나 올림픽에서 황영조 선수가 가슴에는 태극기를 달고 두 팔을 번쩍 들고 결승선을 통과한 곳. 손기정 옹을 비롯하여

황영조 기념공원의 골인 장면 (©한국관광공사_김지호)

세계 각국에서 폐막식을 관람하기 위해 펜스를 가득 메운 관중들의 열렬한 기립박수를 받으며 황영조 선수가 마라톤 경기 우승의 태극기를 휘날리며 대한민국을 빛낸 몬주익 경기장. 그날은 56년 전인 1936년 일장기 말살 사건의 주인공 손기정 선수가 베를린에서 2시간 29분

19초라는 기록으로 우리의 기상을 휘날리고 조국에 용기와 희망을 안겨준 날이기도 했다.

결승선 3㎞를 남기고 마라토너에게는 죽음의 언덕이라 불리는 몬주익 언덕에서 스퍼트한 황영조 선수는 경쟁자 일본의 모리시타를 따돌리고 경기장에 제일 먼저 모습을 드러냈다. 관중들의 기립박수 속에 경기장을 한 바퀴 돌아 2시간 13분 23초의 기록으로 결승선을 통과한 다음 태극기를 흔들며 환호하는 관중에게 인사하고 시상대 가운데 우뚝 서서 수상한 후, 관중석에 올라 금메달을 손기정 옹의 목에 걸어 주었다. 삼척에 갈 때마다 삼척 10경이라는 해안에 조성된 그의 기념공원에 들르면 가슴이 뭉클해진다.

마라톤, 인간의 한계를 시험하는 마라톤. 기원전 500년경 페르시아는 아테네를 세 번에 걸쳐 침공하였다. 아테네가 페르시아에 조공을 바치도록 명한 소아시아의 봉기를 도왔다는 이유에서였다. 성경에 나오는 고레스왕의 손자 다리우스 1세(성경에서는 다리오)는 1차 원정(B.C.492)에서 함대의 난파로 실패하고, 다시 2차 원정(B.C.490)에 나섰다. 아테네의 밀티아데스 장군은 마라톤 전투에서 페르시아군을 막아내고 아테네로 돌아와 페르시아군의 아테네 공격도 막아냈다. 이때 전령이 마라톤에서 아테네까지 달려와 그 위기를 미리 알림으로써 아테네군이 승리하게 되었다는 유명한 이야기가 마라톤의 기원이 되었다.

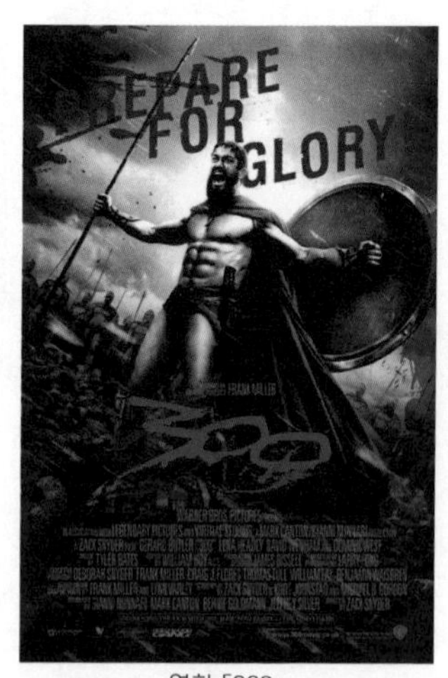

영화 「300」

페르시아는 이후 크세르크세스(성경에서는 아하수에로, 오페라에서는 세르세)왕이 세 번째 공격(B.C.480)에 나서지만 영화 「300」에서 보여준 스파르타의 레오니다스 장군에게 육지에서 패하고 살라미스 해전에서도 패함으로써 3차에 걸친 페르시아 전쟁은 막을 내리게 되었다.

오랜 시간 달려야만 하는 마라톤에서 도중에 대소변은 어떻게 해결할까? 심판의 허락을 받고 화장실을 다녀오면 된다. 1972년 뮌헨 올림픽 금메달과 1976년 몬트리올 올림픽 은메달리스트인 미국 선수 프랭크 쇼터는 1973년 일본 비아코 마라톤에서 경기 중 복통을 일으켜 심판의 승인하에 근처 풀숲에서 해결 후 앞서 지나간 2명을 제치고 2시간 12분 3초의 기록으로 우승했다. 우리나라에서도 비슷한 상황이 발생한 적이 있는데, 1982년 서울국제마라톤에서 호주의 로리 위티가 강변북로에서 대변을 손으로 받아내며 완주하여 2시간 14분 33초로 우승하였다.

에밀 자토펙 달리는 모습

그러나 잊지 못할 선수가 있으니, “새는 날고 물고기는 헤엄치고 사람은 달린다”고 말한 인간 기관차 에밀 자토펙.
1948년 런던 올림픽, 1952년 헬싱키 올림픽에서 육상 5,000m와 10,000m 금메달을 획득하고, 처음으로 출전한 마라톤마저도 석권한 자토펙. 육상 중거리와 마라톤을 동시에 석권한 것은 물론 처음 출전한 마라톤마저 우승한 선수는 현재까지도 전무후무하며 그것도 모두 올림픽 신기록이었다. 그의 인생은 그 이후부터 달라지게 된다. 체코 공산 정권은 그를 정치적 선전 목적으로 이용하려 했으나 이를 거부하고 민주화를 지지하며 1968년 프라하의 봄 시위에 적극적으로 참여하였다. 그러나 시위는 실패하고 그는 우라늄 광산으로 추방되어 6년을 일하였으며, 공산당은 그에게 모욕을 주기 위하여 프라하의 청소부로 보내 버렸다. 그러나 동료들은 자신들의 영웅을 위해 그의 일을 대신 해주었고 자토펙은 시민들의 박수를 받으며 청소차 뒤에서 달리기만 하였다.

자토펙은 1990년 공산 정권이 물러나고 복권되었으며, 2000년 11월 22일 마라톤 같았던 생을 마감한 후 국장으로 장례가 치러졌다. 그의 달리는 모습은 감동적이다. 처음부터 앞서지 않지만 끝까지 일정한 속도를 유지하며 달리는 모습은 기관차를 연상시키며 진정한 인내가 무엇인지를 깨닫게 한다. 그는 항상 그의 뒤를 달렸던 알제리의 알랑 미문에게 올림픽으로 향하는 비행기 안에서 그의 목에 자신의 금메달을 걸어 주었다.

Gregorio Allegri, 1582~1652

그레고리오 알레그리

그레고리오 알레그리

미제레레

로마 태생으로 교황청 합창단 출신인 그레고리오 알레그리가 1638년 성경 시편 제51편에 곡을 붙인 성가이다. 시편 제51편은 다윗이 밧세바와 정을 통한 다음 예언자 나단이 찾아왔을 때 지은 시로, 자신의 죄를 뉘우치고 참회하며 용서를 구하는 내용이다. 이 작품은 150여 년 동안 바티칸 이외에는 필사나 연주가 금지되어 있었다. 그 이유는 곡이 너무나 아름답고 신비스러워 신마저도 잊게 하기 때문이었다. 그러나 1770년 아버지와 로마를 찾은 열네살의 모차르트는 교황청 시스티나 성당에서 이 음악을 듣고 아름다움에 감동하여, 성당을 나온 뒤 자신이 외운 내용을 악보에 옮겨 적었다. 이틀 뒤 성당을 다시 찾아가 음악을 다시 듣고 소소한 부분을 수정한 뒤 악보를 출판함으로써 세상에 알려지게 되었다.

얼마 지나지 않아 교황 클레멘스 14세는 모차르트를 로마로 불러 외부 유출에 대해 문책하려 했다. 모차르트를 본 교황은 열네살의 어린이가 10여 분의 음악을 한 번 듣고 악보에 옮겨 적을 수 있다는 사실이 믿기지 않아, 다른 곡으로 모차르트를 시험하였다. 교황은 거침없이 음표를 써가는 모차르트에게 놀라움을 금할 수 없었으며, 모차르트를 파문하는 대신에 기사단 칭호를 수여하였다. 이 이야기는 음악의 아름다움을 강조하기 위하여 사실처럼 전해오지만,

이 곡은 당시에 이미 음악계에 잘 알려져 있었기 때문에 모차르트가 이 음악을 다른 곳에서 들었을 가능성도 배제할 수는 없다. (클레먼시 버턴힐, 「1일 1클래식 1기쁨」, 윌북, p.59)

이 곡은 알레그리가 성주간 성무일도(수난주간 목/금/토 예식)의 저녁기도 예식인 테네브레를 위하여 작곡한 곡이다. 테네브레Tenebre라는 말은 그림자, 어둠을 의미하며, 예식 중에 시편 구절이 끝날 때마다 촛불이 하나씩 꺼지며, 마지막에는 보이지 않는 곳에 단 하나의 촛불만 희미하게 비치는 예식으로 신비스럽고 경건한 분위기를 자아낸다. 이때 〈미제레레 메이 데우스*Meserere mei Deus*(주여 나를 불쌍히 여기소서)〉가 부드럽게 성당 안에 울려 퍼지면 성스러운 분위기가 최고조에 달한다.

선한 이여, 나를 불쌍히 여기소서. 나의 죄를 없애시고, 허물을 씻어주시고, 잘못을 없애 주소서….

합창과 독창의 목소리가 저 높은 궁륭에 도달하고, 반사되어 내려오는 소리가 마치 하나님의 음성이 내려오는 듯하다. 모세가 떨기나무 앞에서 들은 여호와의 음성 같다. 성스럽고 경건함에 온몸이 깨어나고, 우리의 죄가 사하여지고, 성령으로 세례를 받은 느낌이다. 이전의 나는 없어지고 아무런 티끌도 없이 깨끗하고 성스럽게 다시 새사람으로 태어난 것 같다.

The Choir of New College, Oxford, Music of Inner Harmony, 유튜브

이젠하임 제단화

『이젠하임 제단화』는 르네상스 시대 독일 화가 마티아스 그뤼네발트 Mathis Grunewald(1470?~1528)의 1512~1515년경 작품으로, 이젠하임에 있는 성 안토니우스 병원의 주문으로 그려졌다. 성인 안토니우스는 이집트에서 활동하였으며 "수도원의 아버지"라고 불린다. 항마성도한 성인은 죽음이 임박하여 제자들에게 자신의 유골을 아무도 모르게 매장할 것을 부탁하고 숨을 거두었다. 제자들이 그의 유해를 동굴에 매장했으나 뒤에 아무도 유골을 발견하지 못했으며, 기도를 위해 동굴에 다녀오면 이상하게도 병이 나았다고 전해진다. 제단화는 아홉 개의 패널로 구성된 대규모 작품으로 세 개의 패널이 한 겹을 이루며 세 겹으로 구성되어 있고, 이젠하임의 수도원이 폐쇄되면서 알자스 콜마르의 운터린덴 박물관으로 옮겨져 보관되어 있다.

이젠하임 제단화의 특징은 어떤 그림에서보다도 더 고통스럽게 십자가에 못 박힌 예수의 모습이다. 말로는 표현할 수 없는 고통이 전해진다. 축 처지고 바짝 마른 몸, 날카로운 가시관, 고통스러운 얼굴과 신음을 토해내는 입, 비틀리고 뼈만 앙상한 못 박힌 손, 고통을 견디느라 오그라든 발 등이 어찌나 세밀한지 보는 사람마저도 몸이 뒤틀리고 고통스럽게 한다. 양옆으로는 기독교인을 도왔다는 이유로 화살에 맞아 죽은 로마 황제의 근위병이며 흑사병의 수호성인 세바스티아누스,

병든 자들의 수호성인 안토니우스가 그려져 있다. 아마 수도원의 병자들이 제단화를 보며 동병상련을 느끼며 위로받았을 것이다. 무엇보다 이젠하임 제단화의 중심은 십자가에 못 박힌 예수이다. 그가 우리의 죄를 짊어지기 위하여 당한 끔찍한 모습이 내 몸으로 전해지며 전율케 한다. 형언할 수 없이 고통받으며 대속하는 예수의 모습이 나의 영혼을 깨우고 하늘에 뜻을 둘 것을 권면하는 듯하다.

마티아스 그뤼네발트, 『이젠하임 제단화』

니콜로 파가니니

니콜로 파가니니

악마의 바이올리니스트. 파우스트처럼 악마에게 영혼을 판 대가로 음악적 재능을 얻었다는 전설의 주인공. 어둠의 힘을 빌리지 않고서는 그와 같이 연주할 수 없다는 것. 연주 중 바이올린 줄이 끊어지자 남은 한 줄로 연주를 마쳤다는 바이올린의 귀재. 긴 머리에 날카로운 눈, 깡마른 체구에 초췌하고 독특한 외모 및 기행은 앞서 언급한 전설을 더욱 신빙성 있게 부채질했다. 파가니니는 1782년 제네바에서 태어나 아버지의 적극적인 지원 아래 바이올린에 매진하였다. 어린 나이에 이미 거장이라는 칭송과 부를 거머쥔 파가니니는 나중에는 방탕에 빠져 건강과 부를 잃고 자신의 소중한 악기인 과르네리 바이올린마저 팔아야 했다.

1804년에는 나폴레옹의 누이동생 엘리자 보나파르트가 그의 연주를 들을 때마다 기절했다고 전해지며, 나중에는 그를 초대하여 루카의 궁정 악단 지휘자로 임명하기도 하였다. 심지어 그의 연주회 관객들은 집단 발작을 일으키기도 하였으며, 유령들도 나타나 울거나 춤추었다고 전해진다. 그의 바이올린 연주를 듣고 리스트는 피아노의 파가니니가 되겠다고 각오를 다졌으며, 슈베르트도 매일 그의 연주회에 관객으로 참석하였다. 그의 연주가 얼마나 천재적이었는지 브람스의 친구인 바이올리니스트 요아힘은 "파가니니가 되살아난다면 나는 바이올린을 버려야 할 것"이라며 두려워했다고 한다. 크라이슬러가 하이페츠의 연주를 듣고 "바이올린을 부숴버리고 싶다"고 한 것처럼. 또 다른 바이올리니스트는 숨을 쉴 수 없었다거나, 자살 충동을 느꼈다고도 전해진다.

한편 그는 작곡에도 천부적이었으나 바이올린 곡에 한정되어 아쉬움이 남는다. 더구나 파가니니는 비싼 인세를 요구하였기 때문에 그의 음악은 적게 출판되어 사라진 음악이 상당할 것으로 추정되고 있다. 그는 출판된 곡도 오직 자신만이 연주했다. 아마 다른 연주자들은 초절기교를 요구하는 자신의 작품을 제대로 표현할 수 없다고 생각하였을 수도 있다. 대표곡으로는 〈바이올린 협주곡 1번〉, '라 캄파넬라(종)'라는 부제가 붙은 〈바이올린 협주곡 2번〉과 〈24개의 카프리스〉가 있으며, 소품으로 〈칸타빌레〉, 〈로시니 '모세'의 주제에 의한 변주곡〉, 〈베니스의 카니발〉 등이 자주 연주되는 명곡들이다.

파가니니는 1840년에 프랑스 니스에서 숨을 거두었는데 성당에 안치되지는 못했다. 악마와 계약한 사람은 안치될 수 없다고 주교가 거부했기 때문이며, 폐가나 문둥이 집 등을 전전하였으나, 가는 곳마다 악마의 소리가 들려와 소름 끼친다는 이유로 거부당하며 바르도(중음)를 방황하던 그는, 자신의 생애만큼이나 긴 56년이 지나서야 고향 파르마의 공동묘지에서 영면에 들 수 있었다. 현재는 그를 기념하여 파가니니 콩쿠르가 열리고 있다. 그의 서거 100주년을 기념하여 1940년에 계획했으나 제2차 세계대전으로 1954년 그의 고향 제노바에서 처음 열렸으며 우승자에게는 "대포"라는 별명의 1743년산 과르네리로 연주할 수 있는 특전이 주어지고 있다. 최초 우승자는 이탈리아의 살바토레 아카르도이며, 우리나라에서는 1996년에 김수빈(미국 국적), 2015년에 양인모가 우승하였다.

바이올린 협주곡 1번

오페라의 마술사 로시니가 평생 세 번 흘린 눈물 중 하나가 파가니니가 연주하는 느린 악장을 들었을 때였다는 바로 그 협주곡이다. 타악기가 열어젖히며 이어지는 경쾌한 행진곡풍의 리듬에 몸이 절로 흔들린다. 파가니니가 바이올린을 들고 입장하여 화려하고, 톡톡 튀고, 서정적이고, 기교적인 선율을 다채롭게 이어가며 물 흐르듯이 뿜어낸다. 귀기어린 그의 연주에 청중이 흥분하고 음악에 취해 몽롱해지자 이제는 차분하고 사색적인 선율로 깨우며 그가 의도하는 대로 이끌고 다닌다. 몽유병자가 귀신에게 홀려 따라가는 것 같다. 정신이 드는가 싶더니 다시 달콤한 선율로 완전히 쓰러뜨려 버린다.

정신을 차릴 수 없는 현란함에 온몸에 힘이 빠져나가고 축축해지며 늘어진다. 꼭 사랑하는 연인 앞에서 어찌할 줄 모르고 땀을 뻘뻘 흘리는 청춘 같다. 거부할 수 없이 빨려들어만 간다. 서정적인 선율을 끝까지 밀어 올리며 정신을 아득하게 한다. 최면에 걸려 꿈속을 헤매는 느낌이다. 저항할 수조차 없다. 톡톡톡. 이제 깨어나세요. 이제 함께 즐겨봐요. 아름다운 세상이에요. 경쾌한 스타카토에 맞추어 춤추어요. 눈을 들어 세상을 봐요. 이렇게 아름답답니다. 손을 잡고 걸어요. 먼저 손을 내밀어요. 서로 사랑해요. 두 손을 맞잡고 가슴을 내밀고 사랑하며 함께 걸어요. 영원히!

지노 프란체스카티, 바이올린, 유진 오르먼디, 필라델피아 오케스트라, 1950

살바토레 아카르도, 바이올린, 샤를 뒤투아, 런던 필하모닉, 1975

이브리 기틀리스, 바이올린, 스타니슬라프 비슬로츠키, 바르샤바 국립 오케스트라, 1966

카프리스

악마의 바이올리니스트 파가니니가 구사했던 거의 모든 연주법들이 망라된 바이올린 연주의 바이블이다. 바이올리니스트라면 누구도 피해갈 수 없는 최고난도의 기교가 요구되는 곡이자 많은 바이올린 지망생을 절망으로 몰아넣는 난해한 곡이다. 길지 않은 24곡으로 구성되어 있으나 연주회에서 연주되는 경우는 드물며, 간혹 앙코르로 한 곡 정도 연주되기는 하나, 이마저도 연주가에게는 고문이나 다름없다는 초절기교의 곡이다.

마지막 24번은 영화나 광고 음악으로도 많이 쓰였으며, 리스트의 〈파가니니 대연습곡 6번(테마와 변주)〉, 브람스와 라흐마니노프의 〈파가니니 주제에 의한 변주곡〉의 원곡이기도 하다. 특히 라흐마니노프가 작곡한 변주곡 중 〈18번〉은 세상에서 가장 아름다운 선율 중 하나로 평가되고 있다. 〈24번〉은 그 자체가 하나의 변주곡이다. 주제가 제시되고 왼손 피치카토, 중음, 하모닉스 등 다양한 연주법으로 변주해가며 초절기교의 하모니를 들려준다. 영상으로 감상하면 입을 다물 수가 없을 것이다.

루지에로 리치, 유튜브 *율리아 피셔, 유튜브*

도덕은 정의를 향해 구부러진다

예나 지금이나 돈이 문제야. 파가니니가 성당에 안치되지 못한 이유는 임종 시 회개하지 않았다는 이유도 있지만, 사실은 그의 임종 시 유언에 교회를 위한 자선이 전혀 포함되어 있지 않고 내연녀인 소프라노 가수 안토니아 비안키와의 사이에서 얻은 유일한 자식인 아킬레에게 모두 상속했기 때문이라고 한다. 관용과 용서는 어디에서 나오는가? 미국의 과학자이자 과학작가인 마이클 셔머의 저서 「도덕의 궤적」(바다출판사)을 인용해본다.

마이클 셔머 저/김명주 역
「도덕의 궤적」(©바다출판사)

"도덕적 세계의 궤적은 길지만 결국 정의를 향해 구부러진다(마틴 루터 킹 목사의 연설 중) …중략… 과거 몇 세기의 도덕적 발전은 종교적 힘이 아니라 세속적 힘의 결과였으며, 이성과 계몽의 시대에 출현한 많은 것 가운데 가장 중요한 것은 과학과 이성이라고 생각한다 …중략… 역사를 돌아보면 우리 종의 더 많은 구성원들을 (그리고 지금은 심지어 다른 종들도) 도덕적 공동체의 합법적인 일원으로 포함시킬 수 있도록 도덕의 영향권을 꾸준히-이따금씩 중단되기도 했지만-확장해 왔음을 알 수 있다. 일류의 양심은 무럭무럭 성장했고 이제 우리는 내 가족, 내 확대 가족, 내 지역 공동체만이 잘살기를 바라지 않는다. 오히려 우리는 나와 상당히 멀리 떨어진 사람들까지 배려한다." (pp. 14~16)

Ottorino Respighi, 1879~1936

오토리노 레스피기

극장마다 오페라 광고가 붙어있는 이탈리아에서 관현악 작품에 매진하여 성공한 작곡가. 레스피기는 1879년 볼로냐에서 출생하여 그곳 음악원에서 1891년부터 1899년까지 수학하였다. 1900년에는 러시아의 상트페테르부르크에 유학하며 오케스트라 비올라 수석으로 연주에도 참여하였고, 러시아 국민악파 5인조이며 많은 곡을 오케스트레이션한 관현악의 대가 림스키코르사코프를 사사하기도 하였다.

1913년에 로마의 산타 체칠리아 음악원 교수로 부임하였으며 1924년에는 음악원장으로 임명되었다. 그는 2년 뒤 음악원장직을 스스로 사임하였다. 일반 교수로서 학생들에게 작곡을 가르치며 지도하는 일에 가치를 두고 전념하기 위해서였다. 교수로 있으면서도 그는 도서관에 묻혀 있는 오래된 악보와 문헌들을 찾아서 연구하는 일에 매진하였다. 이러한 작업을 통하여 잊혀졌던 옛 음악을 발굴하여 복원하는 한편, 편곡이나 자신의 작품에 접목하여 현대에 맞는 음악으로 새 생명을 부여하여 찬란했던 이탈리아의 옛 영화를 재현해 냈다. 〈고풍스러운 아리아와 춤곡〉도 그 산물 중 하나이다. 이처럼 레스피기가 고전주의 음악을 화려한 르네상스적 색채감으로 되살려내자, 이탈리아 평론가 귀도 가티는 "옛 걸작이 현대의 취향으로 탄생했다"고 평하였다.

1913년 삼십 대 중반에 로마로 이주한 그는 로마의 역사와 아름다움에 반하여 평생을 그곳에서 살았으며, 그의 최고의 역작인 〈로마 3부작〉은 로마를 예찬한 교향시로, 그의 애정을 아낌없이 쏟아낸 작품이다. 림스키코르사코프, 라벨로 이어지는 관현악의 계보를 계승한 레스피기는 기존의 관현악에 그만의 인상파적 색채감과 이탈리아적 투명한 리듬, 거대한 스케일과 화려함을 덧칠하여 독창적인 이탈리아 관현악을 창조해낸 선구자이다.

로마 3부작

레스피기의 대표작이라 할 수 있는 〈로마 3부작〉은 로마에 실재하는 유무형의 유산을 대상으로 작곡한 작품으로, 그의 로마에 대한 애정뿐만이 아니라 관현악의 대가다움을 한껏 휘날린 곡이다. 관현악의 색채감과 웅장함, 아름다운 선율, 눈앞에서 파노라마처럼 펼쳐지는 것 같은 리듬감과 현장감이 감상자를 압도하며 그 속으로 빠져들게 한다.

로마의 트레비 분수

로마의 분수(1916년 작곡)

1. 동틀 무렵 안개에 싸인 〈줄리아 계곡의 분수〉, 2. 바다의 신 포세이돈의 아들인 트리톤이 물을 뿜어내는 아침의 〈트리톤의 분수〉, 3. 영화 「로마의 휴일」에

나오며 세 갈래 길에 자리한 한낮의 〈트레비 분수〉, 4. 마지막으로 황혼 무렵 쓸쓸한 〈메디치가 별장의 분수〉로 구성되어 있다.

로마의 소나무(1924년 작곡)

로마의 소나무

1. 로마 인근에 위치한 〈보르게제 별장의 소나무(숲)〉에서는 아이들이 떠들썩하게 놀이하는 소음, 한켠에서 들리는 어른들의 힘겨루기 시합 소리, 소나무 숲 속에서 지저귀는 새소리가 어지러이 교차하는 들뜬 기분이 느껴진다. 2. 로마 시대 박해받던 기독교인들의 집회 장소이자 무덤 앞에 외로이 서 있는 〈카타콤 부근의 소나무〉는 느릿한 저음이 비장함을 느끼게 하며, 순교자를 기리는 경건한 종교의식이 펼쳐지는 가운데 찬가 소리가 들려온다. 3. 테베레강 근처의 〈자니콜로 언덕의 소나무〉는 어둠이 내린 자니콜로 언덕에 애수가 깃들고 행복한 상념에 잠겨 상상의 날개를 편다. 달빛이 은은하게 비추는 감미롭고 환상적인 밤이다. 멀리서는 나이팅게일의 노랫소리가 서로 화답하며 지저귀는 가운데 밤은 깊어간다. 4. 로마 장군 율리우스 카이사르가 갈리아(프랑스 지역)를 정복하고 루비콘강을 건너 아피아 가도로 개선하는 행렬이 생각나는 〈아피아 가도의 소나무〉에서는 희미하게 군악대 소리가 들려오고 멀리 희뿌연 먼지 속으로 말발굽 소리가 들려온다. 소나무가 줄지어 서 있는 포석 도로를 따라 군 행렬이 나타나고 선두에는 개선장군이 삼두마차에 늠름하게 올라서서 행군을 이끌며 점점 다가온다.

로마의 축제(1928년 작곡)

로마의 축제

1. 서커스의 어원이며 원형경기장을 뜻하는 〈키르켄세스〉, 현인 황제 마르쿠스 아우렐리우스의 아들 코모두스가 엄지를 치켜세워 시작을 알린다. 흥분한 군중의 함성 속에서 순교자들을 향해 사자들이 으르렁거린다. 점점 크게 들려오던 순교자들의 성가 소리가 점차 사라진다. 2. 구약성경 레위기 25장에 나오는 일곱 번의 안식년에 이은 거룩한 오십 년째 해인 희년의 순례를 묘사한 〈주빌리〉, 3. 수확의 계절 10월의 풍요로움을 노래한 〈10월제〉, 4. 크리스마스 12일 후인 1월 6일, 공생애를 시작하는 예수의 출현을 기다리며 들뜬 마음을 왁자지껄하고 흥겨운 춤과 노래로 표현한 〈주현절〉로 구성되어 있으며 소란스러운 관현악은 스트라빈스키적인 리듬과 멜로디가 난무하며 축제의 흥겨움과 현란한 춤 동작을 잘 묘사하고 있다.

토스카니니, NBC 심포니 오케스트라, 1951
리카르도 무티, 필라델피아 심포니 오케스트라, 1984
헤르베르트 폰 카라얀, 베를린 필하모닉 오케스트라, 1977

류트를 위한 고풍스러운 무곡과 아리아

레스피기는 산타 체칠리아 음악원 교수 시절 도서관에서 옛 악보들을 발굴하여 현대에 맞게 편곡함으로써 새 생명을 부여한 작품을 선보였다. 〈새〉, 〈이상한 가게〉, 〈파사칼리아 d단조〉 등이 그러한 작품이며 대표적인 곡이 〈류트를 위한 고풍스러운 무곡과 아리아〉 모음곡 세 편이다. 제1번 모음곡은 1917년, 제2번 모음곡은 1923년, 제3번 모음곡은 1932년에 시간을 두고 각각 작곡되었으며 1938년에 레스피기의 아내 엘사에 의해 발레음악으로도 편곡되었다. 가장 자주 연주되는 제3번 모음곡은 레스피기가 도서관에서 발굴한 16~17세기의 류트를 위해 쓰인 여러 작가의 곡을 오케스트레이션한 곡인데, 관현악의 마법사다운 면이 잘 드러나 있는 우아하고 아름다운 곡으로 중세의 이미지를 느낄 수 있다.

산드로 보티첼리, 『봄』 중 '삼미신'

1곡(이탈리아나)

우아하고 부드러운 선율이 중세의 화려함과 고결함을 듬뿍 묻어나게 한다. 투명한 옷을 입고 우아하게 춤추는 여신을 보는 것 같다. 로드리고의 〈어느 귀인을 위한 환상곡〉이 겹쳐진다.

2곡(궁정풍의 아리아)

여러 개의 곡을 묶어 편곡한 곡답게 다양한 멜로디가 등장한다. 애수가 깃든 노래로 시작하여 밝고 경쾌한 음악과 화려한 무도회에서 춤추는 궁정의 쾌활함이 사이사이 끼어든 후 근심의 칸타빌레를 노래하며 마무리된다. 궁정의 일상도 평민과 다를 바 없나 보다.

3곡(시칠리아나)

시칠리아의 언덕에 서정적인 선율이 흐르고 멀리에서는 메아리가 들려온다. 초원 너머로 아스라이 바다의 잔잔한 파도가 보인다.

4곡(파사칼리아)

위엄있고 비장하다. 마구를 챙겨 갖추고 갑옷을 입고 당당하게 말을 타고 가는 기사의 모습처럼 위엄있게 대미를 장식한다.

헤르베'르트 폰 카라얀, 베를린 필하모닉 오케스트라, 1977
안탈 도라티, 필하모니아 훙가리카, 1959

신고전주의

옛날로 돌아가자. 그리스 로마로 돌아가자! 18세기 말부터 19세기 초에 주로 프랑스를 중심으로 일어난 신고전주의 예술사조는 자유분방한 바로크와 지나치게 장식적인 로코코에 반기를 들고, 명확하고 균형과 조화를 중시하는 고대 즉 그리스 로마 시대의 예술을 모범으로 삼은 예술사조이다. 당시 루이 16세와 마리 앙투아네트의 화려하고 사치스러운 궁정과 귀족문화는 합리성과 정확성은 전혀 고려하지 않고 오직 보여지는 외형적인 면에만 치우쳐 있었다. 이에 대한 반발이 회

자크루이 다비드,
『생베르나르 고개의 나폴레옹』

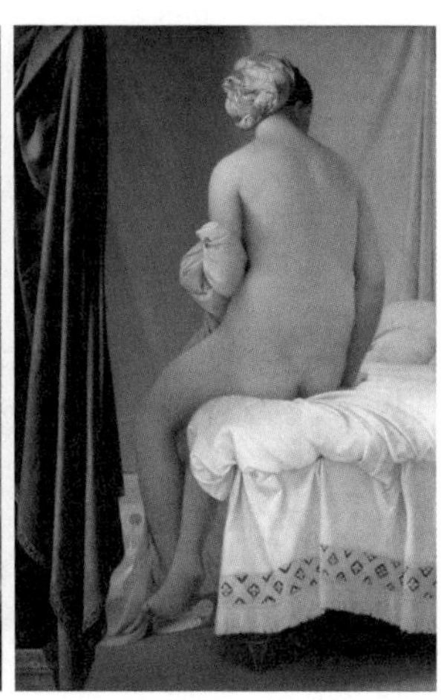

장 오귀스트 도미니크 앵그르,
『목욕하는 여인』

화, 건축, 조각 등 각 예술 분야에서 과거 고고학적 정확성과 합리주의적인 미학에 바탕을 두고 일어났다.

이러한 사조가 싹트게 된 배경에는 사회적으로는 종교의 속박에서 벗어나 계몽주의가 대두하였으며, 문화적으로는 18세기 중엽까지 유행한 그랜드 투어와 폼페이나 헤르쿨라네움 등의 고대 유적 발굴과도 연관되어 있다. 주로 상류층 자제들이 이탈리아 여행을 통한 고대의 문화를 체험하는 그랜드 투어에서 돌아오면서 고대의 조각이나 유물 또는 관련 서적들을 가지고 와 예술가들에게 영향을 주었기 때문이다. 화가의 경우 크게 두 부류로 나눌 수 있다. 하나는 고대의 전원생활을 동경하는 이국적 그림이나 신화에 바탕을 둔 그림을 그린 니콜라 푸생, 클로드 로랭, 장 오귀스트 도미니크 앵그르, 알렉상드르 카바넬, 윌리엄 부게로 등이 있으며, 다른 부류는 영웅의 죽음과 헌신 같은 교훈적인 주제로 우리에게 익숙한 자크 루이 다비드, 프랑수아 제라르 등 있다.

니콜라 푸생, 『아르카디아의 목자들』

미키스 테오도라키스

미키스 테오도라키스

크레타섬의 혈통을 가진 미키스 테오도라키스는 1925년 그리스의 작은 섬 히오스에서 태어났다. 그는 레지스탕스, 민주투사, 정치가 등 다양한 삶을 살았지만, 그의 진정한 모습은 음악가로서의 여정에 있다. 그는 현대 그리스 음악의 산 역사이며 민주화 운동의 상징이다. 테오도라키스는 그리스 군부 독재정권에 저항하다 구금되었으며, 쇼스타코비치, 번스타인 등 세계적 음악가들의 구명운동으로 해외로 추방되어 망명길에 오르기도 했었다.

그의 음악은 저항의 의미를 내포하고 있지만 흥분이나 분노는 나타나지 않으며, 가사 또한 무엇을 고발하거나 비난하지도 않는다. 단지 시대의 아픔과 저항을 은유적으로 표현한 가사에 애잔하고 애틋한 선율을 붙여 부주키로 노래함으로써 민중들의 삶의 애환을 어루만지며 희망을 불어넣을 뿐이다.

그의 곡은 대부분 금지곡이었으나 독재정권이 무너진 1974년에 자유를 찾았다. 물론 그의 음악은 어둠의 기간에도 늘 그와 함께 어려운 시기를 견디어 낸 음악적 동반자인 그리스의 가수 마리아 파란두리, 후에 문화부 장관을 역임한 멜리나 메르쿠리 등 그리스 저항 가수들에 의해 전파되었다. 지금은 〈기차는 8시에 떠나네〉, 〈해변의 집〉, 〈5월의 어느 날〉 등 심금을 울리는 그의 음악을 조수미, 이탈리아의 디바 밀바, 그리스 메조소프라노 아그네스 발차, 나나 무스쿠리, 에디트 피아프 등 수많은 세계적인 가수들의 목소리로 들을 수 있다.

테오도라키스 축하공연

그리스 민족 작곡가인 테오도라키스의 작품은 핍박받는 국민의 삶과 희망을 노래한 수많은 가요를 비롯하여 발레음악, 영화음악, 오페라, 교향곡, 합창곡, 오라토리오까지 다양한 장르까지 아우르고 있다. 1988년에는 노벨평화상 후보에도 올랐으며 그의 85번째 생일인 2010년에는 그리스는 물론 유럽 각국에서 축하행사가 개최되기도 했다.

그리스인 조르바

테오도라키스는 니코스 카잔차키스의 소설 「그리스인 조르바」를 영화화할 때 영화음악을 작곡하였으며, 이를 바탕으로 그의 최고 작품으로 평가되는 발레 음악 〈그리스인 조르바(발레 모음곡: 12곡)〉를 만들었다. 발레는 「로미오와 줄리엣」의 배경 도시인 이탈리아 베로나의 아레나(원형경기장)에서 1988년에 테오도라키스 자신의 지휘와 러시아의 무용수 블라디미르 바실리예프의 춤으로 초연되었다. 공연 무대로 사용된 거대한 아레나는 30,000명을 수용할 수 있는 초대형 야외극장이었는데, 〈아이다〉, 〈라 트라비아타〉, 〈투란도트〉, 〈라 보엠〉 같은 대규모 오페라만이 가능하다는 믿음을 깨고 발레 〈그리스인 조르바〉는 대성공을 거두었으며, 1990년에 재공연되기도 하였다.

열한 번째 곡 〈오르탕스의 죽음〉과 마지막 곡 〈조르바의 춤〉이 가장 인기가 있는 곡으로 부주키 소리와 선율이 마음을 사로잡는다.

〈오르탕스의 죽음〉 오르탕스 부인이 조그만 방에 놓인 큰 침대에 누워 꼼짝없이 죽기만을 기다리고 있다. 그러나 꼬맹이들과 이웃 노파들은 그녀의 닭과 세간살이 등에만 관심이 있어 그녀에게 어서 귀신의 손을 들고 죽으라고 재촉한다. 마음 급한 노파는 오르탕스가 눈을 감기도 전에 곡을 하기도 한다. 이런 쓸쓸한 오르탕스의 죽음에 테오도라키스는 마음 깊은 곳에서 울려 나오는 만가를 올리고 싶었던 것일까? 애잔하게 눈물 머금은 선율이 흐르고 이어지는 부주키의 울림이 너울너울 만장같이 흩날린다. 슬픔을 머금은 상여 행렬이 아스라이 멀어지며 이별의 합창이 그녀를 전송한다.

〈조르바의 춤〉 세상만사 다 겪은 조르바와 두목이 춤을 춘다. 나는 가슴이 답답할 때나 근심과 걱정으로 마음이 지치고 힘들 때 이 음악을 들으며 훌훌 털어버리곤 한다. 움켜쥔 줄을 자르고 손을 활짝 펴면 자유로워진다. 준비금도 남겨두지 말자. 그러면 자유롭게 하늘을 날 수도 춤을 출 수도 있다. 구두와 양말도 벗고 셔츠마저 벗어버리고 공중으로 뛰어오른다. 팔다리가 날개가 되어 바다와 하늘을 등지고 날아오른다. 사슬처럼 옭아맸던 모든 것을 바람에 날려버리고 종달새의 비상처럼 날개를 활짝 펴고 공중을 자유롭게 휘젓는다. 시원한 바람이 얼굴을 스친다. 커질수록 무거운 것. 모든 것을 벗어 던지고 티끌만큼의 거리낌도 없이 광활한 자유를 만끽해보자. 테오도라키스의 〈자유의 노래*Sogno di Liberta*〉처럼.

미키스 테오도라키스, 헝가리 스테이트 오케스트라와 라디오 합창단, 1989

오상아吾喪我

아마 현대인에게 견딜 수 없는 것 두 가지는 지루함과 앞이 안 보이는 막막함일 것이다. 그런 상태에서 벗어나 자유로워지고 싶지만 마땅히 떠오르는 방법도 없다. 그렇게 길이 보이지 않고 가슴이 답답할 때 〈조르바의 춤〉에 마음이 간다. 조금이나마 구속에서 벗어나 홀가분해지며 위안이 되는 음악이기 때문이다. 그리스인들은 구속을 거부하고 자유를 추구하는 민족 아니었던가. 테오도라키스의 내면에도 그들의 자유로운 영혼이 면면히 흐르고 있을 것이다. 조르바의 내면에 흐르고 있는 자유처럼.

자유란 무엇인가. 자유로워지기 위해서는 어떻게 해야 하는가? 소크라테스부터 시작된 서양철학이나 중국의 공자는 양심에 따라 선·의를 실천하라 하고, 인도의 불교나, 중국의 노자·장자는 모두 비우라고 한다. 자연이 스스로 그러한 것처럼 모든 것을 순리에 맡기라고 한다. 꽃이 차례도 아름다움도 다투지 않고 자연의 시간에 따라 스스로 피어나듯이. 그러나 나 같은 범인은 이를 수 없으니 외부의 도움이 필요하다. 외부의 도움? 장자는 말한다. 인간사의 고된 여정의 종점은 소요유逍遙遊, 훨훨 날아 자유롭게 노니는 경지, 즉 완전한 자유로움에 이르러야 한다고 주장한다.

그럼 어떻게 그러한 경지에 이를 것인가? 변해야 한다. 누가? 내가. 어떻게? 이렇게-북쪽 바다에 어떤 물고기가 있는데 곤鯤이라는 이름으로 불린다. 곤의 크기는 몇천 리나 되는지 모른다. 그것은 새로 변하는데 붕鵬이라는 이름으로 불린다. 붕의 등은 몇천 리나 되는지 모른다. 기운을 모아 힘껏 날아오르면 그 날개는 하늘에 걸린 구름 같다. 이 새는 바다의 기운이 움직여 물결이 흉흉해지면 남쪽 깊은 바다로 가는데 그 바다는 예로부터 하늘못天池이라 하였다-곤이 붕이 되는 것 같은 변화처럼.

즉 외부가 아니라 자신이 변해야 한다는 것이다. 그러면서 무위無爲적 태도 즉 인위적 기준을 만들어 속박되지 말고 세상을 있는 그대로를 보고 받아들이는 삶을 주문한다. 즉 세상적인 기준을 비워내고 넘어서면 모든 것이 자유로워지고 모든 것이 가능하다無爲無不爲고 말한다. 스스로 나를 잊어버리고 진정한 내가 되고-오상아吾喪我-, 내가 나비이고 나비가 내가 되는 것 같은 변화-호접몽蝴蝶夢-를 하면 그물에 걸리지 않는 바람처럼 자유로워질 수 있다고 한다.

이 음악을 들으면 영화에서 앤서니 퀸과 앨런 베이츠가 해변에서 추

니코스 카잔차키스 저,
「알렉시스 조르바의 삶과 모험」,
1941

왕보 저/김갑수 번역,
「장자 강의」, (©바다출판사)

는 춤이 생각난다. 그들은 비록 땅 위에서 춤을 추지만 마음은 이 세상의 속박과 번민을 모두 비워버리고 자유롭게 노닐고 있다. 나도 추어봐야겠다. 엉성해 보이는 춤 동작이 너무 어렵다. 자유는 쉽게 얻어지는 것이 아닌가 보다. 그래서 카잔차키스는 긴 글로, 테오도라키스는 음악으로 나를 인도하고 있는 것 같다.

바실리 칸딘스키, 『파란하늘』

참고문헌

보라기네의 야코부스 지음/윤기향 옮김, 「황금 전설」, CH북스
제임스 조지 프레이저 지음/박규태 옮김, 「황금 가지 1, 2권」, 을유문화사
보에티우스 지음/박문재 옮김, 「철학의 위안」, 현대지성
제프리 초서 지음/송병선 옮김, 「캔터베리 이야기」, 현대지성
루키우스 아풀레이우스 지음/장 드 보쉐르 그림/송병선 옮김, 「황금 당나귀」, 현대지성
아민 말루프 지음/김미선 옮김, 「아랍인의 눈으로 본 십자군 전쟁」, 아침이슬
미카 왈타리 지음/이순희 옮김, 「시누헤」, 동녘
키아라 데카포아 지음/김숙 옮김, 「구약성서, 명화를 만나다」, 예경
스테파노추피 지음/정은진 옮김, 「신약성서, 명화를 만나다」, 예경
G.F.영 지음/이길상 옮김, 「메디치 가문 이야기」, 현대지성
최진석, 「탁월한 사유의 시선」, 21세기북스
도올 김용옥, 「노자와 21세기 전3권」, 통나무
도올 김용옥, 「중용 인간의 맛」, 통나무
한나 아렌트 지음/긴선욱 옮김/정화열 해제, 「예루살렘의 아이히만」, 한길사
마이클 셔머 지음/김명주 옮김, 「도덕의 궤적」, 바다출판사
로버트 그린 지음/이지연 옮김, 「인간 본성의 법칙」, 위즈덤하우스
장자 지음/오강남 풀이, 「장자」, 현암사
노자 지음/오강남 풀이, 「도덕경」, 현암사
신영복, 「강의」, 돌베개
마르쿠스 아우렐리우스 지음/김구종 옮김, 「명상록」, 청목사
칼릴 지브란 지음/유제하 옮김, 「예언자」, 범우사
존 스튜어트 밀 지음/서병훈 옮김, 「자유론」, 책세상
왕보 지음/김갑수 옮김, 「왕보의 장자 강의」, 바다출판사
최진석, 「생각하는 힘, 노자 인문학」, 위즈덤하우스
김태완, 「율곡문답」, 역사비평사
프리드리히 A. 하이에크 지음/김이석 옮김, 「노예의 길」, 자유기업원
리처드 니스벳 지음/최인철 옮김, 「생각의 지도」, 김영사
켄 윌버 지음/김철수 옮김, 「무경계」, 정신세계사
고쿠분 고이치로 지음/최재혁 옮김, 「인간은 언제부터 지루해했을까?」, 한권의 책
에릭 와이너 지음/김하현 옮김, 「소크라테스 익스프레스」, 어크로스
올더스 헉슬리 지음/조옥경 옮김/오강남 해제, 「영원의 철학」, 김영사
볼프람 아일렌베르거 지음/배명자 옮김, 「철학, 마법사의 시대」, 파우제
존 밀턴 지음/박문재 옮김, 「실낙원」, CH북스
시라토리 하루히코 지음/김윤경 옮김, 「니체와 함께 산책을」, 다산초당
라이언 홀리데이 지음/조율리 옮김, 「스토아수업」, 다산초당

정창영 편역, 「우파니샤드」, 무지개다리넘어
페르난두 페소아 지음/김한민 옮김, 「시는 내가 홀로 있는 방식」, 민음사
법정 옮김, 「숫타니파타」, 이레
오마르 하이염 지음/최인화 옮김, 「로버이여트」, 필요한책
빅토르 E. 프랑클 지음/이시형 옮김, 「죽음의 수용소에서」, 청아출판사
애덤 스미스 원저/러셀 로버츠 지음/이현주 옮김, 「내 안에서 나를 만드는 것들」, 세계사
크리스티앙 자크 지음/김정란 옮김, 「람세스 전5권」, 문학동네
마르셀 프루스트 지음/김희영 옮김, 「잃어버린 시간을 찾아서 전7편」, 민음사
장 그르니에 지음/김화영 옮김, 「섬」, 민음사
비스와바 쉼보르스카 지음/최성은 옮김, 「충분하다」, 문학과지성사
아지즈 네신 지음/이난아 옮김, 「생사불명 야샤르」, 푸른숲
LS네트웍스 사보, 「보보담」, LS네트웍스
유홍준, 「문화유산 답사기」, 창비
김민철, 「문학 속에 핀 꽃들」, 샘터
김영갑 사진·글, 「그 섬에 내가 있었네」, 휴먼앤북스
애나 메리 로버트슨 모지스 지음/류승경 편역, 「인생에서 너무 늦은 때란 없습니다」, 수오서재
손태호, 「나를 세우는 옛 그림」, 아트북스
성해응 지음/손혜리·지금완 옮김, 「서화잡지」, 휴머니스트
김정애, 「우리 옛 그림의 마음」, 아트북스
윤동주, 「하늘과 바람과 별과 시」, 도서출판 쿵
세이쇼나곤 지음/정순분 옮김, 「마쿠라노소시」, 지식을만드는지식
무라사키 시키부 지음/세토우치 자쿠초·김난주 옮김, 「겐지이야기」, 한길사
양광모, 「반은 슬픔이 마셨다」, 푸른길
안 마리 델캉브르 지음/은위영 옮김, 「마호메트 알라의 메신저」, 시공사
질 베갱·도미니크 모렐 지음/김주경 옮김, 「자금성 금지된 도시」, 시공사
정성호, 「유대인」, 살림
칼 세이건 지음/홍승수 옮김, 「코스모스」, 사이언스북스
재레드 다이아몬드 지음/김진준 옮김, 「총, 균, 쇠」, 문학사상
유발 하라리 지음/조현욱 옮김/이태수 감수, 「사피엔스」, 김영사
홍익희, 「문명으로 읽는 종교 이야기」, 행성B
카렌 암스트롱 지음/정영목 옮김, 「축의 시대」, 교양인
오주석, 「한국의 미 특강」, 솔
오주석, 「그림속에 노닐다」, 솔
허균, 「옛그림을 보는 법」, 돌베개
윤용이, 「우리 옛 도자기의 아름다움」, 돌베개
김영수, 「사마천 인간의 길을 묻다」, 위즈덤하우스
유선경, 「문득, 묻다 1, 2권」, 지식너머
토머스 모어 지음/전경자 옮김, 「유토피아」, 열린책들

에라스무스 지음/김남우 옮김, 「우신예찬」, 열린책들
플라톤 지음/강윤철 옮김, 「소크라테스의 변명·파이돈·크리톤·향연」, 스타북스
헤시오도스 지음/김원익 옮김, 「신통기」, 민음사
오비디우스 지음/천병희 옮김, 「변신이야기」, 숲
베르길리우스 지음/천병희 옮김, 「아이네이스」, 숲
메리 비어드 지음/김지혜 옮김, 「로마는 왜 위대해졌는가」, 다른
조반니 보카치오 지음/권오현 옮김, 「데카메론」, 하서
단테 알리기에리 지음/신승희 옮김, 「신곡」, 청목
미구엘 드 세르반테스 지음/박철 옮김, 「돈키호테」, 시공사
윌리엄 셰익스피어 지음/셰익스피어연구회 옮김, 「셰익스피어 4대 비극 5대 희극」, 아름다운날
호메로스 지음/천병희 옮김, 「일리아스」, 숲
호메로스 지음/천병희 옮김, 「오뒷세이아」, 숲
양정무, 「난처한 미술이야기 1, 2, 3, 4 」, 사회평론
이명옥, 「인생, 그림앞에 서다」, 21세기북스
유경희, 「아트살롱」, 아트북스
다카시나 슈지 지음/신미원 옮김, 「명화를 보는 눈」, 눌와
이소영, 「출근 길 명화 한 점」, 슬로래빗
로이 볼턴 지음/강주헌 옮김, 「150장의 명화로 읽는 그림의 역사」, 도서출판 성우
스테파노 추피 지음/서현주·이화진·주은정 옮김, 「천년의 그림여행」, 예경
루시아 임펠루소 지음/이종인 옮김, 「그리스 로마 신화」, 예경
개빈 프레터피니 지음/김성훈 옮김, 「날마다 구름 한 점」, 김영사
클레먼시 버턴힐 지음/김재용 옮김, 「1일 1클래식 1기쁨」, 윌북
금난새, 「금난새의 클래식 여행」, 아트북스
안동림, 「이 한장의 명반 클래식」, 현암사
정준호, 「이젠하임 가는 길」, 삼우반
안광복, 「처음 읽는 서양 철학사」, 웅진지식하우스
토마스 아키나리 지음/오근영 옮김, 「하룻밤에 읽는 서양철학」, 알에이치코리아
미야자키 마사카츠 지음/이영주 옮김, 「하룻밤에 읽는 세계사」, 랜덤하우스
플로리안 일리스 지음/한경희 옮김, 「1913년 세기의 여름」, 문학동네
김혼비·박태하, 「전국 축제 자랑」, 민음사
박웅현, 「책은 도끼다」, 북하우스
요아힘 카이저 지음/홍은정 옮김, 「그가 사랑한 클래식」, 문예중앙
장 피에르 베르데 지음/장동현 옮김, 「하늘의 신화와 별자리의 전설」, 시공사
한국야생화연구회, 「한국의 산야초」, 아니템북스
문학수, 「아다지오 소스테누토」, 돌베개
김미라, 「예술가의 지도」, 서해문집
김희은, 「미술관보다 풍부한 러시아 그림 이야기」, 자유문고
손철주·이주은, 「다, 그림이다」, 이봄

미야자키 마사카츠 지음/정세환 옮김, 「처음 읽는 술의 세계사」, 탐나는책
마쓰오 바쇼·요사 부손·고바야시 잇사 지음/김향 옮김, 「하이쿠와 우키요에, 그리고 에도 시절」, 다빈치
황경신, 「그림 같은 세상」, 아트북스
이케가미 히데히로 지음/송태욱 옮김/전한호 감수, 「관능 미술사」, 현암사
김융희, 「빨강」, 시공사
이명옥, 「팜므파탈」, 다빈치
파드마삼바바 지음/장순용 옮김, 「티베트 사자의 서」, 김영사
이정록, 「정말」, 창비
백석 지음/김용택 엮음, 「머리맡에 두고 읽는 시」, 마음산책
이용악 지음/김용택 엮음, 「머리맡에 두고 읽는 시」, 마음산책
권나현, 「입술」, 도서출판 들뫼
정민 지음/김점선 그림, 「꽃들의 웃음판」, 사계절
이주헌, 「내 마음속의 그림」, 학고재
조송식, 「중국 옛 그림 산책」, 현실문화
이연식, 「유혹하는 그림 우키요에」, 아트북스
이성희, 「꼭 한번 보고싶은 중국 옛 그림」, 로고폴리스
나카노 교코 지음/이지수 옮김, 「내 생애 마지막 그림」, 다산초당
조정육, 「옛 그림, 불법에 빠지다」, 아트북스
조정육, 「옛 그림, 스님에 빠지다」, 아트북스
조정육, 「옛 그림, 불교에 빠지다」, 아트북스
레프 니콜라예비치 톨스토이 지음/채수동 옮김, 「인생이란 무엇인가」, 동서문화사

두산 백과사전 외에 다수의 도록
온라인 백과사전 및 블로그

클래식과 인문단상 1

초판 1쇄 인쇄 2022년 12월 20일
초판 1쇄 발행 2022년 12월 30일
지은이 고지수

펴낸이 김양수
책임편집 이정은
교정교열 장하나

펴낸곳 휴앤스토리
출판등록 제2016-000014
주소 경기도 고양시 일산서구 중앙로 1456 서현프라자 604호
전화 031) 906-5006
팩스 031) 906-5079
홈페이지 www.booksam.kr
이메일 okbook1234@naver.com
블로그 blog.naver.com/okbook1234
포스트 post.naver.com/okbook1234
인스타그램 instagram.com/okbook_
페이스북 facebook.com/booksam.kr

ISBN 979-11-89254-79-7 (04810)
979-11-89254-78-0 (SET)